陈世旭 著

孤帆

江苏凤凰文艺出版社
JIANGSU PHOENIX LITERATURE AND
ART PUBLISHING
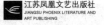

图书在版编目（CIP）数据

孤帆 / 陈世旭著. —南京：江苏凤凰文艺出版社，
2023.5

ISBN 978 - 7 - 5594 - 7539 - 8

Ⅰ.①孤…　Ⅱ.①陈…　Ⅲ.①长篇小说–中国–当代
Ⅳ.①I247.5

中国国家版本馆 CIP 数据核字（2023）第 026717 号

孤帆

陈世旭　著

出 版 人	张在健	
责任编辑	孙建兵	
特约编辑	郭　幸	
责任印制	刘　巍	
出版发行	江苏凤凰文艺出版社	
	南京市中央路 165 号，邮编：210009	
网　　址	http://www.jswenyi.com	
印　　刷	苏州市越洋印刷有限公司	
开　　本	880 毫米×1230 毫米　1/32	
印　　张	10.75	
字　　数	212 千字	
版　　次	2023 年 5 月第 1 版	
印　　次	2023 年 5 月第 1 次印刷	
书　　号	ISBN 978 - 7 - 5594 - 7539 - 8	
定　　价	56.00 元	

目 录

第一章

一

铁街附近一大片是闹市区。大街小巷横七竖八。各条街巷的名字，都是依照街上最初的作坊和铺面主要经营的行当起的：筷子巷、带子巷、胡琴街、嫁妆街、棉花市、香烛市、钟表路、珠宝路，也有拿老板的姓氏做名字的，比如卖河鲜的薛家塘、制售糕饼的杨家厂……

本市最大的几个商号万祥泰丝绸店、时鲜大酒楼、亨得利钟表店，像三个从大人国来的巨人，高高地站在这一大片密密麻麻的蜘蛛网中间。其中最高的是亨得利钟表店，楼顶上的钟塔，四面老大的罗马钟，老远就能看见，每隔半个钟头就报一次时。钟声沉着、悠扬，让城市有了节奏。

杨尿根从小到大最喜欢去的地方是亨得利钟表店。店堂不大，他不停地转着圈子盯玻璃柜里面的名贵洋钟表，一转就老半天。店员都跟他熟了，随他去。上学放学，在大街上，他老是对着钟塔出神，等着报时的钟响，同学用力推他，他才恋恋不舍地走开。这个爱好，给他惹了事。

铁街夹在万祥泰和亨得利中间。早先热闹得要命，一天到晚，铁匠铺、白铁铺风箱的呼啦声，锤子的叮当声此起彼伏，响个不停。现在只剩了杨家一家打铁的了。

打铁的是杨尿根父亲。

沉寂下来的铁街像一条无声无息的蛇。两边的深宅大屋把小街夹得幽暗，只有中午才能漏进一线阳光。早先的铺面都上着门板，只留一扇小门进出。家家的铺面后面，天井、厅堂、卧室、库房，老深老深。藏着各家，也藏着铁街和城市久远的无数秘密。

杨尿根父亲的父亲杨公公每天端个小板凳，弥勒佛一样在铁街街口坐着：白绸衫、白裤子、绸衫大敞，大开裆的裤子扯开来可以装进一个小人，打一个大褶，在肚脐眼下卷起，以上，大肚皮、肥胸脯、脖子、脸，刮得锃光的脑壳红得像酱肉，头发和眉毛像银丝，眼睛像亮着的灯泡。街上的红男绿女来来往往，河一样在他面前川流不息。

杨公公不时端起搁在地上的大茶缸子，仰面一通大喝，咕咚咕咚的远远就能听见。只要有人凑到面前，他就给人家讲自己给孙文做过饭——不说"孙中山"也不说"孙总统"或"孙总理"。讲孙文最喜欢他做的盐焗鸡和炖鸡汤。讲盐焗鸡怎样剥毛，怎样掏干净肚子，绝不能下水；讲炖鸡汤要用文火炖几个小时，除了几片姜，不需要任何别的作料，等等。活灵活现，好像是真的。

在公厕里，杨公公喜欢看报。一看老半天，蹲在茅坑上纹丝不动，像是钉在上面了。铁街只有一个公厕，每天早上都排长队。里外的人换了一拨又一拨，唯独他稳如弥勒佛。大家习惯了，也不指望他起身，就当公厕少了一个坑。

谁也搞不清杨公公的岁数，问他，回答永远是"七老八十"，陈志跟杨尿根从认识到分开，都没有变过。过往的事情，他永远说不出准确的年月日，只说八国洋人进北京那年、宣统让人赶出紫禁城那年、晚报登"万祥泰"老板姨太太跟狗睡觉的花边新闻那年、河水涨到街上那年、"时鲜楼"公私合营那年……

杨尿根上小学还尿床，家里叫他"尿根"，直到后来进了艺校，才有了艺名。他从小就给父亲拉风箱，上学了，能拿起大锤，一放学就隔着铁砧，站在父亲对面。父亲把在炉子里烧红的铁件夹到铁砧上，他按照父亲用小锤敲出的点子，一下一下地捶铁件，在火星子乱蹦的"叮叮当当"中长得也像个铁砣。

陈志是从小被宠大的，害怕离开家。到了不得不上学的年龄，开学那天，他紧张得大哭。父亲让两个姐姐帮着把他硬背到背上，两只铁样的手臂从后面扣住了他两条乱蹬的腿，根本没有可能挣脱。他趴在父亲几乎没有肉的背上，被父亲的骨头硌得说不出的痛，握紧拳头捶打，却像是打在石头上，哭得喘不过气来。

上了两年学，好不容易有点习惯了，三年级，陈志父亲离开了市政府那个院子，到红十字会诊所做收发，把家搬到诊所附近的赐福巷，把陈志也转到了附近的杨家厂小学。这次父亲没有背他，只是紧紧地抓住他的手。

下着大雨，父亲打的伞全遮住他了，自己走在雨里，一会就淋得全身透湿。杨家厂小学本部教室不够，在铁街对面的时鲜楼后面租了间库房做二部。父亲一路问着，好不容易找到了地方。

是一栋小楼，只有上下两层，上面一大一小两间房，大的是教室，小的是老师办公室。下面一层堆了时鲜楼的杂物。

说是"二部"，只有一个班。

头堂课早就开始了，父亲低着头，弯着腰，不停地赔着不是，把陈志交给老师。

老师是个女的，姓彭，各门课都是她教。个子不高，没有颈和腰，加上宽阔的大胯，看起来有点像横的。

彭老师不理陈志父亲，只对陈志说，到座位上去。

教师里只有一个空位，同桌的是杨尿根。

杨尿根伸出小指头跟陈志拉钩：

不要怕，有我，哪个也不敢碰你一根毛。

开学一个多月了，陈志都交不出学费。家里兄弟姐妹多，父亲的工资只够一家人的柴米油盐，不到发工资就用光了。一上课彭老师就先问他学费，问了几次，终于火了，喝他站起来，去家里找父母拿钱交学费，没有就莫来上课。

陈志可怜巴巴地走到楼梯口，突然听到身后杨尿根大喊：

老师，莫让他走，他的学费我交，明天就交！

你交？你拿什么交？莫非又要……

彭老师下面的话没有说出口——杨尿根做过贼。

老师，求你。明天我交不上，你再让他走。

杨尿根第二天真的给陈志交足了学费。

彭老师盯着他：

钱是哪来的？

你管不着。

但是陈志还是很怕彭老师。杨尿根说的"不要怕"的"哪个"，只能是同学，不可能是老师。第二天一早，陈志坐到自己的座位上，不停地有水滴到他头上。

教室上面横着一根绳子，晾满了衣服，悬在他头上的是一件宽大的灰布中山装，因为没有拧得太干，不时有水滴落下来。座位很窄，陈志也不敢乱动，就那样让水滴着，让水顺着脸流下来。

杨尿根发现了，立刻大喊：

老师，滴水！

正在黑板写字的彭老师回头，粗声粗气说：

你喊什么！滴你头上了吗？

回头把黑板上的句子写完，让大家照抄，才走下来，去办公室拿出根竹叉子，叉下灰布中山装挂到教室后面的角落里。

地板薄，被她走得"咚咚"响。全班的头跟着她转来转去。

二

到班上好几天后，陈志才从坐在他前面的郑瑶仙那里知道，杨尿根是留级生，因为他把教室里的挂钟偷回家。那口钟除了大小不同，跟亨得利塔楼上的罗马钟一模一样，送回来的时候，已经给他拆得一团糟。问他为什么"偷"，他说他不是"偷"，就是想看看里面长什么样，没想到拆开装不回去。他长大了不想打铁，想做钟表。学校认定他狡辩，让他留级，以观后效。班上没有人愿跟他同位，所以陈志转学过来之前，他边上的位子一直空着。

陈志不想跟这样的人同座，更不想跟他做好朋友。他不要一个"贼"保护，很快就后悔了刚来的那天不明不白就跟他拉钩，也很后悔让杨尿根帮他交了学费，心里发誓，一有了钱就马上还给他。他那一声喊，等于让自己也得罪彭老师了。他晓得衣服只能是彭老师晾晒的，他宁愿头上滴水，也不愿惹彭老师生气。

下了课，陈志找到彭老师，说：

老师，我没有怪你。

彭老师正在收拾办公桌，没工夫啰嗦：

那就好。

只要有机会，陈志就努力讨彭老师的好。

全班大扫除，彭老师让大家把教室的桌椅都搬到楼下的空场上清洗，有几个同学绕着空场上的桌椅打打闹闹，彭老师不断地喝他们：

你们搞什么鬼？

你们搞什么鬼？

都给我老实点！

都给我老实点！

彭老师喝一句，陈志也学着她的腔调跟着喝一句，结果彭老师以为他捣蛋：

陈志，狗胆包天了，你！

接着让他去空场的角落罚站。

大扫除结束，所有人都回家，最后离开的彭老师也把他忘到了后脑壳。天黑了，一直等在外面大街上的杨尿根和小淘跑进来，说：你还等什么啊？

课间休息，彭老师刚走开一会，两个同学不晓得为什么打起来，在讲台边上滚来滚去，别的同学都下去空场玩了，陈志想帮老师维持秩序，在一边劝架，急得跳脚。上课铃响，彭老师回来，让三个人都去楼下罚站。

陈志讷讷地说：

我没有打架，我是叫他们不要打……

彭老师吼道:

还犟嘴!下去!

陈志真的是劝架……

旁边的杨尿根为他打抱不平。

多嘴!

彭老师根本不听。

杨尿根一点不晓得陈志想躲自己。

教室的一边窗户对着时鲜楼的厨房。每天上课,快中午的时候,教室里就全是时鲜楼飘来的浓香。每到这时候,所有人就不住地吞口水,隐约听得到许多人肚子里叽里咕噜的响声。

时鲜楼的厨师是杨尿根公公的徒弟,常把头天客人没碰过的烧卤猪蹄之类收好,第二天塞给杨尿根。课间,杨尿根就拉上陈志跑到大街找个角落,啃完再回来上课。也拉过小淘,但小淘坚决不肯,说把嘴巴和手弄得油乎乎的,腌臜死了。陈志每次也想拒绝,但每次都拗不过没有油水的肚子。

杨尿根喜欢欺负小淘。他坐小淘后面,上课,老是把她垂到椅背的长辫子绑在椅背上,她一站起来就一声尖叫,惹得全班大乱。

奇怪的是,小淘从来不生气。

小淘母亲是杨家厂小学的吴校长,总是微微笑着,嘴角上一个大黑痣,漂亮得让人想看又怕看。她是在红十字会长大的,解放军进城后实行军管,其中一位后来成了小淘的爸爸。所有这些，都让陈志有一种说不出的畏惧。

其实吴校长很和气，陈志只有一次看到过她生气的样子。那次放学，他抄近道穿过一条僻静的小巷，忽然见到同班同学郑瑶仙的爸爸郑科长扶着单车，拦住吴校长说话。他躲避不及，硬着头皮快步从他们身边擦过。之后，他好久都忘不了听到的吴校长唯一的一句话：请您放尊重些！吴校长当时的神情，那么严厉。

杨尿根，小淘，还有跟小淘同桌的郑瑶仙，家都在铁街，是一个课外学习小组。陈志转学过来后，杨尿根非要他进这个组。小组活动在小淘家：铁街的尽头，有人把门，进院子要盘查登记。陈志很好奇，虽然想躲开杨尿根，还是答应了。

第一次课外学习，吴校长也在。她见陈志老低着头，说，你怎么像个女孩子，羞羞答答的。

他是我们班上的学习尖子！杨尿根说。

我看也是。

吴校长抱着手，两个手指头撑着下巴，笑眯眯地端详陈志，让陈志更抬不起头。

请你费心，好好帮帮他们几个，特别小淘和小杨。我知道瑶仙的成绩也是不错的。吴校长吩咐。看得出来，她喜欢陈志。

小淘家宽敞，明亮，干净。每次去她家，她都会搬出装着奶糖和饼干的大铁盒子。每次杨尿根都一通乱抢，把腮帮子塞得鼓鼓的，一嘴饼干屑。其他三个人都安安静静地看着他，他发觉了，把大铁盒子一推，睁大眼睛惊奇地问，你们为什么不吃？

大铁盒子已经空了，杨尿根端起来，用力摇摇，听到一点响动，翻转盒子，倒出了一块奶糖，他很不好意思地抹抹嘴巴，说，对不起，只有这个了，你们吃吧！

小淘说，我不吃，你们三个石头剪刀布，谁赢谁吃。

郑瑶仙从笔盒里拿出小尺，仔细地测量过那块奶糖，抬起头问：几等分？

杨尿根说，我不要了。

小淘说，我说过我不吃。

陈志说，不用分了，你吃吧。说着咽下口水。

郑瑶仙看看大家，确定他们说的是真心话，才垂下眼睛，仔细地剥下糖纸，把那块光滑的淡黄色的奶糖小心地放进小小的鲜艳的嘴巴里。她长得像瓷器街店里的小瓷人，又光滑又精致，她祖父年轻时是报馆的主笔，父亲郑科长管女儿很严，管得她成天除了看书就是写字，什么事都规规矩矩，从不过分。她毛笔字写得特别好，一笔一画，工工整整，就像印在格子里的。

作业完成得早，一时又舍不得分手，大伙儿就东拉西扯，相互较劲儿。论成绩，陈志各科不但是全班第一，还是全年级第一；论家长，小淘她爸官最大，但郑瑶仙她爸是市教育局的，管小淘她妈，县官不如现管。只有杨尿根拿不出可比的。他急了，一瞪眼，说：我公公杀过人！

这一下把大家吓住了，都瞪着眼睛看他，不敢接话。

杨公公的祖上抽鸦片败光了老字号糕饼杨家厂的家业，到了他，只能去时鲜楼跑堂。因为每天给万祥泰送餐，认得了老板一家人。他从小习武，在武行有头有脸。市里晚报登万祥泰老板姨太太跟狗睡觉的第二天，他叫上几个武行弟兄，把报馆砸了个稀巴烂。写那则新闻的主笔被打个半死，送进医院，好不容易抢救过来。

在警察局，杨公公拍着胸脯，说：我是挑头的，手也是我下的，我一人做事一人当，把我弟兄都放了。

万祥泰花大价钱请了律师，举出确凿证据，证明那个主笔想占万祥泰老板姨太太的便宜没有得手，捏造假新闻，遭了报复，杨公公才算保住了性命，只坐了十几年牢。

他要不坐牢，我爸也不会读不成书，去街上铁铺当学徒。杨尿根的口气并不是抱怨，而是自豪。

这样的祖父，的确谁也没有。小淘的爷爷是北方种地的农民；陈志的爷爷早先在街上摆摊代写书信；郑瑶仙低着头，脸色惨白，忽然站起来跑了出去。杨尿根刚才一急，忘记了那个差点被杨公公打死的报馆主笔就是郑瑶仙的祖父。

三

四年级下学期，市教育局批准，杨家厂小学作为办跃进班的试点之一，从四年级选拔品学兼优的同学上跃进班，一年后就可以考中学，不用上六年级。

对成绩的要求有规定的标准。能达到标准的，班上至少有五个人，陈志、小淘、郑瑶仙皆在其中，郑瑶仙排名最后。名额只有四个。

在五个人里，陈志的成绩是最好的，几乎每次拿的都是满分。他清楚自己能读书很不容易。他是长子长孙，一出生，祖父就对他的人生做了决定：只能做读书人。母亲后来告诉他，祖父把他的胎毛用红纸包起来放在自己胸口贴身的荷包里。母亲奶水不足，祖父把自己唯一一件祖上留下来穿了几十年的大皮袄送进当铺，给他请奶娘。临终前，把他父母叫到床前，交待说：以后不管怎样难，都要让这个孙子读完大学，考上状元。为了保证几个孩子上学，家里常常一天只吃一顿饭。如果上了跃进班，家里就可以减少一些开支，他就可以早一年上中学，将来就可以早一年做事赚钱。

陈志对自己有十足的信心。

有一天放学回家，母亲一人坐在床上哭，全身抖着，只没有声音。见到陈志，一把抱住：

你爹爹不会回来了。

为什么？陈志茫然。

母亲只是不出声地哭，一把一把地擤鼻涕。

你读不成书了。母亲搂紧陈志，抽泣：我要对不起你爷爷了。

陈志不晓得该说什么，不晓得怎样安慰母亲，更不晓得自己能做些什么。只是晓得：家里天塌了。

从第二天开始，母亲就不断地卖家里的东西，一直到剩下一堆没人要的破烂。她一直在家里做家务，除了父亲的工资，没有任何收入。

那些日子，陈志每天昏昏沉沉地上学，昏昏沉沉地回家。同学的笑声和家里的哭声搅作一团。粗心的杨尿根什么也没有发现，小淘老是问：你怎么了，哪里不舒服？郑瑶仙一再说：要不要送你去医院？

班上出事了，注意力很快就转移了。

那天，最早进教室的同学发现，挂在黑板上的罗马钟不见了。起先以为是彭老师拿去修理了，或是要更换，哪知道彭老师一见钟没了，顿时就一跺脚：谁？谁干的？

所有人都把眼睛盯住了刚进教室的杨尿根。

你们看着我做什么？杨尿根莫名其妙。

是不是你？彭老师问。

是我什么？

钟。

什么钟？

装憨！

杨尿根的样子让彭老师更加相信就是他又一次偷了钟。

没有啊，我真的没有！我要偷了钟，全家死光光。杨尿根赌咒。

好吧，先上课。回头报告学校，这回要是查出来，再没有那么客气了，直接开除。彭老师这些话，还是对杨尿根说的。

你查就是，查到是我，不用开除，我直接跳河。

杨尿根气鼓鼓地坐到自己的位子上，低声对陈志说了一句粗话，骂彭老师。

陈志装作没有听见，眼睛看着黑板，不看他，心里想着：下了课一定要请求彭老师，换位子，绝不能再跟一个贼同座下去了。

但是，陈志万万没有想到，当天下午放学，彭老师把他留了下来。等所有同学走光了，她那双又浓又粗的眉毛下，眼睛放着凶光，问：跟我说老实话，是不是你跟杨尿根合伙，把钟拿走了？

好像是当头挨了一棒，陈志眼睛一黑，金星乱跳：老师您说什么？

钟。

钟？

是不是你们拿走了？彭老师回避了"偷"字。

拿去卖了钱归你，因为你家里缺钱。

老师，老师，老师……陈志忽然觉得天旋地转，一头栽在地上。

杨尿根、小淘、郑瑶仙在楼下等着陈志，见他好久没下来，郑瑶仙说：我不等了，我要回去写字，要不我爸下班回家该骂我了。杨尿根拉着小淘，说：上去看看。

陈志躺在地上，迷迷糊糊。

老师，这是怎么回事？杨尿根问。

怎么回事？问你自己！彭老师恶狠狠地说。

你怀疑我就算了，凭什么怀疑他？杨尿根叫起来。

你还来教训我？彭老师的手指头几乎戳到杨尿根的鼻子。

老师说话要有证据，不可以瞎猜的。小淘的口气像她老妈。

彭老师瞪眼看看她，嘴巴张了几下，闭住了。毕竟，小淘她
妈是校长。

上跃进班的名单正式公布，有小淘、郑瑶仙和两个一向高分
的男生，没有陈志。罗马钟的失窃，还没有查出结果。陈志和杨
尿根还是主要的怀疑对象。

省艺校到学校挑人，挑中了两个，一个是小淘，小淘跟她妈
一样漂亮，没说的；一个居然是"黑铁砣"样的杨尿根，理由是
他的下身比上身长两公分。

杨尿根本来就不喜欢读书，加上彭老师怀疑他是贼，听说给
艺校挑上，高兴得一蹦老高。

小淘则是可去可不去，她妈吴校长说：你自己决定。小淘
说，我决定去艺校，把跃进班的名额让给陈志。

吴校长说，难得你有这样的好心。你做得对。

但是，陈志没有上成跃进班，小淘空出的那个名额给了别的
同学。能不能上跃进班，决定权在教育局，吴校长也不能违反他

们的决定。见到陈志，她脸上没有了一贯的笑容，只说了一句：好好念书。

杨尿根求过郑瑶仙，让她跟她爸郑科长说说：陈志是好学生。

郑瑶仙说：我哪敢，他铁面无私，你又不是不知道。再说，你们偷钟的事还没完呢！

扭头走了。

杨尿根和小淘去了省艺校，郑瑶仙上的跃进班在杨家厂小学本部，学习小组烟消云散。陈志心里空落落的了。

彭老师还是那么凶，见到陈志就说：老哭瘪个脸做什么？学习委员郑瑶仙走了，她没有补选，下午的练习课，她让陈志上讲台，粗声粗气对下面说：你们有什么不懂的，就问他。

五年级暑假，杨尿根和小淘来找过陈志。

罗马钟的事，杨尿根问过他公公。

杨公公呵呵地笑，胸脯和肚皮一阵抖动：好多事，晓得了跟不晓得结果一个样。不如不晓得，心里干净。

不管杨尿根怎样缠他，杨公公就只是呵呵笑。

杨尿根说，他公公什么都晓得，他是铁街的百事通，再蹊跷古怪的事，他掐掐手指头就一清二楚，只是故意装憨罢了。铁街早年发生的许多事，他都多少沾点边，甚至还有人嚼牙根子，说当年万祥泰的姨太太跟一个京城过路的戏班子名角相好，小淘她妈吴校长就是他们的女儿，姨太太难产，生下女儿就死了，女儿是杨公公送进红十字会育婴堂的。说的人怕别人不相信，会问：你们有没有发现，为什么老爷子一见吴校长神情就怪怪的，像是疼爱，又像是怜惜？

杨公公有一天在公厕从早上蹲到了快中午，别人喊他，拍他，没有反应，才知道他寿终了。

罗马钟冤案失去了最后一丝申冤的希望，杨尿根和陈志这辈子就是跳到河里也洗不清了。但杨尿根爸爸有一天叫住了他，闷闷地说：

钟的事就算过去了。学校没找你们，你们也就莫瞎想了。公公心里自然有数，不告诉你们，就是怕你们惹是生非。事情其实再明白不过——只要看谁从中得到了好处。

杨尿根、小淘、陈志，三个人你看看我，我看看你，说不出话。

郑瑶仙她爸那时已经从"郑科长"变成了"郑局长"。

你一定要上六年级，学费会有人帮你交。杨尿根先开口。

那是谁？我想知道。陈志说。

杨尿根看着小淘。

你不用管，钱反正不是偷的。小淘的眼睛亮亮的。

我晓得了，是你妈，吴校长。陈志嗓子哽咽，泪水又涌上来。现在他什么都明白了，他之前的学费都是杨尿根从小淘那里借的钱。小淘不让杨尿根还，也不让他告诉陈志，说这是她妈叮嘱的。

小学快毕业，吴校长被通知去市教育局，郑瑶仙爸爸郑局长跟她谈了半天话。回来她就收拾办公室的东西，几天后，教育局下了文，免了她的校长职务。这之前，小淘的爸爸已经不是大官了，听说犯了很严重的错误。

杨尿根和小淘好久没来找陈志。他知道，他们帮不上他了。

四

虽然明明晓得家里没钱让他读中学，陈志还是参加了升中学的考试。他想给自己的求学画最后一个句号。他想好了，从这个暑假开始，他就去做工，先跟杨尿根爸爸学打铁，等够了法定的就业年龄，再去劳动部门登记，等待招工。

暑假，接到录取通知书那天，陈志去江边的电厂捡煤渣，特意拐弯路过他考上的中学，见到校门两边张贴着入学新生榜。他挤进去，在密密麻麻的名单中找到了自己的名字，眼泪一下涌上来，赶紧低头退出人群，差点撞上迎面过来的郑瑶仙。她已经是这个中学的初二生了。

你真的不上中学？郑瑶仙的个头不知什么时候蹿高了，陈志得抬起脸看她。但是他马上就低了头，从郑瑶仙身边走开。

中午回家，还没有进门，就闻到一股淡淡的烟草和肥皂水混合的气息。门里，一个黑瘦的严肃的陌生人，坐在家里剩下的唯一一张断了一条腿的小板凳上，头发梳得一丝不乱，一身灰布中山装洗得发白。

我姓常，是你初一的班主任。

陈志有点惊慌，手脚没处放。

坐下吧，我们慢慢说话。常老师轻言细语，他显然已经来一会儿了：我跟你母亲说好了，你继续上初中。

一脸凄凉的母亲搂着陈志的弟弟妹妹，点点头。

常老师抓过陈志的手，合抱在自己暖暖的手掌里，端详了一会，说：你的情况我都清楚，你小学的班主任彭老师是我爱人。这么聪明的孩子，不读书可惜了。读书的费用不要担心，我会给你申请免学费和助学金。

常老师说着，从断了一条腿的板凳上站起来：那就这样，讲好了，你明天去学校报到。我等你。

第二章

一

　　初中开学没有几天，陈志就发现了那双黑眼睛。当时他和她都分别站在一群男同学和女同学中间，可是他们一下就注意到了对方。一个学期接一个学期，上课，下课，值日，放学，在安静的或攒动的人头之间，一抬眼就对上了。每天进教室，陈志第一眼就找那双黑眼睛。找到了，满教室大放光明；没找到，一整天打不起精神。有一次她连着好几天病假，陈志觉得自己简直是漂流到荒岛的鲁滨逊。

　　那个下午，陈志刚做完卫生值日预备回家，在走廊上忽然被一个人拦住了去路。他比陈志高，像一堵门似的遮住了他身后走廊出口的微弱光亮。这所先前的教会学校，走廊深长且幽暗。陈志一时没有看清他的脸，吃了一惊，以为自己做错了什么事。

面前忽然爆发出一阵大笑，"嘎嘎嘎"的有一点像鸭子叫，不同的是比鸭子的叫声尖锐。笑声过了好久才停下来：

陈志，对吧？看到了墙报上你的诗，来认识你。

陈志看清了他，脸一热，更慌了。

划给班上出墙报的黑板就在教学楼入口一侧的墙上，所有人进出教学楼都要经过那儿。

初三，陈志忽然对时常路过一家报社的报栏发生了兴趣，看副刊上的诗歌，也想写诗。在街道工厂做工的母亲每天带回一大堆计件的零活，做到很晚，不明白陈志为什么瞎忙。他说：写诗。如果登了报，说不定一次赚的钱比你一个月的工钱都多。那些诗，背着所有人寄出去，当然都没有结果。只好交给出墙报的班干部，多少满足一下自己的表现欲。

却没有想到会被这个人注意到。

这个现在被全校的崇拜者称作"唐璜"的人，小学就是陈志的偶像了。

五年级的一堂作文课，老师在黑板上挂了一篇事先用毛笔抄在大白纸上的范文，老师读得如醉如痴。知道范文的作者就在同一个学校，只高一个年级，教室里一片惊叹。

后来就知道了更多的他的事：他上学以来从来没有买过课本，他所有的作业本都是用到处收集来的纸片装订的。他的书包是一只破旧的藤制的篮子，篮子的提耳已经脱落，另外用麻绳扭了两只。那篮子里装的是一些谁也说不清的东西，有一次有人见它装的是满满一篮煤球。

他一直是全校成绩最优的学生。

全校队日，陈志终于看到他了，他是学校少先队的大队长。当时正走在最前头，带领着仪仗队绕操场一周。仪仗队的队员们着装整齐，一律的白衬衫、蓝裤子、白袜子和白球鞋，高举着星星火炬队旗，庄严地吹着洋号，敲着洋鼓。最突出的领队却打着赤脚，裤腿瘦而短，只勉强遮住小腿肚，衬衫皱巴巴的，已经很难说是"白衬衫"了，不时地吸着鼻子，咧一下很厚的嘴唇，伤风得很厉害的样子。他的头发很长，前面的那一部分垂下来，遮住了一只眼睛和半边脸，使得他不得不时时略低一下头，然后又用力抬起来，往后甩一下。这样的甩头发，后来为许多男生模仿。

进了中学，他依然是常年打着赤脚，依然是瘦小肮脏的衣服，依然是不时地伤着风、吸着鼻子，依然是遮住眼睛和脸的长头发，依然是潇洒地甩头发，依然是被人们瞩目、议论和模仿，依然是没有课本但有着最好的成绩。他的作文被老师抄袭，送到报刊去发表，赚稿费买香烟。

不同的是多了一个外号：唐璜。

陈志一直单相思似的崇拜着他，就像对着太阳似的仰望又不敢睁开眼睛。现在他却突然站在自己的面前，明白无误地，喊出自己的名字：愿意走走吗？

陈志不知所措，像一条怯生生的小狗似的跟上他。

没有吃晚饭，但一点也不饿。他们沿着环城大道，一直走到接近半夜，大街上已阒然无人，只有路灯沉默的光亮和梧桐树寂寞的沙沙声。

陈志始终摆脱不了最初的惶惑。一直是唐璜在说话。

你喜欢写诗，跟我一样。不过你那样的不是诗，诗并不是标语口号加上个"啊"字就行了。当然，大诗人也有拿标语口号写诗的，不过从那样做开始，他就不是诗人了。

一个接一个陈志从来没有听过的诗人的名字从他嘴里冒出来。其中有拜伦，拜伦的《唐璜》。

知道吗，因为跟一个贵妇好，拜伦被赶出家乡，就是你现在的年纪。

他扬起脸，"嘎嘎"笑起来，在空寂的街上特别响亮。

这样的夜行后来越来越经常。一个又一个陈志从没听过的诗人作家的名字像水一样汩汩流淌。陈志无法跟他对话，只能老老实实听着，尽最大的努力记在心里。

这样的夜行后来每星期都有两三次，陈志几乎每天都在等着夜晚的到来。

变故是从看电影《漫长的路》之后发生的。

一幢俄罗斯风格的建筑。高大的树和碧绿的草坪烘托着堂皇与庄重。每个周末的夜晚，礼堂里放映二轮的外国影片。为了看这些影片，不上课的时候，陈志常常守在马路上坡的地方，给上坡的板车帮忙拉车，每次赚到几分钱，积得够数了，就去买票。然后，在昏暗光线中，抓住衣服上的裂口，小心局促、忐忑不安地进入挂着厚重窗帘、铺着柔软地毯的礼堂，生怕自己的破衣烂衫亵渎了这里的艺术气息。

《漫长的路》是唐璜买的票。故事的内核关涉男女主人公的爱情，对强权的抗争，失败，流放，重逢，终至于生离死别。蔚蓝的大海，忧郁的灯塔，西伯利亚黑暗的雪野上孤独的驿站和马灯，在狂暴的大风雪中渐渐消失的马车和绝望的呼号……

陈志泣不成声。

他们最后走出影院。大街渐渐恢复了安静。陈志的眼角还留着明显的泪光。唐璜很不以为然，尖锐地怪笑着，同时吸着鼻子，终于止住了笑：很美，也很忧伤，是不是？

无论什么话题，唐璜都是这样的语气，好像对方也跟他一样熟知这些话题。他不想让对方觉得被轻视，陈志却反而难堪，反而无法承认自己的无知。只好讷讷点头。

我念诗给你听吧。唐璜说。

我轻松愉快地走上大路，
我健康，我自由，
整个世界展开在我的面前，
漫长的黄土道路可引我到我想去的地方。

24

从此我不再希求幸福，我自己便是幸福，

从此我不再啜泣，不再踌躇，也不要求什么，

消除了家中的嗔怨，放下了书本，停止了苛酷的责难，

我强壮而满足地走在大路上。

地球，有了它就够了，

我不要求星星们和我更接近，

我知道它们所在的地位很适宜，

我知道它们能够满足于属于它们的一切。

但在这里，我仍然背负着我多年心爱的包袱，

我背负着他们，男人和女人，我背负着他们到我所到的

任何地方。

我发誓，要我离弃了他们那是不可能的，

他们满足了我的心，我也要使自己充满他们的心。

是惠特曼的《大路之歌》。

唐璜不时用力往后甩一下长长的头发，用力吸一下鼻子。充满了神秘感的句子一长串一长串地在夜晚的大街上肆意挥洒。

陈志像印第安人崇拜太阳一样仰脸看着唐璜。那时候他还无法想象，那条漫长的路其实就是对他的未来的一种预示。

我不怕流放。唐璜突然说：人活着，就是一种流放，人被不

可知的力量放逐到尘世，然后受各自命运的驱使四处漂泊。

陈志听得呆呆的。这些话从来没有在课堂上听到过。

唐璜是做过准备的。他后来领陈志去过他的家，一幢老旧的楼房挤了很多户人家。他在一层楼梯底下辟了一个只属于自己的角落，里面只有一张床：几块没有刨光的木板架在两堆垒起的砖头上，木板上铺着一块破烂不堪的发黑的床单，没有棉絮。枕头是一块从河里捡来的红砂石。

暑假在江堤上过夜的时候认识了一个露宿的乞丐，一个北方人，跟我同岁，没有上完初中就出来了，已经走遍了大半个中国。

唐璜的语气里有一种明显的神往。

这一类的念头让唐璜的行为有一些怪异。有一次路过市中心公园，他提议从公园里穿过，让陈志跟他一起翻铁栅栏。这当然是一种冒险，明显不是为了逃门票。

陈志是在各种各样的规矩中长大的，先是祖父的、父母的，然后是老师的、其他长辈的以及书本上的。在所有这些人的眼里，陈志从来都是好孩子。现在，他忽然隐隐约约地感到，他有可能被带坏，变得不守规矩。

这担忧不久真的被证实是不错的。

二

初三，"五四"青年节，学校举行诗歌朗诵会，陈志上台朗诵：

> 理智说："不要理睬，不要理睬！"
>
> 但爱情说："向他说，你真可爱。"
>
> ……

诗集都是唐璜送的。陈志最喜欢的是普希金和莱蒙托夫的诗。

本来挑的是《渔夫和小金鱼的故事》，天知道为什么念出了《理智与爱情》，在聚光灯下还直瞄瞄地盯着台下那双黑眼睛，让许多人都回头去看她。

很快有人在她的课本上发现了陈志的名字，翻几页就一个，都是她的笔迹。

初三是毕业班，班主任由常老师换成了教生物的元老师。那个中午放学，雨很大，陈志没伞，在教室门口站着。元老师从后面拍拍他的肩膀，他们去了生物实验室，一幢二层小楼。很早以前，上一层是解剖室，下一层是停尸间。

有什么要告诉我的吗？

元老师有一双解剖刀一样锋利的眼睛。他微笑着，比不笑更让人害怕。

屋角有一个跟活人一样高的教学人体模型，头从中间劈去了一半，露着血红的脉络和白色的脑髓。

元老师的眼睛像是切开了他的身体。陈志相信，元老师甚至看见了他暑假做的那个梦：

下乡支农的晚上，老师让他去通知女生开会。推开门，黑眼睛正站在澡盆中间。

当时陈志睡在院子里的竹床上，夜半的月光穿过梧桐树枝落在他身上。两腿中间冰凉，这是第一次。院子里静静的，没有人。他浑身发冷，说不出的惶恐。

你最近同谁来往多呢？

唐璜。陈志脱口而出。

难怪！元老师一咧嘴。

他就是早恋。学校原要处分他的，要不是改得快。

陈志的心沉重地一响。一下记起了唐璜给他的诗集中的那些写满了空白处的凌乱的句子，这些句子的意义本来是朦胧的，让人似懂非懂：

　　　　虽然包裹着我们的丝茧

　　　　隔绝了外面的声音

　　　　我们久久地睡眠，在冬天

　　　　好像两个静止的生命

　　　　但是我们并没有死去

　　　　我们是在等待着苏醒

　　　　到了夏天我们便会有一对翅膀

　　　　可以到处翩翩地飞行

　　　　那时，六月的风多么舒畅

天空发光而且轻盈

它的下面，是河流愉怡的波浪

和广大绿色欣欣的森林

"丝茧""隔绝""冬天""静止""死去""苏醒"，所有这一类的词现在读来，明明白白，一下子变得可怕起来。

元老师说，因为早恋被发现，那位女同学转学了。

陈志忽然明白，之前唐璜为什么来找自己，是因为空虚；他为什么大谈唐璜，是因为他觉得自己像那位早熟的诗人；他所以想流放，是因为他对学校有抵触情绪，他的另一首题为《眠蚕》的诗正是这样的意思。

崇拜一下子变成了恐惧，好像童话中的那个天真的小红帽在森林里采着蘑菇一下子发现面前站着一只狼。这种恐惧感紧紧地攫住了陈志，半夜里常常被噩梦惊醒。

陈志开始躲唐璜，像躲开瘟疫。疑心自己对黑眼睛的着迷是唐璜潜移默化的结果。

元老师特别求上进，对出身同样不好的学生特别严厉。当作受家庭影响的反面例子，在全校大会点了陈志的名。

差不多所有的同学也都疏远了他，也像躲开瘟疫。陈志想去一个很远很远的地方。那里没有唐璜，没有同学，没有黑眼睛，没有元老师，没有教学人体模型，一切重新开始。他觉得没脸见人，尤其没脸见常老师，远远地看到常老师的影子，就一溜烟躲开。靠着常老师努力争取免除了学费和申请到的助学金，他才上了初中。事情在学校里传得风风雨雨，常老师不可能不知道，该多么伤心啊。

好歹念完了初中，看着好几年前失去父亲后已经变卖一空的家，看着母亲干枯憔悴的脸，陈志说：我不读书了，我出去做事。母亲惊惶地睁大眼睛，说：不行的，万万不可以，将来到了阴间我怎么跟你爷爷交代！

妹妹不到学龄；因为没钱交学杂费，小学三年级的弟弟辍学；为了让陈志上初中，姐姐从初二退学，一个在小学当老师的邻居介绍她去代课，收入微薄，说没有就没有了。

为了应付母亲，陈志在中考试卷上一通乱涂，交完卷走出考场，一身轻松——没有继续学业，是因为没有考好，没有母亲什么事，爷爷不能责难她了。

去找过小学同学杨尿根的爸爸，要跟他学打铁。杨尿根爸爸指着火炉边的锤子，闷闷地说：

你拿起来。

陈志抓起长长的弹性的锤把，憋红了脸，刚举到齐腰高就落下去了。

你不能跟尿根比的，他从小泼皮惯了。

杨尿根爸爸沉着脸：

等两年，我一定收你。

还在暑假。元老师突然找到陈志，让他去参加一个欢送会，省城社会福利院的上百名孤儿去长江中间的一个沙洲农场就业。会上，几个没有升学的高中生提出要跟那些孤儿一起"奔赴社会主义农业第一线"。元老师叫醒了坐在过道的地上呼呼大睡的陈志，希望他也走进时代的前列。说那是国营农场，种棉花，不像种水稻那么苦，主要是在实验室摆弄试管。你去了就是工人，每月拿工资。

陈志想也不想就点了头："拿工资"这一条就抓住他了。

出发就在欢送会的第二天。快半夜回家的母亲措手不及。陈志直挺挺地躺在院子树下的竹床上，死死地闭紧眼睛。他不想跟母亲交流，除了深深的悲伤，她还能怎样？母亲一整晚都坐在竹床边给他打着扇，极力压抑着啜泣。第二天一早他用一只破旧的网兜装了母亲强行塞进的家里唯一完整的脸盆，和几件换洗衣服，匆匆去学校集合。

学校派了老师和同学来车站送行。彩旗飞舞，锣鼓喧天，人群挤满了车站。陈志一上车就死命把头钻进已经被先到的人塞住的车窗，极力张望。火车开动的时候，他在挤满车站的嘶声号啕的人潮中，看见了被挤压在其中的绝望地拼命摇着手的母亲和姐姐。

没有黑眼睛。也没有唐璜。元老师跟他谈话之后，初三上学期的一半和整个下学期，陈志再也没有面对过那双黑眼睛，没有接触过唐璜。

昨天夜晚，睡在院子里梧桐树下的竹床上，母亲坐在他的竹床边，一边掉着泪，一边摇着蒲扇给他赶蚊子。陈志当时其实希望母亲离开，让他能安安心心地把去年暑假的那个梦至少再做一次：

下乡支农的晚上，老师让他去通知女生开会。推开门，黑眼睛正站在澡盆中间。

第三章

"妈儿"在学校里的叫法是"老妈子",到江洲后随当地方言叫成了"妈儿"。意思一样。

初中三年,妈儿和陈志不在一个班,互不认识。等到认识的时候,已经无学可同了。

暑假快要结束的一个下午,初三的班主任亲自来通知陈志,学校组织本届高、初中毕业没有升学的同学第二天去参加一个欢送会。

陈志当然可以不去,但第二天还是去了。他还没有习惯不听老师的话。接到通知的人大部分都没到会。妈儿那个班来的也是一个人。

被欢送的是省城社会福利院一百多名刚成年的孤儿。他们将要去一个叫江洲的农场种棉花。省政府来了一个副省长出席欢送会。记者们跑前跑后,镁光灯眼花缭乱,高音喇叭像是要把屋子抬起来。青年的热血一下就像着火的汽油一样烧起来。等陈志意识到发生了什么事的时候，班主任已经在问他愿不愿跟那些孤儿们一块下乡。

不能升学就找工作的念头，陈志早就有了。但忽然听说这么明确而具体的地方，陈志完全没有思想准备。陈志求救似的去看周围。陈志的另一边坐着妈儿、他的班主任，也正在动员他。陈志看见妈儿不住点头。陈志的命运也就在那一刹那决定了。

童话里常常出现这种三岔路口，主人公一旦作出选择，走上其中一条路，一生也就决定了。那个夏天陈志和妈儿在那个欢送会上作出的决定，是他们整个人生中迈向社会的第一步。在那个决定性的时刻，陈志同妈儿之间到底是谁影响了谁呢？如果说在会场上，妈儿的点头影响陈志的话，那么第二天却是陈志影响妈儿了。

报了名的同学第二天到学校集中。陈志一进校门，远远看见妈儿一个人站在操场的单杠下面。

看见陈志，妈儿低下头。他打着赤脚，一个大脚趾往下别着，在沙地上盲目地划着道道。

我不去了。

为什么？

家里让我进工厂，已经说好了。

昨天你已经答应老师了，已经报名了，报上都登了，怎么可以反悔？

我不知道。

妈儿的大脚趾在沙地上划出的痕迹像他的心情一样乱。

还没有开学，学校里很空旷，静悄悄的。蝉和鸟叫得很响，阳光在操场上晒出腾腾的热气。

你要不去，我就一个认识的人也没有。

陈志快哭了。

不远的教学楼上，老师从窗户里探出身子喊他们。

还是去吧。

陈志说，已经是哀求。

妈儿一直低着头，却终是跟着陈志走了。

多年后，当陈志给妈儿写追悼文字的时候，心里充满了内疚。如果说，正是这一步铸成了他终生的大错的话，那陈志便是引导他走这一步的主要责任人之一。

到了江洲才知道，他们两个竟是同一年同一月同一天出生的，只是出生的时辰，双方的大人都记不清楚了。从此每年最隆重的日子，就是他们共同的生日。回家探亲的日子，陈志常常醉倒在妈儿的家里，由他们一家子忙忙碌碌地照应，妈儿比陈志还更清楚地记得陈志母亲的寿辰。

陈志母亲生病，陈志晚上才看到信，只能赶第二天上午的班船了。妈儿说，我去送你。可是第二天，陈志搭上的拖拉机已经走得好远了，才突然看见了妈儿。他两只手臂朝上举着，各夹着两只硕大的西瓜，爬上老高的坝头追来。为了新鲜，他特地一早去瓜地摘瓜，又七挑八拣，耽误了时间。

无论怎样在拖斗上叫喊、捶打、蹦跳，司机都不肯停车。陈志只有悲哀地看着紧追不舍的妈儿。他抱着四只那么大的西瓜，跟跟跄跄地奔跑着，被拖拉机甩得越来越远。终于在视线中消失。

陈志到码头的时候班船还没有到。陈志咬牙切齿，又不知该恨谁。让他心痛的不是西瓜，是妈儿。

船已鸣笛，缆已解。妈儿跌跌撞撞地扑到了趸船。他的脸白得像张纸，两条细长的腿不停地像风中的芦苇一样发着抖. 他的两臂牢牢夹紧了四只大西瓜，一只也不肯放弃，就这样一口气跑了上十里路。半个月后陈志回到农场，妈儿那两条麻木的手臂还没有复原。

陈志和妈儿一起在乡下待了八年。陈志看得极苦的那八年，妈儿却似乎是愉快的。

妈儿从来没跟人发过脾气。若受了欺负，就只是两眼泪汪汪地看着人家。他心细手巧，什么事看一眼就会。跟当地女伢学着纳袜底、鞋垫，绣花，没有几天就让那些女伢叫绝。厨房的红案、白案，农机站的汽车、拖拉机、电动机、发电机修理，不出一个月就驾轻就熟。无论谁让他帮忙，也无论那件事是轻易还是艰难，甚至危险，他都欣欣然，好像是受了人家的奖赏，谁都可以利用他、支使他。陈志为他抱不平，他笑笑：算了，做都做了。

《莱蒙托夫诗集》是陈志在场部阅览室顺来的，根本就没想还回去。妈儿说，那怎么可以？那是偷窃。陈志说偷书不算偷。妈儿说，怎么不算偷？忘了课本上孔乙己偷书给打断了腿？莫争了，我帮你抄吧，抄完了还回去。

好一场大雪，老北风把雪粒从瓦缝刮进来，满屋沙沙作响，很快就铺满一层厚厚的白雪，寒风穿过满是缝隙的门窗，雪很快就成了冰。手指冻得像胡萝卜，抓不住笔。陈志不时地把手举到嘴巴上呵气，妈儿却一直埋着头，偶尔问：你那么怕冷？要不你钻被窝吧，我一个人抄！

没有电，煤油灯的烟熏黑了鼻孔，一抹鼻涕，脸也黑了。

阴间的莱蒙托夫把我们变成阎王爷了！

陈志傻笑，一阵心酸。

妈儿因此有极好的人缘。男人都乐意跟他搭伙。女人们则一致说：嫁人就要嫁这样的男人，一辈子享福。

妈儿看上了晚几年下来的杨贵妃。她几乎没有一样农活拿得起来。锄草，别人锄了十趟，她半趟还没有锄完；她铺一张床的时间，别人足可以铺好十张床；她洗完一条手绢，别人早洗完了一床被单；讲究营养，却煎不好一只鸡蛋。自从有了妈儿，她的苦难立刻到了头。妈儿成了她最忠心、最勤快的保姆。她爱妈儿也爱得要命，须臾不能离开。杨贵妃却被父母强行带回城里，一不小心她光着身子跑上大街，要死要活地喊妈儿。家里给她办了病退回城，再也没有回到江洲。那些日子，陈志陪妈儿喝着闷酒，整夜整夜一言不发地呆坐在黑暗中。

跟妈儿成家的是一个苏北女孩。她老家连烧饭的柴草也找不到。能落户江洲，等于进了天堂，能嫁给妈儿，更实实在在是一种幸运。

接到妈儿的信，在县城做零工的陈志当即请了假，赶去江洲，帮他操办婚事：把一间小土房的墙上的破洞和裂缝塞起来，用石灰水刷白；陪他坐划子到对岸县城去采办衣服、被褥、香烟、糖果；然后是请客、婚礼、酒席。

他们的日子过得很用心。每天半夜以后，妻子还在剁猪菜，妈儿还挑着马灯盘菜园。过年了，用红字写一个"福"字，倒着贴在门头上，显眼处小心贴上的"百无禁忌""不忌童言"，年饭有鱼，没有人会动一筷子，因为那表示"年年有余"。妈儿带着生病的妻子来过一趟县城，让陈志找个认真的医生。他们面如菜色、憔悴枯槁，陈志不敢看。

他们却顽强地活着，并还有闲心牵挂陈志。

陈志在县里的零工是耍笔杆子。妈儿说真为你高兴，想起多年前那个大雪天抄诗集，还真没有白干。照这样干下去你一定不会再回农场了，真是苍天有眼！接着又担忧，切要记得母亲的话，文墨这碗饭固然让人眼红，又最不好吃，这是卵子头上磨剃刀的险事，你千万千万小心，莫大意，莫吃亏啊！

农场里绝大部分知青都通过各种各样的途径回了城。像妈儿这样家里没有任何门路、自己又毫无活动能力而留在农场的人是极少数。

　　妈儿只有设法往省城附近的农场迁移，好就近照顾风烛残年的老娘。

　　整整三年，妈儿烧香、叩头、跪拜，终于爬过万水千山，等到安下新家的时候，几乎倾家荡产，以致到死都还提起陈志当时交给他的一笔刚刚到手的极微薄的稿费。

　　最后落实他的具体工作的时候，所有人都动了恻隐之心，他被安排到农场里多少人打破头也没有挤进的建筑工程公司做机修工。

　　他的境况日渐好起来。建筑公司实行的是承包制，基本工资之外，另有相当不错的分红。随着接触面的日益广泛，妈儿工余又承包一些时间紧、难度大的水电安装，常常一连干几个通宵。天亮后又照常去公司的工地上班。他需要钱，不能让儿女再吃他吃过的苦。陈志说，如果只是为了赚钱，那就不如做生意。他摇摇头：还是安分守己凭血汗赚钱的好。陈志无言以对。每个人都只能走自己的路，别人是难于勉强的。只要他觉得好，那也就是好了。

　　那是他一生中最愉快满足的一段日子：儿女的衣服上再没有补丁；被褥换了新的，只结婚时陈志帮他选购的那床大毛毯还在；有了立体声收录机，双缸洗衣机，12寸电视机。收下一笔劳务费，就可以买冰箱了。冰箱是非买不可的，儿子一到夏天就眼馋别人家冰箱制的冰棒。

一家人的气色都明显地好了，就像是一些本来结满尘垢而现在擦得通亮的灯罩子。然而，岁月的刻蚀却是无情的。一丛丛的白发，开始蓬勃兴起，额头和眼角的皱纹，深深埋葬了青春。最要命的是他常常在工地上昏厥。

得空的时候，他就常常来陈志家帮他保养自行车，修理家电，改装电线电路，一面不时地告诉陈志一些有关他生活逐步改善的消息。终于到了那一天，他们一家全部转成了城镇户口，在失去它二十五年之后重又得到了它，这曾经是他做梦也不敢想象的事。有了城镇户口，他马上把两个女儿和儿子分别转入了市内的中、小学。转学手续办妥那天的午饭间，他一直喋喋不休地说话，兴奋得就像个登基的皇帝。下午，他本来打算很奢侈地睡一觉，却又被人喊走了。一个已经竣工的工地上有一台升降机的架子要拆卸，他们需要妈儿的技术，妈儿觉得不能拒绝。只要不是犯法的和缺德的事，他从来没有拒绝过别人的任何请求。

架子总共六节。到傍晚七点左右，剩下了接近地面的最后两节，那个地方离地面六公尺。谁也没有想到，架子的第二节因为螺丝的松动而倾斜，妈儿大叫了一声就从上面落下来。他落在一堆过滤后的石灰渣上，没有出血。当时似乎是晕了一阵，很快就清醒过来。

天色已经昏暗，下着霏霏的细雨，一切已看不太真切。这样的高度、这样的落点以及他的反应，情况看来并不严重。那两个人把他从地上扶起来，用自行车把他载到市内一家大医院。这时是晚间八点。抢救室的医生听完情况，再作初步检查，确定需要进手术室。但是在这之前，需要预付血浆费。同行的两个人身无分文，只好赶去市郊的建筑公司，报告妈儿妻子。

钱是当晚十点以后由妈儿大姐和她的丈夫如数送到医院的，这一对工程师夫妇敲了好几家同事的房门才把钱凑足了数。

在等待这笔钱凑齐的那一个多小时里，妈儿几度昏迷。一旦醒来，他就笑着跟妻子说话。说他上午怎样为女儿和儿子办转学手续，说他什么事也不会有，明天就同她一起去选购冰箱，说你跟着我吃尽了苦，总算苦到了头……后来，大姐他们来了，他紧紧抓住了大姐的手，眼睛里忽然满是泪水：不要让母亲晓得！

他死在去手术室的路上。

陈志得到噩耗是次日早晨。妈儿妻子的姐夫来敲陈志的门。他们一家人不知怎样向八十高龄的老人告知妈儿的死。

是陈志去告诉她的。老人在陈志的怀抱里拼命地挣扎着、颤抖着、痉挛着、呜咽着，却发不出声音。陈志闭紧了眼睛，手臂像铁箍似的抱紧了她。

陈志最后一眼看见妈儿是在殡仪馆的灵堂。建筑公司租的是最小的灵堂，妈儿躺在供人向遗体告别的台子上，很安详，像从前一样，没有任何怨言。他那张脸无法化妆得鲜艳，因为颅内大量充血，整个头部变成了紫黑色。给他穿了一身毛料制服，那是他一个多月前去裁缝店做的，他死后才取出来，生前还一次没有穿过。他脚上穿一双崭新的布鞋，鞋底很厚很白，一尘不染。这一身打扮使他像一位很有福的人。但愿在另一个世界里他真的这样有福。

　　来的同事很多。在他们的印象中，妈儿总是在笑嘻嘻地帮他们做这做那：从检修房顶到为个孩子的塑料凉鞋修鞋襻。他们唏嘘叹息：

　　为什么世上总是好人死得早？

　　妈儿死的时候四十岁刚出头。

第四章

一

李部长到二队蹲点，按甘新华的说法，是她求来的。

洲上人自称"老职工"，喊城里来的人"新职工"。这帮新职工没有几根正料，五颜六色，奇形怪状，南腔北调，叽叽喳喳，打打结结，鸡飞狗跳。男的手脚总也不老实，大白天，人面前，搂着女的就啃，啃得女的身子乱扭，叽叽嘎嘎乱笑；女的衣服总也穿不正，不是遮不住奶就是遮不住肚子，一条白肉晃眼，让你看不是，不看又不舍得。宿舍的房门如同虚设，夜里灯一熄，单人床的帐子里就叽叽嘎嘎乱响，也搞不清是谁上了谁的床。一堆干柴烈火离了娘老子的管束，烧得乌烟瘴气。

老职工里，上了年纪的摇头咂嘴：做过了！不准自家的儿女接近他们。年轻的新鲜好奇，偷偷学坏。

其实下放的人里头也有一心只求上进的，甘新华就是一个。

甘新华的家也在赐福巷，跟陈志差不多是邻舍。

赐福巷是个棚户区，除了一号院，都是密密麻麻的棚户。一号院原来是一个留洋回来的医生开的私人诊所，医生临死前捐给了政府，希望保自己当过军医的儿子平安。他儿子最终没有坐牢，一家人很滋润地住了二楼一层。

一搬进来，父亲就跟陈志讲过，赐福巷这名字的来源是"天官赐福"。中国道教有天、地、水三官，天官赐福，地官赦罪，水官解厄。"天官"全名是"上元一品赐福天官"，紫微大帝，总管天上所有的帝王，是授福禄的神。每年的正月十五是他的生日，这一天他会来到人间，校定人的罪福，这就是"天官赐福"。民间把这一天叫作上元节。其实大家从春节开始，就已经在敬天官、盼福音了。父亲在一个小摊上特地给陈志买了一张天官的年画，画上的天官头戴如意翅大官帽，五绺长胡须，身穿绣龙红袍，扎玉带，怀里抱着如意，手上还抓着"天官赐福"四个大字的横幅，背靠四季花团簇拥的大"福"字，头顶和脚下祥云和五只蝙蝠环绕，"蝠"与"福"同音，表示吉祥、吉利，脚下寿桃，表示多福多寿。

赐福巷的棚户几乎家家贴着这样的年画，为的是祈福消灾。住在一号院的人看不起赐福巷棚户的人，觉得他们脱不了乡下人的土气。

一号院的前门，一排篱笆墙把赐福巷挡在外面。院子里竖着赐福巷唯一的一栋二层小楼。一串红石条铺的小路在草坪和花圃中间穿过。院子当中，一棵本地梧桐枝繁叶茂，遮住了半边天。青绿色的皮，用指甲可以掐出乳白色的浆汁来。夏天最热的日子一过，树上会结满跟豌豆相似的桐子，用竹竿一敲，熟透了的桐子从裂开的豆荚里"哗哗"落下，下雨似的。一院子的小人都在梧桐树下活蹦乱跳，伸开巴掌接"哗哗"落下的桐子。篱笆墙外面，挤满了赐福巷的小人，一面流着口水，眼巴巴地看着院子里的大人举着长长的竹竿敲打梧桐树枝，一面死命拍打篱笆。住在院子侧面棚屋的一个女孩特别凶狠，两手抓住篱笆片子，死命前后推拉，恨不得把篱笆拔出地面。陈志当时觉得好笑，过后就把她忘了。因为下乡，她的名字上了报纸，才知道她叫甘新华。院子外的这帮孩子都恨一号院的人。家里的大人告诉过他们，一号院都是跟我们不一样的人，莫看他们神气，说不定什么时候就倒霉了。

甘新华老子是二贩子，每天天亮前去郊区收菜，天亮在城里摆摊，跟工商税务的人捉迷藏。她自己从小特别要强，个子小，喉咙却大，动不动跟人吵架，嘴巴连珠炮一样响个不停，对方如果横不下心一巴掌拍死她，就只能是溜之大吉。陈志父亲出事以后，只要见到陈志家的人，她就在后面不停地吐口水，表示划清跟阶级敌人的界线。

老子在打击投机倒把运动中丢下一大家人突然没有了音信，

老娘一个人扛不住，甘新华只好退学，帮在国营菜场扫菜帮子的老娘养家。街上的高音喇叭天天在播北方的一个城里女学生的光辉事迹：她不上高中，主动要求参加社会主义农业第一线建设，受到了中央领导的表扬，成了时代的楷模，青年的表率。这边居委会也在上门登记各家没有上学也没有就业的闲散人口，动员"我们也有一双手，不在城里吃闲饭"。

甘新华特地跑到街道办事处，找到一把手，强烈要求下放，情绪激动得像是有人在威胁阻拦她：头可断，血可流，不达目的誓不休！

街办主任笑起来：好好好，我们坚决支持你！不过就是下乡劳动安家，不需要断头流血。

从街办出来，甘新华扬眉吐气。之前不管走到哪儿，总有人跟在她后面叫"二贩子"。现在，她将要成为"时代的楷模，青年的表率"了，眉毛高了三尺。

母亲从菜场下工回来，抱住她大哭。她扶住母亲的肩膀说：莫哭。这条巷子里，我回来时会活得比哪个都强！

没有等到"回来"，甘新华第二天就"活得比哪个都强"了：

省城的大报小报都出现了她的名字；省城开欢送大会那天，因为许多人直到要动身了还是一百个不情愿，她的表现就尤其突出，省报记者专访了她，随后她的大幅照片还上了报纸。

甘新华脸白得像石灰抹的，精瘦，修长，薄嘴唇，为人尖刻，一张刀子嘴，从来不说人好话，说话一定伤人。跟她一批下放的男男女女，除了剃头佬潘伢儿，没有一个愿意接近她，她也一个都不放过：女的胸大的是没脑，屁股高的是"三翘"，眉眼活的一定做过婊子；男的不是癞皮狗，就是小白脸，要不就是潘伢儿那样的长不大的憨包。潘伢儿有次歇坡在地里追蝴蝶，她说，你跑给哪个看？这里哪个会看你？

在大家的印象里，全农场甘新华只说过一个人的好话，就是李部长。人前人后，她一点都不隐藏对李部长的仰慕：那才是十足的男人。

李部长以前是司法干部，后来转为新成立的农场武装部干部，再后来，当了部长。他个头不高，粗壮墩实，头和身子几乎是一小一大两个正立方体。打破这种方正的是胸前斜挎的驳壳枪背带，好比是从场部隔三岔五放的电影上走下来的游击队长。

李部长总是一身灰制服，很容易跟群众打成一片。从场部出来，下队工作，要经过二队。他人很和气，只要见到地头有人，就会停下来跟大家聊几句。甘新华每次都挤到他身边，眼睛直勾勾地看着他，不管他说什么都鸡啄米样的点头。听说场部的干部都要分到各个分场蹲点，她伸手攀住李部长的驳壳枪背带，嗲声说：李部长应该来我们二队蹲点。李部长退后一步，摆脱她攀住驳壳枪背带的手，说：是是，我一定来。

说话算数，我等你哟。

本应是"我们等你哟"，甘新华省去了"们"。全不顾周围人的白眼。潘伢儿忍不住咕哝：憨包！

潘伢儿不怕得罪干部。这帮下放的人里，他出身最好：祖父那一代逃荒进城，传到他这一代，一直是做剃头手艺。他小学没有上完就出来跟老子学徒，理发店就在赐福巷口上。几年后满师，看见甘新华下农场，跟着跑来了。也真是一物降一物，别人眼里甘新华一无是处，潘伢儿就是服了她，像是上辈子欠了她，这辈子来给她做牛马。他们从小在一个巷子里长大，念书的时候，上学放学总是一路。长大了，稍通些人事，来往疏了，但潘伢儿一到学校放学的时候就心不在焉，隔着理发店的玻璃盯着外面，等着甘新华的出现，一天没看见，心里就不是味儿。

一见潘伢儿走神，同在店里做的老子就骂：你莫做梦了，她那么泼辣，丫鬟的命小姐的心，你吃得住她？癞蛤蟆想吃天鹅肉！

潘伢儿理也不理，看了那张登了甘新华照片的报纸，疯了样地跟着跑来江洲。

甘新华根本就不把潘伢儿当回事，从来就不正眼看他。他长着一张娃娃脸，一个剃头佬，头发却遮住了半边脸。因为口臭，嘴里总含着薄荷糖，其实更难闻了。到了农场，一有空他还要给人剃头赚外快，这习惯也就保留着。他有事没事老往甘新华身边凑，甘新华闻着就想吐。

二

李部长真的来二队蹲点了。本来从场部到二队就一脚路，他

48

完全可以住在场部自己的宿舍里，但他说既是蹲点，就应该跟大家同吃同住同劳动，坚持住到了队里。农场给新职工建的宿舍很宽裕，临时调整了一下，给他腾出了一个单间。

除了场部有事，李部长每天都跟大家一起上工放工。吃过夜饭，大家就挤在他的房间里读报纸、学文件、谈理想。一张饭桌搁在中间，两边是单人床铺，以李部长为中心，其他人围着桌子，床上坐不下就站着。每次甘新华都早早地在别人前面进去，大喊大叫着靠拢组织，紧挨李部长坐下。

李部长说：对对，靠拢靠拢。

屋里只有一盏煤油灯，桌子周围都在暗影里。李部长把报纸凑到灯下，甘新华则把头凑到李部长头边，越凑越近。暗中有人嘀咕：耳鬓厮磨啊？

专心读报的李部长不熟悉省城的话，把"厮磨"听成了"什么"，问：什么"什么"？

"什么什么"由此成了甘新华的外号。

来农场之后，甘新华一直等着在省城欢送会上说过要追踪采访的记者。她家、她自己一直被人看不起，下农场让她成了新闻人物。这样的感觉让她上瘾。老子靠不上了，再找一个可以靠得上的人就是。现在她认准了李部长。都说他很快就要当场长了，就是不当场长，凭那把驳壳枪，他也是场里最有权的人之一。靠上他，她也就有了分量。

甘新华的心思再明白不过，她因此很孤立，下放的个个觉得她贱。男的骂女的就是：你是什么什么啊？女的回骂：你老妈才是什么什么！

对这些，甘新华嗤之以鼻：这帮人，哪个敢说自己不贱。表面上骂，心里其实只恨那个人不是自己；表面上正经，心里其实想坏没本事坏。她长大了，犯不着像先前那样遇事就发泼。

白天，宿舍一般都不关门，李部长也一样，那把驳壳枪带在身上，房里也就没有什么值钱的东西。甘新华一有空就去给他洗衣浆衫。洲上没有自来水，都是去江里挑水。一担水从江里挽起，走过老长的江滩，再翻过大坝，挑到屋场，累死半条命。江水尽是泥沙，浑浊得像黄浆，必须用明矾把水澄清了才能吃用。力气不够的人，洗衣服只能去坝外找有水的土塘。那些土塘是挖土筑坝留下的，下雨的积水，比江水清多了。甘新华每次都要跑得老远，非找到她觉得最清的水不可。衣服洗净晒干了，又用茶缸子盛了开水当做熨斗，熨得平平整整。

李部长先前当管教的时候，这些琐事都是劳改犯抢着做的。后来转到场部做事，换下来的脏衣服臭袜子就堆做一堆，等星期天老婆从市里来看他时一次性浆洗。甘新华代劳，他觉得再好不过，给老婆省了事，也省了埋怨。每次甘新华送来干干净净散发着淡淡的肥皂味儿的衣服，他并不特别感谢，随便说一句"就搁那"了事。甘新华把这种随便看作对她的接受，满心欢喜。越来越没有顾忌。

有一次读报的李部长读着读着"呼隆"一下忽然站起，脸上白一阵红一阵，侧脸看一眼甘新华：

今天晚上就读到这里，大家回去休息吧。

大家你看我我看你，又一齐看定李部长身边若无其事的甘新华，想象刚刚在桌子底下发生的事。

第二天，李部长找了个合适的机会，把甘新华喊到一边，很严肃地告诫她："出身不由己，道路可选择。你追求进步是好的，但要正正当当，不能动手动脚腐蚀干部，那是犯罪！"

甘新华说：我不是腐蚀你，我是……我是喜欢你……爱你！

李部长沉下脸，下意识地扶了一下驳壳枪的背带：

这是什么话！

真心话。

胡闹！莫说我有家室，就是没有，我也有立场！

甘新华还要说什么，李部长甩手走了。

在市剧团演戏的李部长太太带着他们的儿女在城里住，他在场里过单身日子，不会对一个黄花闺女——而且还是个省城学生——不动心，他说"腐蚀"，不过是装模作样，他到底还摸不清她的底细。洲上人说，男追女隔重山，女追男隔层纱，只要她不放手，一个大男人没有拒绝的道理。

甘新华依旧信心十足。

半夜，忽然响起了军号。甘新华头一个跑出了女生宿舍。

几天前李部长就在会上说过，全场民兵要进行夏季训练，为了检验各人的警惕性，具体时间不会事先通知。这些时日甘新华夜里一直睡不踏实，一有响动就醒了。有一次听见喇叭声爬起来，跑到外面才听清是农机修理厂加班的汽车喇叭。

这次甘新华没有搞错。一出门就看见许多人在坝头上跑，她赶紧跟上去。气氛很紧张，没有人说话，只有"呼哧呼哧"的喘气声和"吧嗒吧嗒"的脚步声。

麦场上，先到的人已经按照李部长的口令站成了排，后到的依次排后。全体面对李部长。

看看人到得差不多了，李部长很威严地整了整驳壳枪的背带，喊了几声"立正""看齐"之类，一手从身上摸出一张纸头，一手抓着手电筒照着那张纸头点名。

点到名字的被要求出列，在最前面站成一排。甘新华不记得自己是第几个被点到名字的，听那些名字，她隐隐觉得有些不妙：要么是下放前有前科的二流子，要么是她这种出身。果然，李部长清了清喉咙，厉声说：

喊到名字的，统统有，立正，稍息，解散！

没有一丝风，四下里一片蛙声聒噪。三伏的夜晚，热得人像在蒸笼里。甘新华却一阵阵发冷。军训是民兵的军训，她没有当民兵的资格！她忽然明白了李部长说的"我也有立场"那句话是什么意思。

甘新华迷迷糊糊地在床上躺了两天，身子一会儿像是塞进了大火熊熊的灶膛，一会儿像是掉进了寒气彻骨的冰窖。第三天头上清醒，全身透湿，像刚从水里捞起来。

同屋的人都去上工了。宿舍的一长排平屋寂静无声。甘新华摇了摇头，脑子特别清楚。她想不起两天来有没有人问过她的死活，她要真就这么死了，说不定就像条狗一样被拉到洲尾巴的江滩埋了。忽然她闻到有一种气味，一种她曾经很嫌恶的气味——薄荷味！

揭开桌上的茶缸子，里面是半缸子薄荷糖。

就是说，潘伢儿来过。

眼泪"刷"地流下来。不是感动，是可怜自己：这么大个农场只有一个潘伢儿还在乎自己的死活。

她绝不甘心。

三

星期天，李部长太太照例来农场。

甘新华下了早工，吃过早饭，没有再下棉花地。从城里到农场的班船上午到。她在宿舍门口等着，远远地看到坝头上出现李部长太太的身影，她轻飘飘地进了李部长的房间。

李部长太太看见老公床上短褂短裤、赤脚光腿的甘新华，抱着一本书，看得津津有味，以为自己走错了房间，正要退出，床上的甘新华懒懒地把书从脸前移开，又鲤鱼打挺一样弹起：

哟，李姨来了。

对不起，我走错房间了。

李部长太太赶紧道歉。

没有没有，这就是李部长的房间。

甘新华慌慌张张地下床，一面支支吾吾：

今天天好，我想……想给他洗一下被褥。

那你洗吧。

李太太怔了一下，转身走了。

午饭前，甘新华就给叫到场部。跟她谈话的是农场妇联的桂主任。甘新华有点蒙，觉得受了抬举，受宠若惊。

桂主任马上就打破了她的错觉：

我就不跟你兜圈子了。你老实说，跟李部长有没有关系？

有。他是干部，我是职工，干群关系。

有没有男女关系？

有。他是男的，我是女的。

你上没上过他的床？

上过。我们夜夜挤在一张床上读报。今天上午我还上过。

你莫装糊涂。我是问你们两个有没有睡过觉？

睡过。不止我们两个，哪个没有睡过觉？

我说的不是睡觉，是……直接说吧，他有没有在你身上睡过？

那又怎样？有一次我从市里回来，在班船上看见赵场长也睡在你身上。

桂主任的脸一下煞白。有一次她跟赵场长从市里开会同船回

54

来，赵场长的确是靠在她肩上睡着了。关于他们的风言风语，场里早传得沸沸扬扬。

你回吧。

桂主任一扬手。

甘新华最后的回答，等于是承认了李部长跟她搞过。

传说中，因为知道赵场长的生活作风问题，上面要把他调走，让李部长接替。现在好了，李部长也当不成场长了。桂主任心下有点为赵场长幸灾乐祸。

正在训练民兵的李部长被场办的蒋忠诚突然喊回场部，很是莫名其妙，一路上追问到底出了什么事。当过兵的蒋忠诚始终不吭声。到了场部，一把手已经在走廊上等他：

回头你去下面卷铺盖回来吧。

为什么？

你这个点蹲得也太深入了。

什么意思啊？

去问你爱人，她在你屋里。

无论李部长怎样赌咒发誓，李太太都不肯相信。男人借口蹲点，跟一帮城里下放的男男女女打得火热，她上几次来就有感觉，今天她的亲眼所见差不多就是捉奸在床了。

场里许多人，尤其是二队的人，都觉得李部长很冤枉。李部长做人方方正正，做事一板一眼，从不邪头鬼脑，特别是没有一点架子。反过来，甘新华看上去就是个白骨精，李部长吃了她的亏，很不值当。大家都在背后对她指指戳戳。

甘新华那段时间很诡秘，有事没事就搭场渔业队的便船往对面的县城跑，头天去，第二天回，从不跟队长请假，队长也懒得问。每次她回来，潘伢儿都在江边等她，问她，她只当没听见。不久大家就看出，她肚子大了。

原来，甘新华这一趟一趟是去做检查。

潘伢儿实在忍不住，揪住她：

说，是哪个的？

你管得着吗？关你什么事？

甘新华看也不看他。

是不是姓李的那狗日的？

潘伢儿绝望地大喊，"嗷嗷"哭起来。

甘新华甩开他的手。第二天气昂昂地找到队长吴毛俚：

这回我跟你请个假，我今天回省城，把小杂种打掉，怕是要住些日子。

甘新华这一走，把李部长往死里最后推了一把。

李部长不但没有当上场长，场武装部长的职务也给免了。李太太本来就忍受不了两地分居的日子，又不肯来农场，早已有了外遇，趁这机会正好跟李部长离了婚。

约莫年把以后，李部长的冤情水落石出：

从农场去对面的县城，可以搭场渔业队的便船，从县城的码头又可以搭去市里的便车。一个流氓团伙长年霸在码头上，专门

56

用"送上便车"诱骗洲上舍不得花钱坐班船的城里下放女孩。他们很看不起这些女孩，审问时交待说把她们搞到手比抓只鸡还便宜，最多一碗肉丝面就够了。最便宜的一个只用了一只蜜桃。

她叫什么名字？

办案的很好奇。

好像……好像叫甘……对了，甘新华。

但是对李部长来说，一切都晚了：

办完离婚手续没有几天，李部长病倒了。他后来的日子几乎就是在县、市、省里的医院进进出出，把两个正立方体熬成了两个三角立方体，直到不治。

潘伢儿耐心等了几年，总算遂了这辈子最大的心愿，把甘新华娶到了手。因为多一门手艺，婚后的日子比一同下放的人滋润。高兴的时候，潘伢儿问甘新华：想大肚子，何必跑去江对岸，我不是现成的吗？甘新华说：让你上了，还有人会疑心李部长？

第五章

一

李部长出事以后，黄场长从南边山里的一个公社调来场里当副场长，分管政工。听说二队那么复杂，决定亲自下去抓一抓。

黄场长祖上传下几口薄田，还有肺痨。他老子本分，并不指望儿子成龙，能活得多少有点体面就行。为了这点体面，一家人节衣缩食让黄场长上私塾。土改，田产已经卖得差不多了，划了个下中农，把仅剩的家财都留给黄场长，让他进县城上中学。

怕自己命不长，搞不好再见不到儿子，黄场长去县城头天夜里，他老子特地叮嘱：

小心行得千年船。到了外面，记住三句话，头一句，热闹的地方不要去；二一句，家富万贯不如薄技在身；三一句，有烧香的心才有吃饭的命。

总之就是让黄场长老实做人。

上完初中，回到山里，跟小时候定亲的妻子圆房。先在村小教书，之后又进了乡完小。不顾从父亲那里继承的肺病，熬夜备课经常熬得吐血。之后当了全县模范教师，之后当了校长，之后公社化，又当了公社干部，之后调到江洲农场当副场长。

黄场长有点像老猴子。人瘦成一把筋，背驼着，脸极力仰着，颧骨很突出。走路步子不大，但总是精神抖擞，不时很响亮地咔一下喉咙。他一直让老婆留在山里种田，给他养着老人和儿女。这回调来农场，才把上完小学、也是他最心疼的小女儿黄梅子带到场里来做农工，就安排在场部边上的二队。父女两个好有个照应。

在队上转了两天，观察了两天，也思考了两天，接受李部长的教训，黄场长决定，跟这帮新职工不能过于亲热，要来硬的、狠的。头一次全队大会上，他特地严肃指出：城里下放的同志，现在已经不是客人了，场里不会一直客气下去，表扬也好，批评也好，都要跟老职工一样对待，一视同仁。接着宣布了几条：

头一条，刷墙。把屋场上所有眼睛能看到的墙面，都画上宣传画，写上大标语。

二一条，夜校要夜夜上课，不能三天打鱼两天晒网。

三一条，公开场合，衣服该遮住的地方必须遮住。

四一条，男女之间不可以随便摸摸捏捏。

二

夜校是在屋场边一块空地上临时搭起的草棚，搭得很大，全队开会也可以用，但老职工大多喊不动，黄场长也就不强求，毕竟这帮新职工才是工作的重点。每天收了工，不管多晚，吃过夜饭，黄场长就紧盯着，把宿舍的人一个个请进草棚。二十几个新职工，男女各坐一边，草棚里显得空空荡荡。

黄场长规定的课程跟先前的李部长没有大出入：读书，读报，读文件。只不过最后他的讲话每次都很长，但是不空洞，什么人、什么事，一个个、一件件，具体、精确：

哪间宿舍我就不明说了，过了半夜，女同志房里还有男同志的叽叽咕咕。声音我是听得出的，就不在这里明说了，你们自己心里知道就行，瞎子吃汤圆心里有数。不过，下回我就不会放过了！

还有，坝外的柳树林是防浪林，用来在汛期缓冲江水保护堤坝的，不是让人在里面浪荡胡搞的，我夜夜都会去巡查。有人给我撞见了，有人没有撞见，撞见了的以后不要再犯，没有撞见的不要得意，走多了夜路总要碰到鬼的——当然，我不是鬼，我是为你们好。

桌上的煤油灯忽忽闪闪，从下往上照着从来不笑的黄场长。他不时很响亮地咔一下喉咙，仰着枯黄的脸，突出的颧骨挡住了眼睛，样子很阴森。

想象着一只老猴子每天半夜蹑手蹑脚地贴到宿舍的窗户脚下，或是像个影子一样在坝外的树林子里飘来飘去，所有人都觉得背脊上有一条冰冷的蛇在爬，汗毛直竖。坐在最后一排的人老是扭头看身后，总觉得黑暗中有什么东西在无声无息地挨近。草棚的门关不严，不时被夜风吹得嘎吱作响，一响心就一惊。

今天，我要讲一讲鸡矢同志的四言八句儿。

黄场长用力清了一阵喉咙。

"鸡矢同志"的"四言八句儿"，是陈志受唐璜影响后写的第一首诗，当时没好意思给唐璜看，后来就没机会了。他自己很看重，一直夹在书里带着。现在翻出来，稍稍改写，自以为有了积极向上的意思，预备给条子抄到墙报上去的，先送了黄场长审阅。题为《我恋爱了》：

　　　　我恋爱了

　　　　我在黑暗中摸索你的笑容

　　　　在熔岩一样的温度里

　　　　理想被烈火点燃

　　　　在我们中间，隔着时间和空间

　　　　让我们创造丰收的激情无法相遇

　　　　这有什么

　　　　我要爬上空间的山峰去进入你

我要涉过时间的水波去进入你

我要在你滚烫的怀里徜徉

让你把我最后的一滴血吸干

你，灼灼其华，蜂歌蝶舞

你，敞开胸怀，身披残冬

喷薄最灿烂的光芒

惊艳半壁江山

我骑上春梦的快马

让所有的惊艳兜着春风

让一寸寸沃土永远失去荒草

饱蘸春色，写意碧空

柔软如初启的星光散开

挺直了坚挺的画笔

向绿色的棉林无限进入

直抵垄沟的尽头

在那里纵情歌舞

在那里获得真正的自由

当金属与泥土交接

从土地到土地，从心到心

一种生命的狂欢

完成了挥霍

请你给大家讲讲，你写的是什么。反正我翻来覆去读了好多遍，怎么也读不明白。你那个"真正的自由"是什么？我们的自由莫非是假的？"生命的狂欢"？还"挥霍"？那不就是无法无天么？横直我听起来怪怪的，像是说胡搞。

黄场长把那几张纸头拿在手上，甩得哗哗响。

虽然是改写的，但这是陈志下乡以来最满意的一首诗，表现的是每天出工下地的感受："恋爱"是爱农场，"摸索"是因为天黑，"笑容""胸怀"都是棉花地，"山峰"和"水波"是路上的坡坎和沟渠，"画笔"是锄头，"狂欢"是劳动，"挥霍"是形容奉献，简直是点石成金，化腐朽为神奇。但黄场长的神态和口气，明显不是要听他解释。他瞪着两只古灵精怪的贼眼，等着黄场长的下文。

果然，黄场长干咳了一下，接着说：

你们下放是来改造思想的，要好好向洲上的劳动人民学习。他们世世代代创造了数不清、了不得的好文化，比方"五句头"民歌，是个人一听就懂，为什么不学？拿这些鸡屎分子的东西来吓哪个？

煤油灯把黄场长的影子投到背后的墙上和草棚顶上，黑压压地晃动。

陈志觉得那晃动有些滑稽。他不想辩白，很平静地说：

我重写。

农场的老职工，不论男女老少，都能像老鼠嘴那样哼几句不知何时流传下来的歌子或戏文。陈志听着还真是喜欢，留心收集了不少。那些歌子或戏文，八九不离十，大多跟男女有关，而且一点不遮遮掩掩，拐弯抹角。黄场长说话的时候，他就想到了一首"五句头"《车水》：

新打脚车四步头，

架在大姐奶上头。

日里车干姐的水，

夜里车干姐的油。

车得大姐乐悠悠。

陈志眼珠子一转就念出来：

新打脚车四步头，

架在棉林渠上头。

日里车干长江水，

夜里旱地水如油。

车得棉林乐悠悠。

你看看，劳动人民的水平多高，你那个"恋爱"根本没法比，对不对？你虽说多认得几个字也不能不承认，对不对？

黄场长大声说。

陈志真诚地说：

我承认。

四下里响起窃窃的笑声。听过这歌子的并不止陈志一个。但能一眨眼就改得又时兴又像那么回事的，只有陈志一个。条子在后面捅了捅陈志，伸出一只大拇哥。

大家说，对不对？

黄场长提高声音问。

对！

底下齐齐发喊。

不消说，这是对他工作能力强、水平高的最明白不过的反应。黄场长很欣慰地咔了一下喉咙。

三

经过这段时间的艰苦努力，黄场长的工作的确收到了很好的成效。那帮新职工的精神面貌焕然一新，站有站样，坐有坐相，一个个乖溜了，至少当面看不到七颠八倒、伤风败俗的行为。在棉花地，只要场部高音喇叭播放的歌曲一响，他们就齐声跟着高唱，唱得热火朝天，豪情澎湃。

到底年轻，又是城里人，脑筋转得快，知道好歹，说变就变了。

黄场长很自豪：

事实充分证明，灯不拨不亮，理不辩不明，机器要上油，思想要灌输，花生要剥壳，瓠子要刨皮，养不教父之过，玉不琢不成器。

有关这段工作的总结被一个省报记者拿到省报报道出来，被省里一位管农垦的领导看到，专门派了一个调查组，由市、县派的领导陪同，下来调查。二队屋场满墙的标语宣传画、新职工宿舍里跟兵营一样的整洁，给了他们极为深刻的印象。最火爆的是座谈会：调查组传达了省领导的关怀后，让大家有什么要求只管提出来，他们带回去汇报，一定尽量满足大家。

大家正沉默着，没想到甘新华抢先站了起来。自从李部长因为她撤职丢官，家庭破裂，除了剃头佬潘伢儿像是捡回了被人抢走的宝贝，大家都生怕离这个白骨精不远。但她却表现得像是大家公推的代表：

我们没有别的要求，只希望一天能有四十八个小时！因为我们恨不得一天能干完两天的活！

从省里来的调查组和市、县陪同领导情不自禁地热烈鼓掌。黄场长和场里其他领导虽然知根知底，但也跟着鼓掌。毕竟，这为农场争了面子。

"希望一天有四十八个小时"后来成为一句青年豪言壮语的经典，在国家级的青年报刊上大字通栏登出，广为流传。农场一下在全省、全国的农垦系统出了名。

可惜，那句经典豪言壮语的发明权归了"江洲农场一群朝气蓬勃的下放青年",没有甘新华什么事。她很后悔,当初应该说"我没有别的要求",而不该说"我们"。

在省城到底是邻居,看甘新华那样不屈不挠,一而再再而三地白费苦心,心里总是明明白白的陈志好意奉劝:

何苦呢?

陈志一向厌恶甘新华。到了江洲,居然分在一个生产队,他只能视而不见。但这回,他是实在看不过去:一个人可以贱,但贱到这种程度就太让人作呕了。

甘新华一直装着不认识陈志,陈志倒不知趣地自己来找恶心,她从上到下白了陈志一眼,狠狠地"呸"了一口:

你算老几?

陈志脸一热,立刻闭嘴,恨不得抽自己一巴掌。

黄场长本人在成绩面前很谨慎,提醒自己:江山易改本性难移,这帮人没有一盏省油的灯,决不可疏忽大意。

四

在二队这次精神面貌的大改变中,条子是出力最大的一个。黄场长布置的头一条任务是刷墙,把屋场上所有眼睛能看到的墙面,都画上宣传画,写上大标语,就是个体力活,从头到尾都是他一个人完成的。

新职工里,最扎眼的是条子:人长得个子老长,像根坝头上

67

挂高音喇叭的电线杆子，头发女人样的直拖到肩上，风一吹，旗样的在头上飘扬。上身褂子长到膝盖，满是五颜六色的油彩，大长腿上的大裤脚在地上扫得稀烂。那么长个人，走路还总昂着头，从不看人，除了跟省城来的"鸡屎分子"陈志有几句话说，不跟任何人打招呼，傲气十足。老职工说起他就说那个"拗粪兜子的"。

条子老子是小学美术老师，想做大画家没做成，把希望寄托到了儿子身上。条子从小跟老子学画，到初中已经有了一点小名气。画人像，画一个像一个。毕业那个学期，特崇拜他的一个女同学把他邀到家里，让他给自己画人体。刚脱光，还没有摆好姿势，门窗就被人敲得山响。居委会几个老巴嫂早盯上了他们两个，领着派出所的警察把他们抓了个现行。

离毕业没有几天，条子被学校开除了，成了社会闲散人员，每天背着画夹子去公园写生，画人像赚钱。画了两年，不让画了，居委会天天上门动员下乡。下乡之前，老子反复交代：种田可以，千万莫荒废了艺术。

条子会画画，刷墙的任务就落到他身上。他不搭理人，做事倒是认真。每天天不亮，上工的钟一响，他就跟着大家起床，别人下地，他去屋场，爬上架子，画到别人收工，他跟着下来去食堂吃饭。有时候画得兴起，干脆把饭省了，在架子上一站一天。

黄场长时不时来看一眼，每次都很满意。条子画的有年年看得到的"麦浪滚滚""银花朵朵"，也有科学幻想的"飞播杀虫"

"机器除草"……正是他心里想的口里说不出的。但是这种满意从不流露，他觉得对条子这样的"拗粪兜子"，决不能轻易表扬。他把二队这些新职工的档案都仔细翻过一遍，条子家里不是依靠对象，本人又犯过大错，成分应属不高不低，对他的态度也就宜不冷不热。

你能不能改一改？

条子从架子上下来，黄场长说。

哪里要改？

条子眼睛看着刚画的墙面。

我说的不是画，是你。

我？

条子回头俯瞰黄场长。

头发，能不能叫潘伢儿剪短些？褂子，能不能换件干净合适的？特别是裤子，扫把一样。你这个样子把老职工的年轻人都带坏了！

条子看着黄场长的秃顶，嘴角一撇。

怎么，不同意？

黄场长仰面对着条子，用力咔了一下喉咙。

无所谓同意不同意，这是我自己的事。

条子说。

黄场长噎了一口，忍住了：画画的只有条子一个。

条子始终保持着写生的习惯，画夹子不离身，只要坐下来就抓起画笔：堤坝、屋场、树林、菜地、野花、江上的帆船、路上的牛车、皱纹密布的脸、零乱稀疏的白发、骨节粗大的脚板、青筋暴跳的手臂……见什么画什么。

正值农忙，三顿饭都送到地里，早上出了工，夜黑才回屋。下了棉花地，条子就只能把画夹子留在地头。黄场长有意无意翻开，眼睛一亮，画夹子里好多页画着黄梅子：

头部的各个侧面，以及眼睛、鼻子、嘴、耳朵、辫子各个局部，画得那么细致，那么用心，长长的睫毛、耳垂下面的发丝纤毫毕现，简直画活了。

难怪郑书记那么器重这个条子。他在县里分管文教，上次陪北京来的调查组，临走跟场里说想把条子调到县文化馆去，县里办展览就差这样会画画的。当时场里主要领导没有马上答应，主要是黄场长犹豫，心下嘀咕：你要会画画的，我就不要会画画的么？

黄梅子长得像市里百货商店卖的洋娃娃，真想不出猴样的黄场长怎么能生出这么漂亮的女儿来。条子头一眼见到她就小声对陈志说：这是西画少女的典型素材。最难得的是，她刚来二队的时候，大家都尽量不挨她的边，怕惹发了她的小姐脾气，搞不好得罪黄场长。过不久大家就看出，她是个老实本分的女伢，出工从来不偷懒，虽然年纪小，不是太能干，但绝对卖力，从来不拿自己是场长女儿说事。平时安安静静，一旦开口，声音也是细细的，甜甜的，听得让人心软。跟这帮新职工处得不近也不远，见男的都喊"哥"，见女的都喊"姐"。不论看见他们做什么，都会轻轻地一笑，笑得干净透明，没有一点杂念。她对哪个都不防范，纯得像早晨的露水，只得人疼，得人怜惜，不敢动歪心思，更不敢打坏主意。

黄场长自然很为女儿骄傲。黄梅子是他的脸面，他的光彩。黄梅子也是这帮新职工的榜样，让他们知道，什么样的女伢才是好女伢。

一遍又一遍欣赏条子画的女儿，想象着画画的场面，黄场长忽然发现了不对头：条子画女儿的距离，几乎可以听得到她的呼吸，闻得到她的发香，什么时候，什么地点，什么场合，这个犯过流氓罪的家伙这么接近过自己的女儿？

心下一阵发紧，黄场长越想越怕，等不得收工，紧赶慢赶跑回屋场，冲进黄梅子的宿舍。

无论如何也想不到，黄梅子背地里会有那种样子。

黄梅子的枕头底下，露出一个纸角，明显是夜里看了，早起上工匆忙，来不及塞好。抽出那张纸，黄场长眼前一黑，跌在床上：

一捆收割的菜籽前面，仰面半躺着黄梅子，两只手抱着后脑壳，憨憨地笑着，下面——黄场长闭上眼睛，倒吸了口气——女儿长大后他再没有看过她一丝不挂的样子，两条交叉的大腿中间，那么深的黑色是存心要戳瞎他的眼睛。恨恨地把纸上的光屁股女儿反扑到桌上，却又看到了一首诗——那是要他的老命啊：

我恋爱了

我在阳光下摸索你的笑容

在熔岩一样的温度里

欲望被烈火点燃

在我们中间，隔着时间和空间

让我们创造快乐的器官无法相遇

这有什么

我要爬上空间的山峰去进入你

我要涉过时间的水波去进入你

我要在你滚烫的肉体里徜徉

让你把我最后的一滴血吸干

你，灼灼其华，蜂歌蝶舞

你，袒胸露乳，身披春光

喷薄最灿烂的雪白

惊艳半壁江山

我骑上春梦的快马

让所有的惊艳兜着春风

让一寸寸丰腴永远失去拘束

饱蘸春色，写意碧空

柔软如初启的云朵散开

挺直了坚挺的画笔

向黑色的丛林无限进入

直抵峡谷的尽头

在那里纵情歌舞

在那里获得真正的自由

当唇与唇焊接

从头到脚，从心到心

一种肉体的狂欢

完成了挥霍

　　一个激灵醒来，天已黑了，屋场后面不远的地方，有了收工的喧闹。黄场长摇摇晃晃站起来，踩着棉花似的走出女儿的宿舍。

　　在一批从城里下放的人中，条子是头一个走出江洲的。

　　黄场长终于决定服从县里的郑书记，放条子去了县文化馆。

　　条子离开江洲以后再没有回来过，一点不知道二队后来发生的事。

　　黄梅子在条子走的第二天发现不见了"条子哥"，问队上人，队上人回答：问你老子。问老子，老子回答：你还有脸问？最后是陈志见她一下掉了魂，先前那么光鲜的一个女孩转眼黯然失色，实在不忍心，告诉她：条子调去县里画画了。

　　会回来洲上吗？

　　应该会吧。

　　我去县里看他。

黄梅子洁白的小牙齿把嘴唇咬出了血印。

你要敢去，我打拐你的脚！

黄场长发恶。

那我去码头等他。

黄场长以为女儿撒娇，咔了一下喉咙，没有在意。

黄梅子不是撒娇。第二天起，每天在班船快到的时候她就站在码头。船到了，下船的人走完了，没有见到条子，口里就不停地嘟囔：条子哥呢，条子哥为什么没有来……

黄场长头几天又是喝骂又是拉扯，忽然意识到女儿连他也不认得了。只有把她送回南边山里老屋。

农场先前的一把手赵场长因为作风问题调离，黄场长去掉副场长的"副"升为一把手，不到一年，又调去了县里。

场部干部感慨：黄场长为工作牺牲了女儿，太可敬了。

老职工叹气：黄场长升官赔了那么好个女儿，不划算。

第六章

一

汛期是农场最紧张的日子。连天暴雨，劳力都日夜在坝上拼命。棉花地里，草长疯了，几天就盖过了刚成林的棉花。暴雨一停，才见退水，劳力就赶紧撤回了棉花地，只留下看坝的，等涨上了岸的水完全退回到江里。

二队留下看坝的是陈志和老鼠嘴。去年冬修水利，陈志挖沟时扭伤了脊椎，全身僵硬，稍稍一动就痛得钻心。场医说，我只能给你缓解，天气不好就会复发。要想断根，还是要去找姑塘镇的曹婆子。果然这个春汛上坝，没有几天他的伤处就痛起来了，动作一大就龇牙咧嘴。一个省城伢子，远在外乡，病了无依无靠，大家都很熬怜。冷冰冰的队长吴毛俚说，忍一下，你跟老鼠嘴两个先看几天坝，等水落了，他送你去姑塘。

老鼠嘴在队上像是个打杂的，队里一有不三不四的事就派他的工。

每天早上，陈志都是给老鼠嘴的歌子吵醒的。

　　打个呵欠望青天，

　　我打单身几多年。

　　黄连树上吊苦胆，

　　苦上加苦真可怜。

　　几时能跟姐团圆。

老鼠嘴一把一把往灶膛添柴，一声一声打着歌子，声音压得低低的。

是当地的"五句头"。歌子很凄惶，表情却快活。秃脑门，高鼻梁，眼窝深得跟井一样，两只细眼在井底晶亮，一口白牙闪闪发光。灶膛里毕毕剥剥烧得正旺的火光照在他乌黑的脸上，像抹了一层油。

老鼠嘴是二队最快活的人。四十郎当，光卵一条绳，一个人吃饱了全家不饿。只要醒着，嘴就一直不停扯白，天上地下，没完没了。哪里一堆人，哪里就一定是他在扯白。前五百年，后五百年，云里雾里，古今不搭。比方他说，江心洲本来是没有的，头天夜里还不见一点疤迹，二天一早醒来江面上就拱出了一大块，所以叫"梦洲"。队上的老人说，老鼠嘴是坐在一只渔盆里漂到江心洲来的，最多两岁，让在江边洗衣服的吴寡妇捡起。长大了，他跟人扯白，说他先人是从老远的地方漂洋过海来的，那海的水是红的。

这张老鼠嘴讨人喜也讨人嫌。陈志这帮下放来的城里人一有空就围着他听他扯白，常常搞得听他扯白的人比听干部读报纸、念文件的人还多。每次开会，不管上面坐的是分场干部、总场干部，还是县里甚至省里来的干部，他都在下面大话闹天。搞得主持会的干部拍桌子怒喝：

老鼠嘴，闭上你那张死嘴！

死嘴？哪里死了？

老鼠嘴把嘴巴张得老大，惹起哄堂大笑。

看看干部铁青了脸，老鼠嘴伸出一只手，手掌朝前摆了摆：

好好，你请你请。

好像是他当家做主。

干部们自然就很不高兴。评先进，定队干，什么正经事都轮不到他头上。他也不计较。不扯白，他就唱歌。总之嘴不闲着。

江洲农场在长江中间的沙洲上，最早活动的是飞禽、野兽、四处漂泊的渔民。后来，政府把犯人送到这里改造。再后来，江北逃荒的农民加入，围起了堤坝，正式成为农场。

在江洲，陈志觉得最大的快乐就是听老鼠嘴扯白。不管什么事，只要从老鼠嘴的嘴巴里出来，立刻就有油有盐、活灵活现，能把死人都说得从棺材里爬起。

　　农场的日子很难熬。地广人稀，一个劳力要摊上十多亩。种的是棉花，将近三百天的生长期，一年到头没有几天歇工。早上最多四五点，队长吴毛俚就把一截烂铁敲得咣当响，晚上到了七八点，他还舍不得吹收工的哨子。男男女女每天一下棉花地就拿下身寻开心。一到歇坡，就打作一堆，捏奶、扒裤子，叽叽嘎嘎手脚乱蹬。怎么开心怎么闹。陈志正在青春期，头低着，耳朵却竖着，心扑扑跳，夜里在床上跑马。

　　但凡这种时候，都听不到老鼠嘴的声音。老鼠嘴从来不说荤话。他在地里总是把大家丢得老远，一个人在远处唱歌：

　　　　新打锄头两角叉，
　　　　送给情姐锄棉花。
　　　　锄了棉花又锄豆，
　　　　豆儿牵藤棉开花，
　　　　慢慢总要缠住她。

到了夜里吴毛俚不吹收工哨子，他就唱：

　　　　日头落山往下丢，
　　　　叫声老板把工收。
　　　　路上行人歇了店，

78

江里客船湾了洲。

莫把亮月当日头。

一听老鼠嘴打歌，吴毛俚的老婆就骂老公：你个戳屎包，你不要命，别个也不要命么！

吴毛俚就有气无力地吹哨子。

二

报警的铜锣挂在壁上，落了尘土。大坝没有事，看坝的日子就很清闲。日里三顿，做饭吃饭。夜里隔个把时辰出去打一通太平鼓。

好多日子，天上看不到一丝云。江面上一片白亮，刺得眼睛生疼。冒着浓烟的拖船拖着的一长串驳船或是一些打满了补丁的船帆，慢慢移动。

夜里，坝里漆黑一片，偶尔隐约有一二声狗叫。他们看的这截坝在洲尾，好几里长。洲尾有回流，平日常有"江流子"被回流送到滩上。常有人为抢"江流子"打得头破血流。抢到手，就地埋了，可以到场部领埋尸费，埋一个等于一个壮劳力在地里忙半个月。这一带也就有了各种蹊跷事：昏昏暗暗的月光下，有女人把头端在手上梳头发；阴雨天，江边的林子里，到处是抽抽搭搭的哭声。

陈志最怕夜里出去打太平鼓。按说，两个人，应该一个上半夜，一个下半夜，但陈志既不敢一个人出去，也不敢一个人留在棚里，一步不离老鼠嘴。

好在老鼠嘴永远没有瞌困，一夜都是他打鼓，回回都把陈志带上，回回都让陈志走前面。走后面，陈志的背脊就发毛，觉得有什么跟在后头张牙舞爪，随时会扑上来。回到哨棚，陈志又不敢先进门，生怕有个拖长舌头的无常吊在梁上，或是有个面色惨白的女人龇着血盆大口歪在铺上媚笑。

莫怕，伢儿。我老鼠嘴，鬼神不近！

一看陈志心惊胆战的样子，老鼠嘴就眯着细眼笑。

你要不困，我给你讲古。

老鼠嘴闲不住的嘴开始扯白：

看得清对面湖口的那堆影子么？

江上起了雾，起起伏伏的对岸飘忽不定。最远的天上，有一大片暗影，上面有小点的亮光在移动。那是庐山。移动的亮点是在上面夜行的汽车灯光。

老鼠嘴指着那片暗影下鄱阳湖出口一个孤孤单单的山影：

那叫鞋山，是杨戬杨二郎的老妹三圣姑不守礼法私奔人间，被杨二郎追得落下的一只绣鞋。日里你要去近处看，真跟绣鞋没有二样。我们等水退了要去的姑塘，就在鞋山过去不远。姑塘湾水深，避风，是天生的良港。进出鄱阳湖的船旅必定在姑塘镇打尖，歇夜，湾风，做生意。江北江南、上水下水没有不知道的。

乾隆皇帝都慕名来过，一上岸，痛痛快快地撒了一大泡尿。他走了之后，地方官绅集资在那尿迹上立了块丈八高的碑："皇恩浩荡"，让一只石头乌龟驮着。说你不信，那碑至今还在，先是由一个大户人家收藏，埋在地下，后来为保万全，又暗地抬去砌了坝脚。

因为热闹，也就多事。方圆几百里鄱阳湖上，姑塘是湖盗最喜欢打劫的一个处置。镇上的大户，多养有打师。打师未必都是一流货色，也不能确保都没有二心，因此谋打师很不易。有一家想出一个绝法子：讨了个江北女打师做二房。那女打师不止功夫好，长得还出色。风声传开，惹起强人的好奇，很快就有人来讨教。

来人不敢冒失，一来来了一伙。说是生意人，个个贼眉鼠眼。老板点头哈腰，让"里头人"上茶。

茶端上来，来人眼睛一下直了：

盛茶碗的托子是磨米的碾盘。一个面带羞色的秀气女人，一只手抓着碾盘把手，一只手把碾盘上的茶碗分送各位。

强人们你看我我看你，纷纷站起开溜。出门十几步开外，老板在他们身后喊了一声：不送。强人们回头，只见老板身边，那女人双脚腾空，贴在门板上，照旧是面带羞色。强人们缩了颈，脚板像抹了油，转眼跑得疤子不见烟。女人那回是留了一手。不然，那班人再快也快不过她。十几丈的水面，她甩块瓦片打水漂，就能踮着瓦片追上去。

这户人家从此太平无事。

有一天，姑塘来了一个挑担卖索的，样子薦薦的，很寒酸，蹲在地上，口里有一句没一句，唱着叫花子歌：

月儿稀，月儿稀，
老爹原是有名的。
前番把我一把米，
放在黄麻袋儿里。
撞着一只焦黄狗，
哗地咬碎袋儿底。

他的样子有趣，惹得许多人围看。做买卖，他的口气却大，说他的棕索两头牛也扯不断。

镇上有个打师觉得好笑，上去抓起一卷：

只怕是陈年烂索？

棕是今年割的，索是昨天搓出来的。

可以试么？

可以。

那棕索手指粗一根，麻花似的扭成一卷，每卷有膀子粗。镇上打师分出一根，缠在手指上，轻轻一扯，断了。又分出一根，又一扯，又断了。转眼间，一卷棕索就长长短短地断了一地。

分明是烂索。

镇上打师听着四周一片叫好，很得意。

那个卖索的幽幽看了打师一眼，说：

都在江湖上混饭，何必呢。

混也要混个正当，不能哄人。

既是这样不知道咸淡，那我就认了吧。

卖索的人说着，把担子上的棕索摘下一卷，崭新的棕索在日头底下散着一股清香。他两只手平抓那膀子粗的一卷，只轻轻一拧，一卷棕索就齐齐地断了。又摘了一卷，又一拧，又齐齐断了。没有多久，一担棕索就在地上断成一堆。

满街的闲人像是一下断了气，没了声息。镇上打师的脸变得灰青。江湖上逢到这种事，生事者十之有九是要拿命赔礼的。

了结这件事的是那个女打师。她让老板出面打圆场，让那位出风头的镇上打师摆了一街酒席，把姑塘镇的头面人物都请到。又在街上足足放了一天炮仗。然后卷起铺盖离了姑塘，由卖索的人顶了他的差事。

之后，镇上人才知道，女打师同卖索的原是师姐弟。江北山里，出了名的穷地方，当初娘老子拗钱不过，逼女儿做了二房。师弟一走了之。没有想到走出千里万里还是回了头。

世上冤家多啊！

老鼠嘴叹了口气，突然打住。

后来呢？

陈志听得入了神。

困觉吧，天快亮了。

老鼠嘴仰面倒在铺上，不一会就打起鼾来，也不知真假。

三

从农场去姑塘镇，划船要一上午。

是条小木船，无风的时候"咣当咣当"摇橹，有风就支起单桅，扯起一面小小的帆。

　　在大海蓝色的雾霭里，
　　孤帆在闪着白色的光。
　　它寻求什么，在遥远的异地？
　　它抛下什么，在思念的故乡？

　　浪在汹涌，风在呼啸，
　　桅杆弓起腰轧轧作响。
　　它是在执拗地向往，
　　还是在忧伤地逃亡？

　　下面是蓝天一样的水波，
　　上面是金色的灿烂阳光……
　　而它，不安地，在等待风暴，

仿佛风暴后才有安详！

老鼠嘴在后面摇橹，陈志仰在敞开的船舱里。拖的日子长了，伤处痛得钻心。为了转移注意力，他在心里背诵莱蒙托夫的诗。这也是唐璜特别喜欢的一首诗。

蓝色的大海中，波涛汹涌，孤帆在遥远的异地漂泊，闪着白色的光，刺眼的白光，承受着极大的折磨。呼啸的海风要打翻这船，要让这孤独的反叛者葬身在自己猛烈的打击中。而帆，在狂风骤雨中顽强前行，寻求自由，追逐理想，把懦弱和平庸遗弃在故乡。陈志使劲体会一种孤寂又壮烈的情怀。

大晴天，天倒是蓝得透明。陈志直直睁着的眼睛，一阵阵发黑。

到江洲的第一个夜晚，陈志给母亲的信，还满是少年的懵懂：

第一次出远门，第一次给你写信，我一时不知该说些什么。那天一早坐火车离开省城，中午到了一个陌生的城市，转轮船，傍晚到了农场。当晚大家就住进了各自的宿舍。

给我们新职工新盖的房子是火车车厢那样的一长排，每间房四张铺，比我们家大多了，虽然住四个人，但一点都不挤，每个人还能放下一张写字的小桌子。床脚是四根防汛用的树桩，床底下钻出长长短短的芦苇尖。床铺是竹片，有弹性，比家里的硬板床舒服。

出了门就是堤坝，坝外是长江。江面很宽很宽，比省城的江宽得多，游泳不愁了。站在堤坝上可以看到远处的山影，老师没有骗我们，那就是庐山。听说上山坐车和住宿要很多钱，我还是想去。我会走上去。我们生产队的队长年轻时在县里当过通讯员，上山下山只要一个小时。我不会比他慢。夏天上山，可以在山上的街心公园过夜，不要钱。等我有钱了，我会带你上去，当然要坐车和住旅店。

劳动我能吃得消。我们来的第二天就是挑粪。粪桶比家里的水桶小，我挑起来不吃力。农场的地很多，每个人平均要种十多亩，早上出工晚上收工天都是黑的。这也算不了什么，在家里，寒暑假你带我去江边站的货场做零工扛毛竹，比这起得还早回得还晚。

吃饭也比家里饱。告诉你你一定高兴，我在这里的粮食定量是一个月四十五斤，家里才二十四斤吧。在家里你老是把干饭留给二姐、我和弟弟妹妹吃，现在你可以多吃一口了。妈，你一定要小心身体。我们都太小了，你要身体不好，我们怎么办呢。我问过这里的老职工，像我这样的新劳力，只要不缺勤，一个月下来赚的钱管得了自己吃喝，划算得好还能寄钱回去，加上你在街道工厂每个月赚的十几块钱和二姐代课赚的钱，你和二姐弟弟妹妹吃饭差不多就够了。

妈，这次我走得很突然，头天报名第二天就走，报名也没有跟你商量，我知道你很伤心。走前的晚上，我假装睡着。第二天上了火车，我从车窗看见你和二姐在下面送行的人群中哭喊，我又躲开了。我怕到时候心软了会不想走。可是我不能不走。我十六岁了，应该能够帮你，不然你太苦了。妈，你不要怪我心肠硬，不听话。我在这里一切都好，你只管放心。我会好好劳动，好好赚钱，帮助你把弟弟妹妹养大。让你老了有福享。

这封信断断续续写了好几天，房里只有一盏煤油灯，大家要轮着用。这次就写到这里。妈，你一定要放心，一定要保重好身体。我一有空就会给你写信。问二姐弟弟妹妹好。

一去小半年。

农场真的有工资，以评定的底分为标准。最高的底分是十分，陈志又瘦又小，评的工分低，只有六分。他从不缺勤，要不然就更没工分了。这样一个月下来，有上十块钱工资，把一半寄给母亲，剩下的一半除去一个月的伙食费——就是一天三餐，一碗白米饭加半碗水煮菜的花费，还有几毛钱买肥皂牙膏。年终结算，队长本来说有奖金的，因为上面有干部说那是资本主义物质刺激，不给了。生产队给了大家一些棉花，算是没有说话不算数。

半年后回省城过年。陈志觉得院子小了，门头矮了，在厅堂饭桌边的母亲瘦小得几乎认不出了。

桌上唯一见到肉的菜是一盆有半根猪筒骨的萝卜汤。这是一年中最好吃的一顿饭。母亲手巧。平时，能用一块猪肉皮蹭锅，加一小勺酱油把豆腐和大白菜帮子烧出红烧肉的色香味。只要是她做饭，家里就天天是过年。但她很少有时间做饭。陈志下乡前，全家五口全靠她一个人在一间废品加工厂做工赚钱。每个月只有十几元，加上星期天和每天的加班费在一起不足二十元。那个厂子离家有十几里路，她每天天亮前出门，晚上快半夜才到家。家里做饭只能是姐姐和陈志，谁先到家谁做。一天两顿，很简单：半锅水，两把米，一堆剁碎的菜帮子，用到处捡来的刨花、锯屑、烂木片煮熟；菜是母亲用一年的定量供应豆腐做的豆腐乳，味道极其鲜美，一餐饭一小块，可以吃一年。

　　年假，工厂不开工，一家人总算可以吃母亲做的饭了。母亲整天在忙，除了忙一天两顿饭，就是料理陈志从农场带回的棉花：找弹花匠打了两床棉被，他们留下一床，一床让他带回农场，其余的给几兄妹做了一身棉袄棉裤——之前他们都是单衣单裤过冬。衣裤的面子和里子都是旧衣改的，特别费事，母亲只能一夜夜熬通宵，实在熬不住就打个盹。母亲手巧。翻了面的旧衣服又跟新的一样。

　　除了忙活这些，母亲还有些事做得很秘密，总是在兄妹几个都睡熟以后才做。到陈志动身返回农场的那天早上，她指着一只堆得老高的长条竹篓，说，这是给你带去农场的。

　　什么啊？这么多！

陈志很惊讶。

母亲淡淡说:

就是一床棉被,还能有什么。

姐姐那天要代课,母亲让弟弟照顾好妹妹,自己送陈志上火车。家里没有扁担,之前从自来水站往家运水都是陈志和姐姐一人一边抓着桶梁,后来他有了力气,就一手一边各提着一桶水。为了抬那只竹篓,临时找了半截晾衣服的竹篙代替扁担。

时间很充分,但母亲还是让陈志跟她一起早早出了门:只有我们等车,车不会等我们。

没想到公交车误了事。早早赶到公交车站,却好长时间见不到车来。车站的人越积越多,好不容易来了一趟车,他们抬着竹篓根本没有可能挤上去。母亲口里直说"莫急莫急",其实她心急如火。车票是预先买好了的,如果误了车,就等于废了一家人一个月的生活费。

差不多没指望的时候总算上了车。一路上眼睁睁看着车停站、等红灯、让人、让车,人几乎急疯。

谢天谢地,到了火车站。一下公交车,抬上竹篓,母亲就飞快地跑起来。她在前,陈志在后,跑了几步,他就感觉到母亲的步子乱了,一个趔趄接一个趔趄,终于跑不起来。他不由得一个劲埋怨母亲,不是说就一床棉絮吗,这么沉?母亲喘气说,你一个人在外面,我照顾不到,能带就多带些。就那样挣扎着进了站,发现还要翻过一个高高的天桥。

那趟车预告出发的汽笛忽然响了。母亲扑下去往天桥的台阶上爬。上了桥，过了一段平路，就是下台阶了。陈志在后面紧紧地抓住竹篓，不使它压上前面几乎已经缩成一团的母亲。

离最后下天桥还有几个台阶了，已经看得清正在吹哨子、摇动小红旗的列车员的脸了，母亲忽然腿一软，栽倒了，瘫坐在地上：

快，儿呀！就几步了！

陈志抽掉那截竹篙，冲到前面扯起竹篓，拖到车门下边，那个男列车员一面发脾气说你们带着这么多这么重的东西，为什么不赶早，一面帮着把竹篓弄到了车上。陈志冲进车厢，在第一个车窗的小桌板上俯下去，顾不得腰上背上随辱骂一起落下的捶打，猛力掀开车窗。

母亲已经站起。抱着月台上的站牌柱，站在那里。列车刮起的风，卷起她褴褛的衣衫和花白的稀疏的头发，失神地站在那里。

下了火车，再搭船，有了跟他一样过完年回洲上的弟兄，那只竹篓不愁没人搭手了。当天傍晚到农场，打开竹篓，那床棉被下面居然有那么多的瓶瓶罐罐：砂糖，猪油……其中居然有那么大的一罐豆腐乳，一罐梅干菜红烧肉！最让陈志莫名其妙的是红烧肉：吃年饭的时候，姐姐偷偷告诉他，别怪母亲没有给我们烧肉，你去农场之后，母亲把定量肉票都拿去换钱了。原来这是母亲的一个借口。

倒霉的是，那些瓶瓶罐罐都已破碎，只能是上午在火车站天桥下母亲跌倒时摔碎的。好在整个竹篓上上下下包得严严实实，连汤汁都没有漏出来。当夜一帮弟兄大呼小叫，挑出了玻璃碎屑，风卷残云，吃了个精光。给母亲去信时，陈志没有说那些瓶瓶罐罐的破碎，他怕母亲的心会跟着破碎。

再次回家过年，陈志才知道，一年前送他那次在火车站跌倒，母亲胫骨韧带撕裂，在家里只躺了三天就一瘸一拐地去那个废品加工厂上工了——她怕丢了那份工。而在这一年陈志收到的家信里，有关她受伤的事只字未见。她不许姐姐透露半个字。她怕儿子的心会跟着撕裂。

难怪母亲当时抱着月台的站牌柱。

初中课文有朱自清先生的《背影》，那是亲情散文的范本，母亲送他的情境跟课文有一点相似。不过，抱着站牌柱的母亲对陈志的影响要大得多。在那之后，不管走到哪里，陈志眼前常常都会有一个母亲跌倒的月台，都会有一个母亲抱着的站牌柱，都会有一个抱着站牌柱的母亲在为他送行。

许诺过会好好劳动，好好赚钱，帮助母亲把弟弟妹妹养大，让母亲老了有福享。而今八字还不见一撇，要是残废了……

陈志想着，眼泪滴滴落。

四

伢儿莫哭啊！你不是"鸡屎分子"么？有"鸡屎"的人应该

想得开。

船走的是上水。老鼠嘴"咣当咣当"吃力地摇着橹。

下了乡的陈志从来不主动跟人搭壳，两只鬼灵精怪的贼眼总是瞪得老大，让人看得心里冒寒气，都说他是死牛活头，凡是有头有脸的事他都沾不上边。他也就拐子拜年就地一歪，正好没人打搅，一有空就翻唐璜送他的几本诗集，一面异想天开地指望写诗赚稿费帮到老娘。在棉花地搜肠刮肚，回来就爬格子。结果制造了一堆文字垃圾。因为老是写写画画，落了个"鸡屎（知识）分子"雅号，众人觉得"分子"多余，直接就叫"鸡屎"，他干脆拿它做了笔名。稿子寄到杂志社，有个编辑实在看不得，给他回了一封信：先不讲别的，光这个名字就一股臭味，哪怕改成个"鸡矢"也好些。他就改成了"鸡矢"。

老鼠嘴笑眯眯地俯视着陈志，两只细眼在深洞里发光：

看看船到哪里了？

一面嶙峋的石壁，一眼看不到顶，迎面扑下。岩缝里长满了青苔，寒气阵阵。

这就是鞋山。

老鼠嘴说。

哦！

陈志身子一动，痛得全身一搐。

莫动，莫动，我上回跟你说到哪里了？

师姐弟。

师姐弟。老鼠嘴沉吟着。

后来……师姐弟两个也不知道怎样瞒过了人，隔些日子就雇船，漂到湖上。

船工从小跟着船老大在江上撑渡船，船老大死了，船上就他一个。年轻，有的是力气，单船孤篷，湾在哪里，哪里就是家。有一回在姑塘过夜，有人来包船，他一眼就认出是卖棕索的那个打师。二天他把船泊到约定的水汊，前后脚来了师姐弟。他们让船工把船摇到鞋山下边。

亮月通明，湖平得跟镜子一样一样，四下白水光光。

> 壁上挂灯灯也红，
> 郎抱情姐在怀中。
> 郎是日头姐是月，
> 姐是杨柳郎是风。
>
> 喊姐一声姐身颤，
> 好比鲤鱼戏花篮。
> 鲤鱼戏在花篮里，
> 进去容易出来难。

船舱里漏出的歌子浸了酒香。

年纪轻轻血气方刚的船工同他们就一板之隔，心里像猫爪抓。巴望他们快完事，又巴望他们没完没了；怕再见到他们，又怕再见不到他们。转头又觉得自己心思不正，发狠决不漏一丝口风。

师姐弟的偷情，几年间也就神不知鬼不觉。

隐情是师弟自己公开的。师姐的老板被镇压之后，师弟向政府交出了一包金银细软。那是师姐交他收藏的私房，预备他们以后过日子的。师姐由此受了管制，师弟如愿端了政府饭碗。

后来，她先是摆零食摊。天亮就当街坐着，脸上没有喜色也没有愁容。头上戴一顶灰黑的麦草帽，天晴遮太阳，刮风挡尘土，下雨当雨伞。雨下久了，雨水就从麦草缝漏下，聚成细流，在她挺直的背上流。老大一块塑料布，盖在零食摊上，下雨也不断生意。

后来不准摆零食摊了，她就到镇外乱坟坡去开荒，养猪。日子还是实在。间或还有一声没一声地打歌子：

青竹当马不能骑，
兔子耕田怎驮犁。
扁担划船难过江，
相好大姐不是妻，
日后总有拆分时。

镇上人从不难为她，时不时还有求于她。

那年冬天奇冷，雪大。有个大队死了好几头牛，又没有钱置新的。到了春上，耕力就很不足。偏在这时，最得力的一头阉牯脱了臼。一大堆骨肉瘫在坎下，两只大眼泪水汪汪。

几个后生用好几条杠子把牛抬到镇上，快半夜了。好不容易敲开镇医院的门，值班的人说：

你们把门牌看清楚，这是人民医院，治人的。

随手就关了门。

众人急得没有法子。

只有找她了。

一帮人做贼一样摸到镇外那间茅草屋，细细唤开了门。

她二话不说就跟着走。

先是蹲在黑地上，伸手探了探牛腿，说：没有事。

然后，起身，让大家离牛远些，自己站了个桩，两只手缓缓地平端到胸口。天黑，大家看不清她的脸，只听她出了口长气，猛然蹲下，"喔嗬"了一声，先前瘫在地上的牛，竟随了那声低低的发喊忽地站起。

抬回去歇两日就可以下田。

她轻飘飘一声，在黑地里没了影。

一帮壮年汉子，发了半天呆：一个细弱女人，把脱了臼的牛腿复位，就像是拍个巴掌。早前的神话，还真不是虚传。

陈志听得入神。老鼠嘴这回不是瞎扯白，细节、表情、动作、气息，清清楚楚，连麦草帽缝隙里落到背脊上的雨水都历历在目，就像那个人一直就站在他面前。

他应该是其中的一个角色，陈志想。是哪个？不好问。

师姐接起牛脚之后，镇上干部壮了胆子，在镇医院增加了一个伤科，让她做跌打。

我们这回去姑塘找的曹婆子，就是这位师姐？

陈志隐忍着背脊上的疼痛。整个故事的人物关系渐渐清晰起来。

不是！

老鼠嘴抬起头，长出了口气。

五

当天下午见到了曹婆子。

不知道大家为什么要喊她"曹婆子"。她跟"婆子"一点不沾边。一身素白，清清爽爽，眉眼端正，动作利落，恰到要处，一点不少，也一点不多。说话轻声细语，走路像风吹过，却听不到风声。

曹婆子看一眼陈志，什么也没有问，让他就那样穿着一身冬衣，在一张条凳坐下。

伢儿莫怕，就好，没有事的。

陈志想起老鼠嘴说的那个师姐把牛脚复位，屏住气，硬起头皮，等着她用力，却只听她说：

好了。

陈志疑疑惑惑地眨着眼睛，以为她在跟别人说话。几句话的工夫，她的手虽然在他背后，却根本就没有碰过他。

镇医院先前是镇街上的商铺，里面老深。老鼠嘴一进伤科门就老老实实坐在一个黑角落里，两只细眼在深眼窝里格外明亮。看到陈志站起，他跟着站起，期期艾艾走到曹婆子身边。

伢儿要留些日子，你只管回去。曹婆子交代。

老鼠嘴张开嘴，想说什么，还是闭住了。

已经出了伤科的门，曹婆子在后面喊住老鼠嘴：

早些找个里头人，看你一身衣服烂的！

哦，哦。

一向天王老子都不在乎的老鼠嘴鸡啄米样地点头。

除了农场干部，洲巴佬有几个平日里不是破衣烂衫？打单身的老鼠嘴，上身从来就没有扣子，拿根草索系住腰身了事，裤脚一长一短，到处是洞，能遮住屁股沟子就不错了。陈志来农场不到两年，也跟叫花子差不多了。洲巴佬不讲究这些。老鼠嘴打的歌里就有：

> 天上星子朗朗稀，
>
> 莫笑我穷穿破衣。
>
> 十个指头有长短，
>
> 江里涨水有高低，

是人总有出头时。

住院部是镇医院下街一栋无主的老屋，木柱朽了，屋瓦漏光，空得吓人，又阴又暗。半夜里，老鼠"吱吱"叫着爬到陈志脸上，把他吓得惊叫坐起，一身冷汗。抖抖索索地摸到火柴，点亮煤油灯，发现对面先前睡着老鼠嘴的床是空的，靠近他床头的后门，门闩拉开了。夜风刮着屋瓦上的枯草，窸窸窣窣地夹着断断续续的哽咽。

老鼠嘴！

陈志麻着胆子爬起，走到后门，脸贴近稀松的板缝。外面的湖湾边上，果然蹲着老鼠嘴。水样的月光在他背上颤颤抖动。

老鼠嘴，一个只要醒着，就眯着细眼嬉笑、就龇着一口白牙扯白、就离人堆远远的打歌的老鼠嘴，哭得好伤心。

陈志缩回被窝，睁眼到天亮。

天亮后老鼠嘴摇着那条孤篷船走了。陈志在姑塘住了半个月。这半个月，听得最多的是曹婆子的故事。关于她的往日，她的撩人的丰姿和传奇，她引起的骚动和风波，永远挂在人们的嘴上。多少年过去，世上不知出了多少新的韵事、新的纠葛、新的演义，始终无法把她和她过去的一切冲淡。

她就是老鼠嘴说的那个师姐。

那个师弟，在城里当了官，成家立业，顺风顺水。不过，每年会来一趟姑塘，看他师姐。

师姐还会理他?

陈志问。他觉得那人应该遭报应才是。

藕断丝连,打断骨头连着筋啊。

众人叹息。

好多年后,人们才知道了这一场爱恨情仇的真相。

知道师弟负心后,师姐在师弟胸口上轻推了一掌,师弟当时什么感觉也没有。一年之后,他才觉出胸口那块地方发麻发紧。然后就全身作冷,喘不过气。记起去年师姐面无表情的那一掌,知道师姐点了他的命穴。不赶紧找到师姐,活不过几天。趁还能走动,他只有涎着脸偷偷溜到镇上,找到被管制的师姐,又是叩头又是下跪。师姐每次都冷冷地不作声,等他磕头磕得鼻青脸肿了,求饶求得喉咙哑了,才伸出手,在他胸口那儿拂一掌,让他复原。第二年同样的日子,他只有再来,再磕头,再下跪,再鼻青脸肿,再喉咙哑了。几十年间,年年非到姑塘来……伤透了心的师姐毕竟是女人,心肠软,手没有下绝。

退休以后,师弟帮镇上办了一家药厂,自己当厂长。后来却让人查出,药厂卖的都是假药。

二年春上发病的日子,师弟最后一次到姑塘。师姐任他满地乱爬,再不肯出手。

师弟死后,家属给曹婆子寄来了讣告。曹婆子看完,把那张纸点着,看着它烧成了一团焦黑。算是最后了了师姐弟的情分。

镇上人多年的疑惑,于是大白。

住院的最后一些日子，陈志常常整夜睡不着，脑子里尽转些乱七八糟的念头：一直单身的老鼠嘴，一生痴心着一个女人。他也会这样吗？之前，他对老鼠嘴唱的"鲤鱼戏在花篮里"那种事，还从来没有尝试过，之后，他也会像老鼠嘴那样只靠着表面上嬉笑、唱歌，暗地里思念、哭泣过日子吗？

初中的那双黑眼睛，一直跟随着他。一起从城里来的男男女女不管怎么闹，他都从不沾边。看他们闹得实在不像话，就一个人走到坝外，看柳林，看江，看江对岸的远山，看山上飘浮的云上的那双黑眼睛。

第七章

一

江洲人叫春汛作桃花水。今年的桃花水比往年来得早。湾子的水至少提前一个月就跟枯水前一样平了。

腋下开口的士林蓝布大襟褂子，头上包条白手巾，慧子的装束跟当地女人没有区别。但陈志还是一下就能把她从满船的女人中区别出来，她的笑声特别响亮。

陈志早就注意到她了。是去年暑期从市里下来的六九届初中生，就在隔壁三队。

那船女人一早上去对面的扁担洲抢收冬麦。那里没有圩堤。头年入冬把种子丢下去，来年春上有收没收全凭运气。今年桃花水来得早，就只好在水里抢收，收一把是一把。

洲上女人平日身上裹得严密。再热的天，再毒的日头底下，都长衣长裤，扣子扣到喉咙眼。到了扁担洲，隔了湾子，一船女人就放了羊。割了麦装了船，把汗湿的衣服脱下漂洗，晾到船上的麦堆，就在水里装疯，互相羡慕和取笑。总算想起收工，上了船，还闹个不休。

慧子是分场小学的赤脚老师，农忙回队劳动。

船还没有靠岸，女人们就一个个跳下，把滩上的浅水溅得老高。

被临时抽到场部先进典型写作组的陈志，在码头采访了几个船工，被扁担洲那帮女人惹得发呆，船近了，正要走开，从船上突然跳下的慧子刚好落在他面前。她眼里进了水，站下来揉眼睛。

陈志的眼睛刚从慧子脸上移开，却撞上了她的胸脯。他是头一次离慧子这么近，几乎是逼近。她的脸白嫩得能弹出血来，透湿的蓝布褂子紧贴在身上，像是多了一层皮。

棉花地散发着肉感的气息。在泥土和阳光之间，生命是一部打开的书：耕和种，男和女。人们对性的想象力天生丰富。开荒，播种，挖沟，打井，木匠的榫头，铁匠的风箱，剃头佬的掏耳朵，以至上下两扇磨子，乳白黏稠的浆水，往灶口塞柴，在锅里贴饼……都可以用来调情。陈志总是会被弄得很不自在。

这不自在反而惹得女孩喜欢。陈志的宿舍常有女伢儿进来，她们跟房里的其他人说笑，眼睛却瞄着屋角看书的陈志；他去水塘洗衣服，边上的女伢儿便笑他笨，她们是想他开口请她们帮忙。假使也愿放纵，他随时可以把一个女孩带进棉花地或是防浪林。

但那时候的陈志不想那样。一双黑眼睛始终挡在这些女孩前面。他觉得应该一心一意等一个跟黑眼睛一样的女孩出现，那个女孩也一心一意在等他。那个女孩是谁，什么时候来，他不知道。但他知道他应该一心一意地等。一块白布染皂了，就再也洗不白。

没想到苦等着的黑眼睛这么快就出现了，只不过名字改成了"慧子"。

劈面看到慧子的那个夜晚，陈志做了一个梦，梦见一条向他漂来的船被风暴掀翻了，醒来很兴奋：梦是反的！

二队和三队的宿舍紧挨着。不开工的时候，宿舍吵翻了天。男男女女闹成一团，时不时就有一个女伢儿的奶罩子被扯出来，旗帜似的从一个人手上飘扬到另一个人手上。但这类事从来没有在慧子屋里发生过。

慧子屋里住了三个人，那两个已经有主儿，一有空就各自找地方猫腻去了。剩下慧子跟老职工女儿学针线。她喜欢笑，而且笑得特别响，笑得浑身乱颤。但不知为什么就是让人有些怵着，很少有男的进她的门，进了也不敢碰她一指头，狗样的转了两圈就悻悻地出来。

唯一敢在慧子屋里坐下的男人是石磙。但不是因为胆量，是因为憨。

石磙是跟娘老子逃荒到洲上来的江北佬。莽长莽大，一身衣服到处显短，到处是挣开的缝。巴掌伸开来像蒲扇，两只脚像船，萝卜样的脚趾伸在鞋子外面。走路一搭一搭，像石磙碾麦。他喜欢城里新职工的宿舍，见门就推，也不管里面的人让不让，进去就自己找个地方坐下，不跟任何人答话，眼睛看着脚前，屋里哪怕吵翻了天，他一点反应没有。人家吵过了，他却莫名其妙地"呵呵"一笑，露出一口雪白的牙齿。坐了一阵又自己站起来走出去，再去推另一扇门，又不声不响坐一阵。次数多了，大家也习惯了，任他来去，只当没他。快三十了，还没有定亲。他老在城里人的宿舍转，看样子是想打城里学生的主意。有人就挑事：有种你抓一把慧子的奶。他不答，脸僵着，走进慧子屋里把她晾在床头的奶罩子捏在手心，龇出一口白牙，"呵呵"地笑。

谁都以为慧子会发恶，没想到她照样大笑，让人摸不着头脑。陈志后来问她，她说下乡前，父亲再三叮嘱：父母不能保护你了，你要自己保护好自己。衣食住行要跟大家一样，不要让人当你是城市小姐。别人开玩笑只要没有伤害到身体，你就要笑。笑也是一种保护。

机会真是为有心人准备的。那天上午陈志在水塘洗衣服，听几个女伢儿说，慧子一个月的饭菜票失手掉到深水塘子里了。午饭后，看看正好没人，陈志跟着慧子进了她的宿舍，把一卷湿漉漉的饭菜票交给她：

你的饭菜票。我在水塘里捞起的。

慧子很惊讶：

是吗？

在这之前两个人从来没有说过话。

陈志低着头，不敢正视。但咬紧了牙关决不退缩。静默了一会，他问：

今晚场部有电影，你去吗？

去呀。大家不是都要去的吗？

晚上，陈志早早吃了饭，蹲在坝头，看着坝下的宿舍，慧子熄灯，关门，跟着几个女伢儿一起上了坝头。站起来，默默地跟上。

几个女伢儿鬼头鬼脑地笑，加快了步子，把慧子留在后面。

慧子放慢了步子，等陈志跟上来：

你喜欢看电影？

嗯。

哦。

陈志忽然意识到慧子有话没有说出口，又赶紧说：

也不一定。

慧子在黑暗中笑起来。

陈志突然说：

我们回去吧。

说"我们"的时候，陈志的脸发烧。

好。

慧子的声音很小，却清楚。

陈志心里欢呼。往回走的路上他很小心地同慧子保持着距离。手偶尔碰到她，马上就缩回来。慧子身上有一股淡淡的乳香，他不时吞咽一下。他想，无论如何要把持住自己，不能像条饿狗。

去你宿舍？

陈志说。他不敢贸然邀慧子去他的宿舍，更不敢提议去坝外或是棉花地。他们离那一步还有很长的路要走。

慧子一进门就拉开了系在床头的灯绳，随后进来的陈志也就不敢关门，让它那样半开着。

谢谢你帮我捞起饭菜票。

慧子在自己床上坐下。

那有什么。

坐在慧子对面床上的陈志干笑。

你的水性一定很好。

还可以吧。

那个水塘很深呢。

无所谓。

说出的都是没意思的话，有意思的话却说不出。

心擂鼓似的响。

半开的门忽然被完全推开，门口被一个庞然大物堵住：

没有看电影啊。

是石磙闷闷的声音，接着就不由分说地走进来。

陈志又恼火又尴尬。安坐下来的石碾面无表情地看看他们两个，然后就专心地看自己的脚尖。陈志恨不得踢他一脚，马上就收敛了这个愚蠢的念头。有一次犁地，一头牤牛翻生，不肯上轭头，石碾抓住它的角，生生把它按到了地上。

三个人干坐着。慧子在偷笑，不时幸灾乐祸地瞟一眼陈志。

直到看电影的人回来。

陈志回到宿舍，打着手电，在被窝里给慧子写了一封长信。下乡之后他帮许多人写过情书，现在轮到自己，洋洋洒洒写了一个通宵，把口里说不出的都倾泻到纸上。信的最后说他明天晚上在分场小学的操场等她，会一直等到天亮。

匆匆扒了几口饭，也不知道是什么味道，陈志就早早动了身。明知道慧子不可能这么早来，甚至不能保证她一定会来。慧子昨夜不看电影是为了感谢他，并不等于她是那种轻浮女伢，一卷饭菜票就可以跟你上床。

操场被一片桑林包围。陈志靠在一个隐蔽的墙角，眼睛盯着桑林里那条看不见的路。就像是一个重罪犯在等判决：要么是死，要么是活。

今天的约会跟昨天有实质性的不同。他在信里把该说的都说了，慧子应约，就是接受；不应约，就是拒绝。

竖起的耳朵里响起"沙沙"的脚步声，陈志一下屏住呼吸。

慧子走到操场中间的时候他迎了出去：

你真、真的来了？

陈志结结巴巴。

不是你让我来的吗？

不不——是是，你看到我的信了？

看了呀。没看懂。

为什么？

好多字不认得。

慧子说的是实话。陈志心里暗暗叫苦。他太喜欢卖弄了。又不甘心：

真的没看懂？

真的呀。

慧子"扑哧"一笑。

你骗我。

陈志忽然明白，身子向慧子倾过去。

慧子一下背过身子，一只手碰到陈志硬邦邦的下身。

好长时间，两个人都不做声。彼此听着心跳。陈志垂着两只手，再不敢靠近慧子半步。慧子背对着他，也不敢回头。

桑林外，一辆拖拉机远远地从机耕道上开过来，"突突"的声音越来越响，灯光也越来越亮。虽然肯定照不到他们，他们还是心惊肉跳。

我们走吧？

陈志试探着说。

好。

慧子走的是回宿舍的路。

陈志并没有回去的意思，只不过是想换个更隐蔽的位置。但慧子走在前面，他只好跟着，心里怅怅的。

我明天回去。

慧子突然说：

我妈上午来电话，我爸摔断了腿，从乡下回市里住院。

是吗？我陪你去。

那不好吧。

慧子犹豫着。陈志心里一热。

穿过桑林的时候，陈志小心地牵住了慧子的手，慧子让自己的手软软地留在陈志滚烫的手心。这是两个身体的第一次相互给予。上面的桑叶和脚下的草在黑暗中"簌簌"作响，上坎下坎不时一个踉跄，两个人的手跟着握紧。

二

陈志一早跑去场部，把整理好的采访记录交给写作组，赶回宿舍，听说慧子已经走了，又赶去四五里外的班船码头，只见班船在江心冒出的一缕青烟。

只好坐下午的班船。

在市里的码头上岸，一街的灯已经亮了。下着雨。雨丝在灯光里一根根发亮。陈志一路打听，找到二乔巷。

二乔巷！

陈志想起唐诗：东风不与周郎便，铜雀春深锁二乔。

二乔巷两头是这个小城的两条主要马路，两边都是老房子，顶头的这一栋最高大，只是一样的灰暗破落。

一幢"回"字形的老屋，外面四面砖墙到顶，从大门进去，才发现有两层楼。中间是天井，四面是房间。这幢屋子是慧子家的产业，先前很少有人敢踏门槛。后来慧子父亲将它连同一个工厂交给了政府。慧子由学校分配到江洲插队的头一年，他带着慧子的母亲和弟弟下放到偏远山区。这幢屋子已经没有他们家的房间，老保姆让慧子跟她挤一床。

老保姆踮着小脚把陈志带到医院。跟慧子一起围着病床的还有她母亲和挂着红领巾的弟弟。慧子的父亲服了安眠药，正平静地睡着。

陈志忽然想起了自己的父亲。不同的是，父亲很丑，像动物园的老猴子，眼睛小，鼻孔大，爆牙齿，无论笑还是发火都十分狰狞。

见到陈志，慧子的脸"刷"地绯红：

你来了。

慧子母亲看看慧子，又看看陈志，轻轻说：

你好。

她有些浮肿，神情疲倦，隐隐透出往日的雍容，有一种气质上的压迫。陈志抓着衣角，讷讷说：

您好。

一边的老保姆嘟哝：

几好的伢。

慧子母亲说：

今天我和你弟弟守夜。你回去，晚上就不要来了。

看看慧子迟疑，又说：

去吧。

还是你和弟弟回去。

慧子看了一眼陈志，很坚决地说。

陈志心里辛酸地一热：慧子一家，连同老保姆，跟他的距离一下子近了。

慧子父母下放的那个大山沟，没有公路，没有电，到最近的集镇要走一天。母亲去了以后才有人教书，一间破烂的祠堂，一群脏兮兮的小孩，高低年级不分，没有桌椅黑板。因为高血压，母亲时常在课堂上晕倒。弟弟不到十岁，父亲连自己也照顾不了。

护士不允许两个人陪护，也不允许陈志在医院里过夜。陈志在走廊长椅坐下，护士赶了几次，赶不走，只好算了。慧子不时出来看他。

夜深人静，默然相对。陈志给慧子讲起自己的父亲：

陈志刚记事的时候，父亲在一个很大的机关做事，办公室在很深的树林中间，里面很大。父亲带他去参加机关的联欢会，许多人会站起来让座。

那个机关跟他们当时住的居民区隔着一堵矮墙，里面沿墙根是机关食堂的一排锅灶。小学一年级的陈志有一次放学，跟一伙同学走到这边的墙根下，闻到里边的香味，一个高年级的号召：有种的跟我学！从地上捡起一根竹片，铲起墙根下的泥沙抛进去，陈志也跟着其他人弯腰抓起地上的泥沙往里抛。听到里边大师傅一片惊叫，快活得直跳。

不多久，机关的人就出现了，一家家搜人。

下了班还来不及吃午饭的父亲铁青着脸，一声不吭。忽然"哎嗨"一声号叫，接着两只青筋暴跳的拳头同时猛烈地不停地打在自己皮包骨头的胸脯上。一家人吓得大哭。机关来的两个人扑过去，一人抓住他的一只手，直喊：

老陈！老陈！

父亲从来没有动手打过人，要打就打自己。

没多久，陈志父亲调出那个大机关，到下面一个红十字会医院做收发。一家人随着搬到就近的一条小巷，住进一间临时空出来的杂物间：一张单人床，父亲睡；一张大床，妈妈和姐姐妹妹挤着睡；陈志和弟弟打地铺。马桶放在屋角，前面拉了帘子挡着。夜里一家人左一个右一个起来坐马桶，带气味的声音响个不停，搅了父亲的瞌睡，他气得在被窝里咬牙切齿，"妈拉批，妈拉批"的。一清早，大家都蒙头睡得跟死人一样，他却坐起来吟诗：风调雨顺……国泰民安……世界和平……

父亲喜欢写古体诗，毛笔字写得特好，省城街上好多招牌都是他的字。

陈志一直觉得，父亲这次的调动，跟他闯了祸有关，但父亲一句也没有责怪他。反而说，你小，不懂。莫想许多。

在家里所有人中，父亲对陈志是最好的。抗战期间，母亲随军，他让母亲把实在带不动的两个二三岁的女儿放在了路边。对其他人——包括妈妈，他动不动就吹胡子瞪眼，对陈志从来没有说过重话。每个学期开学，交不出学费，几个上了学的小人一把鼻涕一把眼泪。每次父亲就因为一时拿不出钱，坐在一边咬牙切齿，两只拳头捶打自己的胸脯，像捶一面破鼓。一家人吓得大哭，一起扑过去，抱住他痛哭。

从上小学开始，一到礼拜，吃过早饭，父亲就拉起陈志的手，到处去看市里的古迹名胜：唐朝的楼阁，宋朝的亭台，明朝的道观，清朝的衙门……到了地方其实什么疤迹都没有，尽是些破烂的巷子，荒凉的土堆。陈志对这些其实并没有兴趣，他一路巴望的就是父亲给他买零食。除了年节，家里只有他能在平时吃到零食。说平时，也就是每个礼拜跟父亲出来的这一天。路上遇到卖麦芽糖的担子，不用陈志开口，父亲总会停下来，一面抠抠搜搜地在口袋里摸钱，一面很神气地让挑担子的乡下人敲下一块，用一小块草纸托着，交到涎水直流的陈志手上。

父亲说，等你放暑假了，带你去郊外，有座庙，还看得见原来的样子。

但那个地方至今没有去成。

有一天放学回家，母亲一人坐在床上哭，全身抖着，只没有声音。见到陈志，一把抱住：

你父亲不会回来了。

为什么？

陈志茫然。

母亲只是不出声地哭，一把一把地擤鼻涕。

你读不成书了。

母亲搂紧陈志，抽泣：

我要对不起你爷爷了。

陈志不知道该说什么，不知道怎样安慰母亲，更不知道自己能做些什么。只是知道：家里天塌了。

从第二天开始，母亲就不断地卖家里的东西，直到剩下一堆没人要的破烂。

陈志最后一次见到父亲，是在乡下一间茅草盖的医院里：肝硬化，腹水，肚子在破烂的被单下鼓得老高。身上插了许多管子，手和腿被紧紧绑在铁床架子上，奄奄一息。听说陈志来了，眼睛猛然一睁，然后才缓缓闭上，脸上最后的表情变得柔和，失去了原本的狰狞。

······

屋里静得能听清楚鼻息。眼泪一串接一串地从慧子的眼睛里跌落下来。那一刻，他们知道了什么叫做相依为命。

走廊上的日光灯雪亮。

我给你回过信。

是吗？

你想看吗？

想看。

不给你看。

慧子把已经拿出的信抽回去，背到身后。

为什么？

陈志逼过去。

想干什么？

慧子的泪眼亮亮地看着陈志，脸通红。

如果我非要看呢？

非不给你看。

如果我抢呢？

你不敢。

这是鼓励。

陈志心一横，扑过去，两只手从两边插到慧子腰后。

慧子扭动着，挣扎着，等陈志总算抓住她的手，忽然停了。

陈志也忽然停了。静静地对着一张像是迷惘却又像是恐惧的脸。这张奶汁一样的脸上，每一个毛孔都散发出热气。睫毛不由自主地颤抖，嘴唇因为喘息而张开。

年轻的身体被轰然点着。陈志极力控制着火势，小心翼翼地向慧子激烈起伏的胸脯俯下去。

夜班护士的白色影子忽然出现。

三

陈志搭第二天一早的班船回江洲。来前他只请了一天假。

慧子却坐下午的班船回来了。

这次是慧子约陈志。

还是那个操场，还是那片桑林，还是月光照着。

父亲的原单位知道了他回市里住院的事，让他立即返回乡下。

慧子咬紧发抖的嘴唇。

陈志想抱住她，但忍住了，怕慧子觉得他趁人之危：

你来个电话就行了，我会赶去。

我慌了，只想到跑来找你。

月下，慧子泪光闪闪：

跟我来。

这一次他们走的是跟上次相反的方向。

横过机耕道，便是棉花地。

慧子走在前面，陈志跟着。

一整天的好日头把棉花地晒得像一张温暖的床。在洲上，孤男寡女进入棉花地，多半就是相好。

你真的喜欢我？

陈志在后面没头没脑地问。

慧子站住并且转身：

为什么不喜欢？许多女伢儿喜欢你，你看上了我，我很高兴。那天看了你的信，我很幸福。

慧子……

陈志一把把慧子拥在怀里。

慧子感觉到了什么，没有回避：

上午母亲谈过我们的事，她让我自己决定。

我们会有自己的生活。

陈志更紧地搂住慧子。他们从此将命运与共。

我也是这样说的。我想好了，我们一起迁到他们那里去。

陈志的手突然松了：

你说什么？

……

迁到他们那里去？

陈志松开搂着慧子的两只手，下意识后退了一步。

这一步后退只在瞬间，却错过了一生。

慧子轻轻地但是坚决地把陈志留在她肩上的手推下去，也后退了一步：

我懂了。

很远的地头那边，看不清的屋场上响起几声狗叫，随后四下里更加沉寂。

慧子！

……

慧子你听我说……你让我想想……

慧子加快步子，跑起来。

慧子！

陈志腿发软，眼前漆黑。

慧子第二天上午走的时候不是一个人。跟在她后面的石磙一担挑着她的行李。她好像很快活，见人打招呼，不时大笑。

几天后，石磙返回来帮慧子办了随父母落户那个山区的手续。石磙同时也迁走了自己的户口。

离开江洲前，石磙找到陈志，把慧子的信交给他。

慧子的信写得断断续续：

……我当时就知道那么小的纸卷不可能从水塘里捞出来，是你把饭菜票在水里泡湿了给我的，我收下了，因为那是你的心意……你的聪明让我动心，你比我认得的所有男孩儿都优秀……我一开始就应该知道不能连累你……我父母也是这样说的……请你原谅……忘了我……

二队人说：石磙有桃花运，陈志有缘无分。

第八章

一

上午，二队劳力刚在地头一字排开，就见林晨出现在场部后面的机耕道上。差不多所有人都停下锄子，直眉瞪眼看她。

老鼠嘴眯着眼睛，露出雪白的牙齿：嚯，天仙下了凡尘。

二队的人路过一溜平房的场部，偶然会在敞开的走廊上见到这位白衣白裙的播音员，多数时候就只在高音喇叭里听她清亮软甜的声音，骚男人根本不听她说些什么，只说：出鬼，脚骨子发软。

那么多双眼睛盯着，林晨像是没有看见。她是来找陈志的，让他去场办：

走吧。

陈志说：

你先走，我……就来。

林晨说：

那你快点，领导等着。

陈志把锄子交给老鼠嘴，说，我去去就回。

快去吧，还磨叽什么！

老鼠嘴跟着就唱：

> 二月过了是阳春，
> 蝴蝶蜜蜂采花心。
> 昨日从姐门口过，
> 看见小姐掉了魂。
> 生的不高也不矮，
> 不胖不瘦真害人。
> 行走风吹杨柳动，
> 好比仙女下凡尘。
> ……

这个上午，陈志和林晨成了二队的话题，争个不休。

老鼠嘴说：你们莫小看了陈志，终非池中物，眼面前就是场部干部了。

场部干部？你信啊？

知青大返城，全场从城里下放来的几百号人差不多走光了。二队剩下的张社宝和谢宜修各自在当地成了家，先前几十号人的城里新职工宿舍，只剩了陈志独守老营。老职工多数人认死了：这伢儿人能命不能，难出头的。哪个仙女会看上他？做梦。

　　张甲死去的第二年，陈志也染上了血吸虫病，连着两年冬天，在仓库地铺上住了一个月"医院"，好歹捡回一条命，瘦得像枯树叶。每天拿根草索系住烂棉袄，在一堆空屋里飘进飘出。冬夜收工回来，摸黑翻过堤坝，穿过江滩的树林，下几十丈深的江坎挑水，常常连人带桶滚下江坎。一个人烧一口先前几十口人煮饭的锅，一锅饭吃几天，馊到发臭。

　　二队的老职工熬怜陈志，却帮不上忙：你连捉只鸡的力气都没有，哪个敢把女儿嫁你！

　　县里的熊组长在农场蹲点，偶然发现了陈志：床头一只齐腰高的棉花篓子里装满了到处摸来的书，还写诗，眉眼鼻子给煤油灯熏得墨黑。

　　二队就在场部旁边。熊组长每次下去走动，夜里回场部路过，见到陈志的房门有亮，总会进去坐坐，也不多话，就是问问陈志是不是又写诗了，寄出去没有。有时候什么也不问，点支烟，一口一口抽着，抽完了，用脚把烟蒂在泥巴地上捻熄，说，早点休息。就走了。

　　农场还有一个女知青没回城，她下乡第二年就当了全省劳模，现在是农场的书记。来了月经也在毒日头底下锄草，一站一整天，直到大出血晕倒；积肥，因为夜黑，被沟坎绊倒，一头栽在一大泡新鲜牛屎上，先是吃了一惊，继而就喜出望外，顾不上把嘴里的牛屎吐干净，先把那泡牛屎捧进粪筐……当地老职工有夸她的，也有背后喊她"憨包逼"的。她那时在二队，锄草、积肥那些事迹陈志亲眼见过，对她从心里服气。虽然他也从不偷懒，但嘴巴里进了牛屎也不上紧吐出来，他肯定做不到。更不说他出工就只是为了赚工分，毫无远大理想，不可能像她那样站在家门口望到天安门。

省领导看到相关报道，下令成立省、市、县三级联合写作组去农场采访报道。正在场里蹲点的县宣传组熊组长负责联络协调。

为了配合写作组，农场出人收集素材。熊组长点了陈志的名。

陈志交来的素材，不光文字通顺，还蛮生动有趣，比方那个积肥的故事，他最初写的题目是《一泡牛屎》，反复推敲改成了《大吃一惊》，听上去像"大吃一斤"，有了喜剧效果。写作组个个叫好，直接就剪贴进大稿。那报道后来在国家大报头版整版刊登，陈志提供的文字改动极少。

写作组从省、市、县来的一帮干部要离开江洲了，看着又要孤苦伶仃回生产队的陈志，不知说什么好。相处了三个月，就是一只小猫小狗也有点难舍。

写作组里的陈一民没话找话，说：去年我来江洲招工，怎么没见过你?

　　县里兴办工业,从各单位抽人组成招工小组,县宣传组被抽到的是陈一民,来的就是江洲。

　　当初我们就是不小心走错路碰了个头也好啊。我要见你这个造孽样,肯定把你带走了。

　　陈一民一脸络腮胡子刮得铁青,双目炯炯,精明强干,像电影里的游击队长。

　　熊组长低着头,默默抽烟,抽完了,用脚把烟蒂在泥巴地上捻熄,又从烟盒里抽出一支。

　　在写作组帮工的这些日子,人五人六地在场部进进出出,差点忘记自己是个扒土巴的了。就像《渔夫和小金鱼的故事》里那家穷渔民,小金鱼一走,先前的一切又还了原:锄子、扁担、粪桶、棉花地、大柴灶、大铁锅、大水缸,五更钟声响,两头不见光。

　　正是一年春光好,血吸虫排卵期,很活跃,陈志的肝痛得像针扎。听到上工钟声,还是硬撑着爬起来下地。

二

　　熊组长临走前,建议让陈志到场广播站工作。一来广播站需要一个采编,二来他可以到场部食堂用餐。场领导当时没有反对。

场广播站拢共三个人：一个男的，赵志高，管设备；两个漂亮女伢儿，播音，一个余莉莉，一个林晨，声音都好听，不同的是余莉莉爽快，林晨绵软。

场里人都说赵志高那小狗日的真有福，一只羊两棵菜，而且都百里挑一，想啃哪棵是哪棵。

场广播站本来就是个让人眼红的地方，肩不挑，背不驮，日晒不到，雨淋不到，三个人一天到黑你看我我看你，看得心里蜜糯了。

赵志高父亲起先是江洲劳改队管教，后来是江洲农场场长。赵志高初中毕业没有课上了，父亲就让他进了农场广播站。他高高挑挑，白白削削，喜眉笑眼，很讨人喜欢。听写作组的人说陈志的稿写得好，他羡慕得不得了。说：你有空教教我，我写封信都磕磕巴巴。

是想请人家帮你写情书吧？

余莉莉讥笑。

赵志高脸红了。

虽然外面传得沸沸扬扬，其实广播站三个人成天腻在一起，许多话反而开不了口。

晚上，赵志高找到依旧住在二队宿舍的陈志：

老兄，余莉莉说的不错，我是真要请你帮个忙。

陈志自己没戏，帮人写的情书倒是成全了几桩好事。

写给哪个？余莉莉？林晨？

各写一封。

陈志盯了赵志高一眼，微笑说：

好吧，明天一早给你。

我……想今晚上就……

这么急？

煤油灯的火苗昏昏地晃动，余莉莉和林晨两张漂亮脸蛋在稿纸上一会重叠，一会分开。

两封情书，分别写给两个关系密切的女孩，都不轻不重、真真假假、有心无心地说到了另一个女孩不如她的地方。

你真可以！

赵志高由衷说：

教教我，这里面有什么秘诀？

陈志说：

没有秘诀，只需要让人家觉得你是最懂她的人。

第二天，赵志高在广播站工具间用电炉炖了一锅熟狗肉，报答陈志。

场里的流浪狗成群，每天场部周围闹得最凶。赵志高抓鸡逮狗比陈志灵光多了，昨夜从陈志宿舍回去，就去场部食堂捡出块肉骨头，绑上细铁丝，从广播站窗户抛出去，还没有落地，好几只狗就扑了上来，赵志高随即按下开关。死狗拖到食堂交给大师傅，烧好后给赵志高装了一大锅。

那天酒喝得多，两个人都有点把持不住。

可惜甘蔗没得两头甜。要是允许一夫多妻就好了，我把林晨和余莉莉都娶上，一个大家闺秀，一个小家碧玉，各有各的味儿。

赵志高全不顾陈志的感受。

陈志也有些晕了：赵志高你能这样待我，我很感激。我跟你们不一样，你们在娘胎里就是祖国花朵，我生下来就是一坨鸡屎，活着就是福分，别的都是妄想。

赵志高直点头：

那是，那是。

陈志很少待在场部，广播站也没有他坐的地方。如果场办没有指定任务，他就去下面的分场采访，把写好的报道稿交给场办审查，就到场部大院前的坝头上坐下，等审查结果，通过了，就站起来，拍拍屁股，回二队宿舍。

码头还是那个码头，湾子还是那个湾子。只是没有了那一船女人，没有了慧子——羊脂一样的大笑的慧子。

她指望过他，他迟疑了。

知识分子在这里发呆啊！

忽然响起一阵笑声。林晨不知什么时候到了坝头上。

林晨从来没有像其他人一样喊陈志"鸡屎分子"，只喊原意"知识分子"。

陈志慌了，赶紧站起。

别别别，我也想坐一会。

林晨双手从后面一抹裙子，在陈志身边的草棵上坐下。

慧子就是在这里让你动心的，对吗？

林晨看着前面的湾子。

你怎么知道的？

陈志憨了。

她给我看过你的信。我们同班同学。

……

你那封信写得真好，是个女伢儿都会动心。那么诚实，那么深情，我能想得出，慧子离开你会难过死。你们后来就再没有联系了？

没有。她没有给我地址。

也没有给我。别看她老是笑，骨子里还是个千金。要不，我找她？

不要。

陈志很坚决地摇摇头，站起来：

谢谢你。

……

　　理智说：不要理睬，不要理睬！

　　但爱情说：向他说，你真可爱。

　　……

不是中学生了。应该懂得听理智的：

他是"鸡屎"，不是两棵菜中间的羊。

陈志起身离开坝头，没有注意林晨对他的凝视和她眼睛里滚动的泪水。

他的决绝是对的。

蹲点结束，熊组长离开农场。几天后，场办梅主任对陈志说，你也回二队吧。又压低声音说：是桂书记定的。她说你喜欢看书，脑子活，靠不住。

那个先进典型调省时，向县委提议农场妇联的桂主任接替自己担任了农场一把手。

陈志没有听完就走出了场办。

第九章

一

长长的一排平房，差不多空了，像口活棺材。陈志瘫在床上，高烧出了一嘴水泡，听着风在屋瓦上刮出的尖叫，坝外江水拍岸的闷响，翻来覆去。眼前一片漆黑。

迷迷糊糊中，陈志觉得自己枯树叶样的打着旋，在黑咕隆咚中坠落。他吓得用尽气力喊叫，却喊不出声音。

不知道是第几天，陈志在一身透湿的冷汗中，突然听到有人喊他的名字。这之前，没有人打搅过他。二队的人不知道他已经不在场部当"干部"了，倘若他死在了床上，也不知道什么时候会有人收尸。

喊他的是陈一民。他夜里搭船一大早就到了农场，熊组长派他来借调陈志。跟桂书记磨了一上午嘴皮子。他们那个写作组在场里住了几个月，当时还是妇女主任的桂书记对他们蛮客气，想不到当了一把手就这么抹面无情，说我就不懂了，江洲这么大，你们为什么就只记得一个陈志？

陈一民急得脸色煞白：

回去怎么向熊组长交待！

陈志晕晕乎乎说：

我跟你走。

除了身上的衣服，陈志什么也没有带。

陈一民说，要得，缺什么回头去我家拿。

上级发了红头文件，培养基层宣传员，方式是直接参与新闻报道。

先让江洲的那位陈志同志到县里来吧。

熊组长总是一脸苦相，从不开玩笑，喊谁都是全名加"同志"。他不知道陈志回生产队了，他的这个决定，不只是"培养"了一个"基层宣传员"，而是救了一条命。

陈志住进了县机关大院里的单身宿舍，在宣传组办公室加了一套与其他干部同样的桌椅。陈一民让陈志的桌子跟自己挨着。

从一个洲巴佬成了个冒牌机关干部，刚开始几天，陈志走进办公楼，总有点鬼鬼祟祟，不敢看人。说话，走路，包括咳嗽，都提心吊胆，生怕让人觉得放肆。

县报道组一共三个人：

正牌大学生李甫维。光跟天才李白同姓还不够，还要加上地才杜甫、人才王维。大学毕业后分配到县里，理所当然是写文章的王牌。

文厚德。之前在姑塘公社当文书，有一首《姑塘晨曲》在省报副刊发表，成为全县最有成就的诗人。灰色中山装里是布扣对襟衫，所有扣子都扣得格紧。圆头布鞋和土布袜子，黑白分明。一身板正，跟站岗的一样。独自站在二楼走廊上凭栏吟诵诗歌时，昂首挺胸。一旦有人跟他说话，他立刻就弯下腰，眼睛看着脚尖，绷紧脸，不管听清没听清，都"哦哦"点头。

第三个是陈志。一个假干部。他知道，这是他改变命运的最后机会。

二

对姑塘公社的报道让陈志在县里一举成名。

姑塘是县里的老典型，陈志来报道组之前，县里一连好几年，年年派一个写作组下去总结，稿子油印出来，堆成上尺高，可以编一本厚书，就是上不了省报。差不多成了县里历任领导的一块心病。

那次陈志独自蹬了一辆破单车，早上从县机关出发，晚上到了姑塘。当夜就开座谈会，看材料——材料都是现成的，把文字稍作调整，加进一些新词和新数据，天亮就写出了初稿。吃过早饭，姑塘的领导到公路上拦了一辆附近工厂进城的货车，请司机把陈志捎到市里坐火车，去省报送稿。

就要开全国农业的大会，省报正在组织宣传，具体负责的老罗也是上次去江洲的那个写作组成员，当时就很为陈志惋惜。他对姑塘也是知道的，看过陈志送来的稿子，说：

稿子放这儿，你回去，好好睡一觉，眼圈都黑了！

半个月后，那个稿子在省报头版发出，占了大半个版。

县机关一下炸了锅，各个办公室都在争看那天的报纸，重要的不是内容，是篇幅。县里的报道有史以来都顶多是豆腐块，从来没有这么风光过。文厚德羡慕得不得了，他在姑塘当文书的时候，多次接待写作组，结果都是无用功。

从此，除了报道组的任务，县里各单位各部门的工作总结、会议报告、情况调查、包括开幕词、闭幕词，都去找陈志。陈志随叫随到，而且出手极快。县里四级干部会，一个月前就成立材料组，从各单位抽笔杆子，集中住进招待所，讨论、起草、送审、修改，再讨论、再修改、再送审，熬夜熬得眼睛肿了血压高了，抽烟抽得牙齿松了指头黑了。临开会前，领导不批准也不行了，一块石头才好歹落地，有人出招待所直接就住进了医院。陈志来了，材料组照样成立，不过，其他人差不多就是打一个月扑克，陈志也在一边观战，离开会还有几天了，他一个人熬两个通宵就把稿子写了，到了领导手上，一遍过。省报上只要有段时间见不到有关县里的报道，县委一把手闻隆书记就会问：报道组那个陈志哪去了？

连机关后勤都知道了陈志笔头子的灵光。

这个县在庐山脚下，自古过路的文人多，当地人拿笔头子特当回事。虽然没有正式编，机关里的多数人并不另眼看陈志，反而怕他夹生。打扑克，如果有五个人，靠边的一定是正式干部，决不会让他站着。陈志离开农场的时候，什么手续也没办。机关食堂的管理员来问办公室会计老胡，陈志的粮油关系一直没有转来，可不可以卖饭菜票给陈志。老胡说：不卖他怎么吃饭？不吃饭他怎么写文章？

老胡小气出了名，给叫花子二分钱还让人家找一分还他。但对陈志，他网开一面。他的道理很简单：陈志笔头子好！

饭菜票的事后来李甫维知道了，向办公室主任和管办公室的县领导反映，他们要么没有态度，要么说我回头问问，再没有下文。

不光老胡，食堂刘师傅也一样。

年节假期，机关食堂用餐的人，除了几个值班的，单身汉就只有李甫维和陈志。每次打菜，李甫维都盯着陈志的碗，每次都觉得厨房的刘师傅偏心，打给陈志的红烧肉或炒鸡蛋总比他的多。

刘师傅是十里埠镇下面的刘八碗村人。那里人喜欢滑稽，自己笑自己：吃八碗饭，挑八蔸秧，过八个坎，跌八个跤。他在县机关食堂做了二十几年饭，李甫维那样的古怪人见多了。

李甫维越说越来劲，扯起喉咙喊：

你搞清了他的身份没有？

刘师傅红得像熟虾样的鼻头冒着油光，笑眯眯看着李甫维，等他喊过了，转脸对陈志说：

菜碗给我。

陈志以为刘师傅接受李甫维的意见，要减少他菜碗里的分量，赶紧把菜碗递过去，免得他为难。

刘师傅接过陈志的菜碗，却把案板上盛好的一碗红烧肉扣进去：

这份是我的，不要菜票。

李甫维张口结舌，一个指头指着刘师傅直发抖，半天说不出一句话。

全县性的会议，起先也派过李甫维和文厚德去材料组。李甫维除了写稿，什么杂事都不沾手。不像文厚德，一笔一画、一遍一遍给别人誊抄稿子。后来干脆就不喊他了。平时呕心沥血写出的报道或总结，交给领导过目，不管哪个部门或单位的头都先问，给你们那里的陈志看了吗？他说行就行，他说不行就照他说的改。认定了药不过獐鼠不灵。

堂堂一个正牌大学生，让一个初中生农工压一头，身怀天、地、人三才的李甫维满腔悲愤。他不可能对陈志屈尊，陈志也不会憨到真敢拜读他的杰作，只是心里有点为他着急：不论写什么文章，不管合不合适，他都要拿唐诗宋词开头，报道春耕就写

"竹外桃花三两枝，春江水暖鸭先知"，报道筑坝就写"会当凌绝顶，一览众山小"，怎么也没法让领导满意。他自己又认识不到，只把一腔怨气发泄到陈志头上。

三

县领导中黄场长讲原则最有名——大约是在江洲农场当场长的影响，县机关的人都不喊他"黄主任"而照旧喊他"黄场长"。他自己也乐意，因为那证明了他在基层的历练。

黄场长进县机关后，接替了先前分管这摊事的郑书记。

陈志进县机关的第一天，就跟黄场长在走廊上劈面错过。走过了好几步，黄场长忽然想起什么，回头喊住陈志，问：

你是不是江洲来的？

是。

二队的鸡矢？

是。

陈志讷讷的。他其实早看见黄场长了，想低头躲过去。

之前，黄场长已经知道，宣传组要从江洲借调一个名叫"陈志"的来培训做农民通讯员，只没想到那是"鸡矢"——他在二队蹲点时，只知道"鸡矢"，不知道"鸡矢"是"陈志"。

李甫维对熊组长把陈志弄进县报道组并且一直赖着不走很有看法。本来，培训是三个月换一批，但过去了好几个三个月，熊组长都没有换人的意思。李甫维背后去黄场长那里提过好几次意见，说他对陈志的排斥并不是出于嫉妒，完全是为了坚持原则。

无奈熊组长职务虽然在黄场长之下，资格却老得多，黄场长不好擅自决定。

县领导班子年终开会，黄场长转达了李甫维的意见。闻隆书记很惊讶：什么，那伢儿还不是正式干部？为什么？

闻隆书记之前被派到国外教当地人种水稻，不知道这几年县里一直没有招工招干。

有机会要抓紧解决，莫耽误工作。

从国外回来的闻隆书记对县里的发展有许多新的想法，笔杆子少不了的。

那是。

其他领导都说。

黄场长其实也没有让陈志走的意思。陈志笔头子硬，对他分管的工作只有好处没有坏处。他该做的就是对陈志格外严格。规定陈志写的稿子都必须交他审查。

在机关里多年熬下来，老肺痨的黄场长成了个骨头架子，脸面煞白，青筋暴跳，没有一点血色。有人在背后说他"脸上无肉，做事刮毒"，他听了跟没听一样。陈志送给他审查的稿子，他先是一字一句抠文件，决不马虎。抠完了，不管字写得多么端正，他都让陈志拿回去重抄；重抄了交上去，他说要抄在方格里；第三次交上去，他说标点符号也要占一格；第四次交上去，他说为什么不抄一行空一行，不让我修改了？他修改过的稿子，字数每次都在原稿的三倍以上，增加的部分全部是从中央、省、地下发的文件中摘录的。

陈志每次交给报社的都是自己的原稿，但黄场长的修改稿他还是不能不老老实实地一个字一个字照抄。稿子在报上发出来，黄场长加上去的字一个也见不到。黄场长也不追究。他觉得他的责任就是审稿，改稿，让陈志照他的修改抄稿。审了，改了，抄了，他就尽到了责任。那些他改过的稿子陈志抄过后，他都一件不落地收回，仔仔细细地锁进文件柜。一旦有事，他可以拿出来证明自己这一关是把得很严的。

报道稿毕竟是小文章。每次给全县干部大会准备领导的开场和总结的报告，差不多就是县里一帮稍有名气的笔杆子的一场灾难。

这类报告的起草，都是黄场长亲自抓。每次都从各个相关部门抽人组成写作小组，这些人都由他一个个审定。通过了，让他们分头去写。初稿出来，再把所有人找拢，亲自主持抠一遍。所谓"抠"，就是通过集体讨论的方式，把报告最后敲定下来。一人念，其他人听，某一句应该删去几个字，或增加几个字，某个标点应该是惊叹号或是省略号，边念边听边改。这是报告出炉前的最后一道工序。

"抠"报告都是加夜班。最辛苦的是黄场长自己。他当小学老师教的是语文，念起文章来字正腔圆，抑扬顿挫，一面念，一面照大家的意见在原稿上改动，最后再让一个字写得漂亮的人抄出定稿。他从头到尾正襟危坐。一个字一个字地推敲，一个标点都不放过。不惜"为伊消得人憔悴"。

下面一帮人不是个个都有他这样的好精神。陈志特不经熬，不一会眼皮子就用手掰也掰不开，头一下一下鸡似的向下啄，忽然啄在茶碗上，把满满一杯茶撞翻。

黄场长刚好在这时说了一句话：这个地方要转一下。说的是"转"，听着是"短"。

什么？还短了？

一梦方醒的陈志大叫起来，多半是为了掩饰自己打翻茶碗的窘迫。

转。

黄场长白了陈志一眼，加重语气强调了一遍，听起来依然是：

短。

报告初稿终于"抠"完，不觉东方既白。

那些年，凡是黄场长把关的报告从来没有出过一丁点纰漏，而且念报告的领导回回都很满意。

小心走得千年船。

黄场长反复念叨父亲早年对自己的叮嘱。

也可能是笔头子越写越顺，加上进了县机关，跟黄场长近了，又听到他的许多笑话，陈志在不知不觉中有点夹不住尾巴了。

黄场长从江洲调到县机关，起初是当办公室主任，一时搞不清东南西北。食堂早餐，玻璃隔窗里的台子摆满了大碗小碟，不像农场场部食堂就只有麦粑稀饭，没得挑。窗口里刘师傅问要点儿什么，黄场长低着头看了半天，说：

我要……我要……一个包子和一个包子……

刘师傅有点脾气：

不就是两个包子么？

黄场长憋红脸：

不是……一个包子和一个包子……是……一个包子和一个面包！

刘师傅拍了拍手：

面包没有，命有一条。

机关春游，黄场长主动跑去给大家买了一大把冰棒，手冻得不行，大喊：刚出的冰棒，烧手！众人大笑：你买的是煎饼油条啊？

办公室配了一台卡带收录机，黄场长亲自保管。大家走累了，在草地坐下休息，他把一直小心提着的收录机放下，从背包里翻出一盒磁带，很内行地说，这支曲子好——"少女的衬裤"。

有个同事惊了，拿过磁带一看，是"少女的祈祷"。

黄场长急了，直着脖子大叫：

不可能！我又不是傻。

中午到了饭点，几个人进了一家兰州拉面馆，黄场长说，你们去坐桌子，我来！转头对师傅交代：

请给拉几碗。

拉面的师傅说：

你们吃吗？吃我就拉。

黄场长说：

来都来了，怎么不吃！您拉吧。

这些笑话把瘦得像个骷髅、严肃得阴森的黄场长搞得没有了一点神秘感。就连陈志也表面上唯唯诺诺，心里并不怎样把他当回事。

有一次抄着黄场长发下重抄的稿子，忽然一股邪火直冲脑门，握拳抓笔，向稿子猛插下去，钢笔尖穿过厚厚的一沓稿纸，深深地扎进木头桌面。还不解气，又把已经抄出的稿子稀里哗啦一顿乱撕，掀开窗户，一挥手抛进外面的大雪，把一屋子人吓了一跳。

县宣传组几个人，除了李甫维，都把陈志当作小老弟，尤其陈一民，把他带出农场后就处处护着他。

陈一民赶紧跑出去，把散落在雪地上的稿子碎片一点点捡起来，回到屋里一点点拼贴好。每拼贴好一张，文厚德就接着按照郑书记的要求端端正正重新抄出来。

文厚德跟陈志同一间宿舍，他还在写诗，他的最高理想是当中国的马雅可夫斯基。每写出一首，都要念给陈志听。陈志表态的时候，他就弯着腰，眼睛看着脚尖，绷紧脸，洗耳恭听，"哦哦"点头，没有听清，就再问一遍。照陈志意见改的诗，起码总能上县文化馆的油印小报。

幸好那天李甫维出去采访了。陈志的这次失控瞒过了黄场长。

那天晚上陈一民把陈志叫到家里，温了一壶家酿米酒，一大家子人围着桌子，听他劝陈志：要转正，头一要紧的就是"忍"，"忍"就是心字头上一把刀。

陈一民的白发老娘在一边不停地抹皱纹里的眼泪，一群细伢子不眨眼盯着菜碗不敢下筷子。

第十章

一

熊组长忽然调动了工作，去外县担任副县长，总算提拔了。他不到二十岁就是乡长，跟他同时参加工作的人早已是主管领导了，他却一直原地踏步。

走的头天，下午下班的时候，熊组长让陈一民把宣传组的人喊到办公楼前面合了个影，什么话也没有说就散了。第二天上午上班，陈志才知道，熊组长一早就去外县上任了，昨天下午的合影就是告别。

陈志为熊组长高兴，为自己担忧。

替换熊组长的是从办公室来的武大先生。武大先生姓武，但跟"武"一点关系也没有，恰恰是百分百的"文"大先生。他这辈子蛮倒霉。大学毕业分到县机关，一直在办公室写材料，写到背都驼了，成了"大先生"，才当上办公室副主任。现在调到政治部下面的宣传组来，当的还是副组长，没给他扶正。

武大先生的倒霉，因为婚姻。他老婆是县剧团的花旦，家里成分高。武大先生看上她，组织上是跟他谈过话的：政治生命和剧团花旦你只能选一个。他选了花旦。

宣传组两间办公室，在走廊上门对门，组长、副组长一间，几个一般干部一间。到宣传组履职的头天，武大先生在一般干部那间办公室晃了一下，算是跟大家打了招呼，就回到组长的办公室。本来就在一个楼里上班，抬头不见低头见，用不着那么多客套。

武大先生在自己的办公桌前闷闷地坐下。对面原先熊组长的办公桌清理得干干净净，暂时还没有新主人。本来以为可能让自己填空，结果黄场长兼了。累死累活十多年了，连个正科级都没有熬上，不能说不是一种失败。也许因为这个缘故，他的表情变化总是很突兀：因为老是熬夜写材料，他眼睛的结膜炎总也好不了，眼睛永远是红通通的。谁说话他就瞪着红通通的眼睛看定谁，像泥塑的，一动不动。对方说完了，他若赞成，头就随着驼背往下一栽，"哎"地一喊；反之就"嗤"地一声冷笑。

正伤感着，有人轻轻敲大开着的门。是李甫维。

来了新领导，也就来了转机。李甫维相信一直在政府办公室做文字工作的武大先生至少在文化修养上比熊组长水平高，不可能像熊组长那样毫无道理地只把陈志当宝贝。他跑了快半个月收集材料，又熬了好几个通宵写了篇全县大抓农田水利的经验报道，请领导过目。

武大先生问：

陈志看了吗？

没有。

那你先给陈志看吧。

正等着赏识的李甫维的脸一下就绿了。木棍一样杵着不动。

武大先生问：

你还有事？

李甫维喉结耸动了几下，把之前提过好几次的应该结束陈志培训的意见又提了一遍。

武大先生瞪着红通通的眼睛看着一张精致的小嘴吧唧吧唧，很专注。等那张小嘴终于不动了，他说：

你回去，把他给我喊来。

李甫维陡然精神大振，刚到走廊就大喊：

陈志，武组长让你过去！

"武组长"三个字特别响亮。

结果跟李甫维想的不一样。武大先生把陈志喊过去是交待任务：让他去写黄场长最近下乡发现的一个典型。

二

武大先生写了半辈子材料，在县里从来没有他看得上眼的笔头子。对熊组长找来的陈志，他起先没在意，以为就只是培训对象。姑塘的报道在省报刊出，他看过后沉默了好久。之前去姑塘的几个写作组都是他带的队，就是巴望上省报，就是不能如愿。虽说陈志的成功有走运的成分，但在办公室统管机关的各种文字材料，陈志的文字他大都看过：年纪轻轻，脑子灵光，能吃透上下两头，一有新提法马上就用上。早已惺惺相惜，只是嘴上不说。偶尔有人提到李甫维，他则一勾脖子"嗤"地一笑：绣花枕头，不灵。

黄场长发现的那个典型，是个"五保户"孤寡老太，因为腿脚还利索，主动让几个下乡知青住到自己家里，给他们做饭洗衣，成了一个特殊家庭。陈志采访的时候想着自己在农场很多年，没福气遇到这样好心的老人，边听边落泪，稿子写得很文艺。送到省报，老罗建议作为报告文学转给副刊，可以整版刊登。值班老总对稿子赞不绝口，立刻签发。

不消说，那期报纸出来，县机关又当个话题议论了一阵。有人拿着报纸来找武大先生，说你这回抓了篇好稿子。武大先生瞪着眼睛，脸上照旧僵着：没有我的事。点子是黄场长出的，稿子是陈志写的。

陈志清楚，武大先生这回是有意识让自己讨黄场长的欢心。过不了黄场长这道坎，他的转正就是做梦。陈一民私下跟他说过，武大先生是熊组长的老下级，熊组长临走前再三交代要设法解决他的编制问题。

李甫维的反应尤其激烈：稿子里写的全是吃喝拉撒睡，这是什么"特殊家庭"？根本就是宣扬资产阶级人性论。他十分激动地在机关走廊里走过来走过去，大声疾呼：决不能把毒草当香花。

各个办公室的人挤到门口，个个觉得好笑，也不劝阻，任他义愤填膺。连听到动静下楼来一看究竟的黄场长刚走到楼梯口也赶紧缩了回去。

除了不容许毒草，李甫维最不容许的是陈志靠毒草捞到好处：

上面下来了一批赤脚教师转正指标，李甫维听说有可能给陈志一个，赶紧给江洲的桂书记打电话——陈志的人事关系在农场，场里不同意，陈志做梦也莫想出头！桂主任马上就是他的岳母，她的厉害是全地区有名的，发起威来，天王老子也不认，谁都不敢惹。

桂书记给黄场长的电话毫不含糊：

如果县里这样不讲原则，她就告到地委去。

黄场长胆小怕事，但是认准了的事也不容易改变。他对陈志渐渐有了好感，心里觉得他的确是个人才。

陈志是县里有史以来在省报发稿最多的笔杆子，特别是黄场长出的几个题目，陈志都写成大块文章发表在报刊上，扩大了县里的影响，也让他脸上有光。对陈志在县机关的去留，除了例行公事地反映意见，自己没有明确态度。熊组长有一回专门跟他谈到陈志的前途，他不想深谈，一句官腔堵住：农工不是前途？但话是这样说，并没有真让陈志回江洲当农工。这回转正，他本来打算顺水推舟，也是积德。但反应这么强烈，那就先放一放。

三

李甫维反对陈志转正的第三个理由没有说出口——那只是一种担心，说不出口：武大先生说自己年纪大了，老看稿子吃不消，希望报道组明确一个人当组长，免得误事。在报道组现在的三个人中，文厚德的业务能力没法跟他比。陈志本来不必考虑，但要是转了正，也就成了个变数。搞不好哪个领导头脑发昏乱来！

李甫维是个标准的小白脸，眉毛、鼻子、嘴唇、嘴唇里面的细粒牙齿，还有耳朵，都长得十分精致，头发细软服帖，梳得一丝不乱，还要随时伸出兰花指往后拨拉几下。一身装束永远像刚从消毒房出来的，整洁干净，散发着淡淡的说不清楚的像是药水、又像是肥皂的气味，总之很好闻。在机关里走来走去，总是背着手，耸着肩，低着头，忽然撞到人，抬头"哦"一声，就擦身而过。不打牌，不下棋，不聊天，凡是他觉得无聊的事都不做。很文化，很文墨，很文明，就是不知道为什么不讨人喜欢。尤其不讨女孩子喜欢。经人撮合，认识了县医院的护士桂霞。两个人站在一起，不光郎才女貌，就是长相，也很般配。在江洲当书记的桂霞母亲一眼就看中了：喜欢不能当饭吃，不管怎样，头一条必须是机关干部。她当初感情用事嫁了个农机修理工，结果日子搞得生不如死。

机关随即给小两口在家属区分了房子，就等着办酒。哪知道忽然出了烙壳。

家属区的房子做得很节省，墙体单薄，基本不隔音。有天中午从他们房里传出桂霞的哭声，跟着是李甫维气急败坏的惊叫：

哎呀哎呀，真的破了！

隔壁的人起先以为是小两口闹气，弄破了什么贵重东西。等李甫维下午找到武大先生汇报之后，整个机关才知道是什么"真的破了"。

头天一早，桂霞下晚班，天黑漆漆的有点吓人。桂霞管的那个病床夜里陪护老婆的男人说，我要回家一趟，顺路送你。路上要走很长一段田埂，风很大，雪渣子打得脸生疼。走到一个夏天看瓜留下的草棚边，那个男人看桂霞浑身冻得发抖，建议进草棚躲避。进了草棚，他就抱住了桂霞。桂霞也就懵懵懂懂地软在了他怀里。当时什么也不知道，只觉得腾云驾雾，要死要活。事后见到血才知道给那个男人破处了。回到家里，李甫维已经上班，等到中午他下班回来，桂霞哭哭啼啼地把过程细说了一遍，李甫维伸手探测，失声惨叫。

这就是隔壁邻居听到的那声"真的破了"。

你们恋爱这么久，有年头了吧，就没有过？

听完李甫维的汇报，武大先生问。

"没有过"什么？

李甫维听不懂。

武大先生头一低，嗤了一声，转而问：

你来找我，希望组织上做什么？

武大先生用"组织"代替了"我"。

我的希望就两点：一，把强奸犯捉拿法办；二，请组织决定，我该不该跟桂霞结婚。

武大先生说：

我先讲第二点吧，该不该跟桂霞同志结婚，只能你自己决定。你如果不在意，就结；如果在意，就不结。至于第一点，怕是不能由你说了算，要调查了才能定。

还用调查？事实明摆着的。两个人没有结婚就发生关系，就是流氓。我跟桂霞认识这么久，嘴都没有亲过。

武大先生说：

当事人是成年人了。你让她自己报案吧。

对！

李甫维跳起来，气昂昂去找桂霞。

桂霞低着头，一言不发，说什么也不动身。她在病房里跟那个男人眉来眼去好久了。从跟李甫维确定关系后，她一直在等着李甫维"强奸"，是李甫维自己让别人占了先。怪鬼！

李甫维跟桂霞还是成了家。婚后的桂霞成了"公共汽车"，给许多男人带去了"幸福"。她对劝她安分些的人说：

怎么安分！他那东西又短又小，像个送信的，刚进门就回了头。

李甫维威胁，要向桂书记告状。

桂霞说，你只管去告。我就是跟她学的。还引用了两句江洲山歌：

> 她是高山朽庙子，
>
> 才断香火有几年？

桂霞从小就看惯了桂书记因为跟男领导打情骂俏，在农机站当修理工的老子隔三岔五在家里打得她满地爬却不敢声张，最后不得不离了婚，带着女儿单过，让女儿随了自己的姓。

结了婚的李甫维依旧是粉妆玉琢，头发细软服帖，梳得一丝不乱，还要随时伸出兰花指往后拨拉几下。一身装束永远像刚从消毒房出来的，整洁干净，散发着淡淡的说不清楚的像是药水、又像是肥皂的气味，总之很好闻就是。在机关里走来走去，总是耸着肩，低着头，皱着眉头，天才在思考，谁也不搭理。不打牌，不下棋，不聊天，凡是他觉得无聊的事都不做。很文化，很文墨，很文明，就是不讨人喜欢。

不同的是多了一顶绿帽子。

这顶绿帽子有点误他的事。桂霞裤带子松在广大干群中颇有影响，即便李甫维自己习惯了，别人也觉得他脸面难看，要提拔这样一个人，总觉得不是个事。

李甫维对陈志的提防完全是多余的，就是把全县人民群众提拔光了也轮不到陈志。但没有陈志，并不等于他就没有了对手。

报道组组长的帽子落到了文厚德头上。文厚德发稿的数量和质量虽然比不上陈志，但好歹在省报发表过署了名的诗歌。

文厚德受到组织信任，更加严肃认真了。灰色中山装和里面对襟衫的所有布扣子扣得更严实，圆头布鞋和土布袜子，黑白分明。一身板正，跟电影里的武工队长一样。之前别人跟他说话他就弯着腰，眼睛看着脚尖，绷紧脸，洗耳恭听，不管听清没听清，都"哦哦"点头，这样的景象再也看不到，有事没事都昂首挺胸，意气风发。

从任命下来的那天起，文厚德每天催李甫维交出办公室属于报道组专用的文件柜钥匙。那个文件柜武大先生从来没有打开过，一开始就把钥匙丢给了李甫维。李甫维以为那是准备让他接班的信号，十分妥善地保管着。现在要交给文厚德，很不甘心。一直拖着。不是说找不到了，就是说忘了带。急得文厚德抓耳挠腮，每天早早站在办公室门口等他，伸长脖子看定老长走廊尽头的进口，揪得紧紧的心在希望和失望之间起起落落。

李甫维最终没有交出钥匙，文厚德只好撬了那把锈迹斑斑的老锁。

里面只有一柜子积了起码十年的灰尘。

四

陈志没有得到赤脚教师指标，没事就站在宿舍走廊上张望那片花花绿绿的菜地，一肚子酸甜苦辣咸涩。

新县城建在十里河两岸。

十里河是条山洪冲出来的季节河，平常日子，清亮得透明的河水浅浅地洗着一沟卵石，从庐山脚下弯弯曲曲流到十里埠。

县机关原来在市里，县名和市名相同，各个对应的机关也就只有一字之差，外人、特别是下面农村的群众总是搞不清庙门。一直在议论县市分开，把县治搬下去，只听楼板响不见人下来，到闻隆书记任上才成为现实：

所有的县机关在一个星期里把牌子挂到了城外的十里埠，县委县政府挤在一间祠堂里，其他各局租民房。三年后，才有了各自的办公楼。

县委县政府大院圈了很大一片地，除了办公楼、单身宿舍楼、家属区，剩下的一大半都种了菜，每周有半天，机关各部门干部轮流盘菜地。一年四季花花绿绿：

春天，油菜花黄，蚕豆花紫；夏天，围墙上爬满了冬瓜、南瓜、丝瓜，竹架上挂满了番茄、黄瓜、豆角；秋天，辣椒、茄子、荷花；冬天，霜打的芽白、雪里的萝卜苗翠嫩细碎。越过菜地，围墙外的远处，庐山隐隐约约。

陈志没事就在宿舍楼上凭栏。一年三节，大院差不多是空的。这是陈志最畅快的时候，就像一头骚牯卸了轭头、断了索子，整个人现了原形。在江洲他孤单惯了，不知道什么叫寂寞。一个人，想几点睡就几点睡，想几点起就几点起；想吃就吃，不想吃就不吃；想穿衣服就穿，不想穿就赤条条来去无牵挂；想女伢儿就尽管想，想得要叫就死命叫。他的"叫"，不是瞎叫，是唱歌。没有人听正好，可以捺着屁眼扯开喉咙唱，横直是唱给自己听。他喜欢听自己唱歌。

跟平时上班，全然是两个人。

唱歌归唱歌，心里空落落。想起自己离开江洲几年，在此佳处一没户口，二没编制，什么时候人家让走就还得回去面朝黄土背朝天，一阵阵揪心。

最饥渴的自然是男女好事。在县里，他这个年纪早都生儿育女了，结婚在他却是遥不可及的事。天上的云团千变万化，一会是含情脉脉的黑眼睛，一会是响亮大笑的慧子，都是老天对他的捉弄：挑逗，诱惑，神魂颠倒，走火入魔，转眼无影踪。

从记事的时候起，陈志受尽了白眼和冷落。也许正因为这样，反而容易引起心软的女孩子的注意和同情。

跟母亲说起过慧子，母亲说：你做得对！再三叮嘱，没有铁饭碗，绝不要想结婚的事，苦了自己不要紧，莫害了人家女孩子。陈志每天在县里各处跑，接触面比在江洲不知道大到哪里了，但不管在哪儿，他都尽量不跟女孩子多说话。公事公办，办完走人，绝不牵藤绊柳，拖泥带水。

陈志以为自己渐渐麻木，再不敢妄想。其实，是假象。

那回在采访的单位吃过晚饭，回到宿舍，一直眼巴巴地等着他回来的文厚德神神秘秘地跟他说：

江洲有个叫林晨的女伢儿下午到办公室来找过你，等了好久。临走说明天上午再来。

好比仙女下凡尘。

陈志心里"轰"地一响：

她没讲她在县里的住处吗？

应该就在招待所。去找就是了。

文厚德一脚跳到门口，只等陈志点头。

还是……等明天吧。

陈志转眼就冷静下来：

他们不过就是认识而已，说是她"同事"他都不够格。决不可以胡思乱想。

第二天天刚亮，文厚德就跳下床，又不由分说地把陈志也轰起来，打扫房间，整理床铺，把到处弄得一尘不染，把一个乱糟糟的狗窝收拾一抹光，跟水洗过一样。还跑去院子摘了一大捧花，插进一个毛竹筒，放在陈志的书桌上。

看着文厚德忙得一头大汗，陈志很感动，又很辛酸。文厚德是把林晨当做他的女朋友了，但这根本是没有可能的事。真要出现奇迹，他也不会接受：他在县机关不过是个假干部。他不可能害林晨。

在江洲场部，对他最尊重的是林晨。林晨在广播里念他的稿子，从不出错。不像余莉莉，老是卡壳，要不就念白字，把"红彤彤"念成"红丹丹"，再三纠正也改不过来。至于林晨的声音里所包含的更多的意味，他有感觉，但不敢多想。

一上午过去，林晨没有出现。

文厚德很是惋惜昨天陈志没碰上林晨，长吁短叹：那么好的一个女伢儿。

陈志反而一阵轻松。

没有铁饭碗，一切都只有免谈。

五

实在难受的时候，陈志去县文化馆找过条子。

这狗日的真是有吃屎的八字，到哪里都走桃花运。

郑书记的千金郑晶晶在县文化馆做展览讲解员，在老子眼里就是金枝玉叶，不嫁则已，要嫁，起码嫁到省里。至于县城十里埠的镇上人，不要说挨不得撞不得，就是多看两眼，郑书记也是要不高兴的。

条子跟郑晶晶开过玩笑，请她做模特。也就是开玩笑，哪里敢动真的。按她老子的标准，他起码要先做成省里的画家。

只要接到举行全省和全国画展通知，条子见天就在美工室一大堆颜料瓶、桶和夹着臭袜子的纸捆中间坐下，腌萝卜干就白开水，开始呕心沥血的构思。然后就一连几天关在垃圾箱样的屋里，眼睛斜斜地眯起，凝视着画布，拿画笔的手微微抖着，在空中画着看不见的线条，突然扑向画布。一边画，一边跺脚，挥手，翘起下巴，抿紧嘴唇，"唔唔"地哼。据说大画家都是这样哼的。

每经过这么一次，条子就像大病了一场，刀削面似的越来越细，披头散发像个吊颈鬼。这样努力的结果，居然参加了一次全市画展。

不拼命的时候，条子随时随地画站里的人：从叽叽喳喳的灶婆到一团和气的站长，个个不放过。有一次，偷偷画了趾高气扬的郑晶晶，给郑晶晶发现了，没想到她那么欢喜。

郑晶晶后来成了条子的专职模特。一有空，两个人就关上美工室的门，躲在里面，一躲就是老半天。站里个个都睁只眼闭只眼，只瞒过了郑书记两口子。等到他们发觉，生米已成了熟饭。

条子对陈志说，可惜我帮不上你什么忙，郑晶晶他老子吃不开了。不过你没事就来镇上，这里蛮好玩的。

第十一章

一

陈志终于爬上人生最要紧的那个台阶，是闻隆书记一锤定音。

进县机关几年，陈志只偶尔在院子里远远看到过闻隆书记。多数时候闻隆书记在乡下转，附近公社就蹬单车去，远的公社才坐机关唯一的那辆老旧吉普。他虽然出国做了几年专家，还是一副地道的老农民样，老皮老脸，头发花白。他要不开口，你绝对想不到他是这里的头。

县办国营企业职工自然减员顶替。不光是报道组，机关各部门的多数干部只要见到黄场长，都帮陈志说话，希望黄场长这回高抬贵手。

李甫维急了，红头涨颈地对黄场长说：你必须坚持原则！

但这一次，黄场长的态度很暧昧：

要不你直接跟闻隆书记讲讲。

已经上了吉普要下乡的闻隆书记听李甫维小嘴嘟吧了好久，没搞明白他到底想说什么：

小李同志请你简单些，你说的那个小陈同志到底有什么问题？

他……他……

开车。

闻隆书记对司机说。

对这个头发梳得溜光的白面书生，闻隆书记多少有点看法。之前有好几次，李甫维越过报道组、政治部，直接把稿子送他审阅，那些稿子标题大都是我们的"带头人""火车头""好班长"之类。他起先蛮客气，说，我文化浅，更不懂写文章。你还是给黄场长、熊组长他们看。我只提一点：除非批评，绝对不要写我。我一个农民的儿子，上级看得起，让我担了一个县的责任，做牛做马、累死累活是应该的。何况工作是大家做的，莫把功劳记到我一个人头上。一个人就是一身铁，能打几颗钉？李甫维以为他是谦虚，下次又把这样的稿子送去，他只有黑下脸：

我说你个后生家，做人要端正，莫讨好卖乖。跟你说多少回了，怎么就是听不进！

拿到县劳动局国营工人编制表格的那天，陈志趴在陈一民家的饭桌上，大哭了一场。

陈一民说，莫哭！你这辈子要做的事还多的是。先不讲别的，老大不小了，赶紧成个家。看上了哪个女伢儿只管说，机关这么多人，大家帮你做工作。

一脸络腮胡子的陈一民是个劳碌命，生了四个女伢儿之后才有了一个男伢。老娘垂垂老矣，老婆在镇上的小饭铺洗碗。家里的苦都吃不完，还谁的事都操心：

一定要找个人品好又比李甫维老婆漂亮的！头一是不能给男人戴绿帽子。

林晨在脑子里一闪而过，陈志立刻就掐断了念头。

这时候的林晨已经在刚恢复的高考中考进了北京的高校。

陈志一点也不知道，林晨那天下午没等到陈志，第二天上午又去了县机关，在大门口碰上了李甫维。在县机关，林晨早就认识的人除了陈志就是这个李甫维——他是江洲农场桂书记的女婿，跑江洲跑得最勤：

昨天你走后，陈志来过电话，他在外地的采访还要几天。另外，我不知道你们什么关系，但要负责任的告诉你，他在县里已经有对象了。

可怜的陈志，当时正跟热心热肠的文厚德在焕然一新的宿舍里眼巴巴地等着林晨的出现。

各自接到赵志高让陈志代写的情书，林晨嫣然一笑，却没有下文；余莉莉一直就在起跑线上等着发令枪响，信还没有看完就扑到了赵志高怀里。

林晨那次来县城，是因为江洲广播站三个人都上了推荐上大学的名单，到县里来参加初选。江洲有两个录取名额。老场长的宝贝儿子赵志高是铁定的，桂书记让赵志高在广播站的两个女伢中挑一个。赵志高挑了余莉莉。林晨只是一个陪衬。

等林晨知道李甫维当时说的不是事实的时候，陈志已经有了家室。

二

陈一民让陈志在县里的女孩中挑对象，陈志壮着胆子问：

县剧团跳《白毛女》的可以吗？

白毛女所在的中学从省城迁到农村，两年后她被从学校文艺宣传队招进县剧团。县剧团下乡演出反映不错，武大先生专门带陈志去写调查报告，一帮闹闹哄哄的演员，只有主角白毛女最文静。县里专门派人来写调查报告，剧团团长很兴奋，找来团里字写得最好的白毛女帮着誊抄，陈志发现她的字跟她人一样，清新而娟秀。又知道她是家里最小的孩子，最受父母疼爱，一直等着她有一天回到自己身边，她也就一直没有在当地谈恋爱。

可以！怎么不可以！

陈一民第二天就去找了县剧团的团长，武大先生的爱人那天下午下班把白毛女请到自己家里。白毛女第三天晚上走进了县宣传组的办公室，出现在陈志面前。

第一次见面，白毛女问：

为什么看上我？

陈志回答：大家都说你好。

朴实、安静、柔弱，比陈志小五六岁，相似的家境，生活的艰难她应该不会陌生。

没有开灯。两个人在办公桌的两边站着。陈志知道门外和窗外都站了人。轻声问：

星期天可以来帮我洗被子吗？

好。

白毛女的回答像蚊子飞过。陈志听着像打雷。

十里埠镇上一班陈志的狐朋狗友也都来了劲：事不宜迟，夜长梦多。头个星期天只要一切顺利，下个星期天就送你们上庐山，想怎样爱就怎样爱。条子跟庐山上的亲戚打好了招呼，腾出一间像样的房子；十里埠镇的司机竹篙特意检修了车，免得到时掉链子。

临行的头两天出了变故。

星期五，省里来了一个专案组。调查近两年的县城建设。

半个月后，调查结论出来：没有经济问题，但规划超前、预算超标。

闻隆书记主动承担了全部责任：县城就在庐山脚下，他的设想是把县城建成庐山风景区的一部分。因为急于求成，以致脱离实际。

陈志怎么也想不到这样高层的官司怎么会把自己扯进去。

机关大会上，李甫维从人堆里站起来：

大家注意没有，会开了这么多天，有个人一直没有发言，而他恰恰是知情人！

李甫维指的是陈志。

虽然是大热天，虽然坐在人堆里，陈志依然止不住上牙打下牙：

我……

你交代，你是怎么给闻隆书记当吹鼓手的！

我的工作就是写报道啊。

你保证你写的那些都是真事？没有编造吗？

调查组的人问。

我保证。

不老实！

李甫维喊：

你在江洲就写过一个模范人物手捧一泡新鲜牛屎，摔了一跤，吃了一嘴牛屎还一点不恶心。

那也是真的啊。

不可能！一个人吃了一口新鲜牛屎怎么可能不恶心？

我不知道。我没有吃过一口新鲜牛屎。

暗处响起压抑的笑声。

严肃点！

调查组的人厉声说。

我写的那些故事的真假，江洲的桂书记也可以证实——那个吃牛屎的事迹就是她提供的。她那时是农场的妇女主任。

陈志抬手指着李甫维：

现在是他岳母。

三

调查组在县里的工作结束后，闻隆书记平调去了外县。县机关的人事随着有了许多变动。

黄场长当了县里的一把手，提拔李甫维当了宣传组长。文厚德为当初天天催李甫维交文件柜钥匙悔青了肠子，鼻涕眼泪一大把作了好几次检讨。李甫维每次都侧着脸，不说原谅，也不说不原谅，搞得他整天跟掉了魂一样，诗也不写了，也不昂首挺胸站在走廊上凭栏吟诵了，一见人就赶紧弯腰低头，随时准备洗耳恭听。眼睛总是躲着同房的陈志。只要陈志在房里，他就找理由出去。陈志很自觉，尽量不在房里待着，晚上等他睡了，才悄悄地回来钻被窝。

武大先生原地踏步。分配来一个应届毕业的大学生，多数时候，武大先生带着他下基层，一路步行，走到哪里是哪里，饿了，夜了，随处寻家农户"同吃同住"。一去一个月，极少在县机关。一旦坐班，便睁着红通通的眼睛发呆。下面送到他手上的稿子，他就批：请李甫维组长审阅；李甫维转给他处理的稿子，他就批：按李甫维组长的意见办。要是对方跟他说李组长请你先提出审阅意见再上报给他，或是李组长没有写明意见而是让我们照你的意见办，他就瞪着红通通的眼睛看定对方。对方说完了，他的头既不随着驼背往下一栽，"哎"地一喊，也不"嗤"地一声冷笑，始终像泥塑似的，一动不动。

有天半夜，陈志蹑手蹑脚进房，正准备钻被窝，听见文厚德哼了一声。他的整个脑袋都捂在被窝里，声音闷闷的：

武组长爱人让我告诉你，白毛女的父母来了信，不同意你们好。

陈志说了声"谢谢"就钻进被子，眼睁睁看着天花板。

白毛女父母一个给街道小学代课，一个给街道搬运队打杂，没有正式职业，想要宝贝女儿回到身边，他们只能指望她在省城找婆家。

闻隆书记跟黄场长办交接时，提到陈志：

一个精灵伢儿，莫荒废了。机关不能留就在下面找个合适的单位，让老熊也放下一桩心事。在市里开会，他一见我就提这伢儿编制的事，非亲非故的，爱才之心难得。

黄场长说：

是，是，我也是这样想的。

陈志在新单位县文化馆借了一辆小板车，拉着简单的行李，独自走出县机关大院。

天上满是云团。机关大院无声无息，张张脸都盾牌一样板着，见面擦身而过也没有了玩笑。

进这个院子的时候，有陈一民领着。现在离开，只有他自己。

陈志到县文化馆的文件早到了，馆里有个人调去了市里，一直空着的半间房子正好给了陈志。桌、椅、单人床，都是现成的。陈志稍稍整理就安顿下来。

新县城的规划里是有文化馆办公楼的，因为资金短缺，叫停了。县文化馆从市里搬下来时安顿在镇街一幢老屋里，实在不够用，又跟铁路机务段借了这片早已废弃的宿舍和库房。离十里埠镇街至少有七八里地，一圈低矮破旧的平房蜷缩在一大片林子和废墟后面。到了夜晚，有点阴森，只能听见屋后十里河潺潺的流水声和河边草丛的虫鸣和蛙叫。

风暴过后，屋檐的流水渐渐沥沥，听着像是抽泣。

看着空空荡荡的房间，陈志长叹了一声。省里的调查组下来后，他再没有跟白毛女见过面，也没有别的任何联系。文厚德传了武大先生爱人的口信后，他彻底死了心。

母亲的确说得不错：你这个样子，连自己都养不活，莫害了人家女儿。

一场美梦就这样雨打风吹去。

也罢！这是他的命。

沉寂中，忽然听到敲门声。

陈志疑疑惑惑站起。

开门。

门外站着白毛女。

陈志没有问她怎么知道他来了县文化馆，怎么找到了他的房门，怎么有胆子穿过那片黑影幢幢的林子和废墟，只一把抱住了被雨淋得浑身冰凉的白毛女。

这个晚上，开始了他们另样的一生。

第十二章

一

婚姻简单明了得像一张账单，各项必不可少的要素凑齐，便成为事实：

首先是两个单身男女，然后是两个单身男女的行李搬到了一起，托过年回上海探亲的同事给老婆买了一件当时风行的丝绵袄，给自己买了一件化纤面料因而很挺括的中山装——这件中山装几年后遭到一位上海名作家的嘲笑，陈志多年积蓄的几百元也便告罄。为了省钱，也为了省去许多麻烦，对单位说回省城的老家去办婚礼，到了省城又对邻居说已经在县里办了，散了一些糖果，就万事大吉。

认识白毛女以后，因为知道县机关不可能给他们房子，陈志曾经指望过县机关旁边的一间空屋，因为先前当地公社生产队堆放过化肥农药，没法用，遗弃了。如果能结婚就在那里安家。而今有这么半间房子，小两口高兴得不得了。

一条小河从房后流过。水草丰茂，鸟雀啁啾。河岸上，单位住户各自开了小块菜地。河对岸是很大的一方荷塘，荷花开的时候，清香就弥漫过来。荷塘那边，是一个屋宇疏落而树林茂密的小村子。树林上面，远远地浮着一抹淡青的山的影子，那便是庐山。

他们房子外墙，有个小披厦，里面堆着文化馆准备基建的线材。陈志用了好几天时间把它们码放整齐。成捆的线材极沉重，平时一个人绝对搬不动。空出的地方便作了厨房兼餐室。旧房子有地板。陈志把地板连同门、窗刷洗得木纹毕现。这一年，他们没有回省城过春节。除夕一早，他们在河边的废物堆里翻出几段残破的水泥块，在自己的小菜地搭起了石桌、椅；又找到几段满是裂痕的粗壮树干当作根雕点缀在空地上；又把空地翻了一遍，预备开春种瓜果花草；又去砍了柳枝，沿墙根插了一排，仿效自号"五柳先生"的陶渊明。文化馆当时分给陈志做的是文物工作。

那个除夕之夜，当千家万户热火朝天地封门衍庆的时候，小两口吃的只是头天剩下的水泡饭和腌咸菜。但他们快乐。

陈志颇有成就感，对老婆卖弄了莎士比亚的一句话：

住所是寒碜的，但心是伟大的。

他们全力以赴地投入了婚后的生活。

为了攒钱，陈志不得不结束十年的吸烟史。很多年后，一旦想起戒烟的痛苦，仍然心有隐痛。因为抽的都是极低劣的烟草，烟瘾也就尤其强烈。

为了省下去商店买煤球的开支，陈志头天买了一卡车煤粉，第二天天刚亮，去河边挖了上十板车黄土，然后同煤粉调和，做成煤饼。到傍晚，煤饼摊满了整整一个篮球场。几年后，他们全家迁离小镇，那些煤饼还没有烧完。

家在陈志单位的院子里，白毛女上下班则要走很远的一段路。生炉子、买菜、洗菜、做饭、洗涮，陈志包下了家务，以尽可能增加白毛女的休息时间。

陈志的勤勉里包含着一种期待：白毛女将要怀孕。

就这样成了家。也许草率了些，但他们对共同的生活却怀了不比任何人少的憧憬。这憧憬包括：要把也许微不足道的生命延续下去，要生儿育女。

二

起先，双方都有十足的信心。只不过一开始有点摸不着头脑。两个人手忙脚乱了好几天，似乎都不得要领。一再的不能尽意让陈志很沮丧，私下里请教喜欢画光屁股女孩子的条子，给条子爆笑了一通。终于上路。然而，半年过去，白毛女毫无动静。

同事开始投过来关切的目光。上了年纪的馆长认真地说：

你们要加班加点哦。

他们认真起来。每到白毛女例假将近的日子，两个人便格外紧张。一声"来了"，陈志的心便"咯噔"一响，仿佛落下深谷。他们由此开始了严峻的探讨：

为什么？

这问题像梦魇一样纠缠住了他们。白毛女甚至有些疑神疑鬼了：是不是我们的婚事办得太简单了？有一次早上起床，白毛女忽然发现被面是两块料子拼接起来而不是整幅的，问陈志：这是不是不合？于是立刻行动，更换了那床被面。

第九个月，一切如故。陈志开始怀疑自己的生育能力，想起在江洲感染过血吸虫病。当时著名的《三字经》："血吸虫，害人精，男不长，女不生……"而今听来像是咒语。但县医院会诊的几个医生肯定地说：你所受的感染绝没有严重到影响生育的程度，等即将来临的例假干净后作一次子宫清理，也许便于受精卵着床。

"例假"却迟迟不至。提心吊胆地煎熬了又一个月，"例假"仍然没有来，白毛女却越来越频繁地恶心、呕吐有时甚至晕厥。

有一天上班时间陈志接到白毛女单位打来的电话，让他立刻去县医院。白毛女上班时突然昏倒，单位叫了医院的救护车。

医生的结论简单明确：严重的妊娠反应。

陈志用自行车小心翼翼地载白毛女回家。那天中午她很踏实地早早睡了，脸色苍白，显得疲惫，但嘴角含着有些娇气的宽心的笑。

静静地，陈志坐在离白毛女不远的窗口。窗外，灿烂的阳光照耀着蜿蜒流向远处的小河。河水、河两岸的草和树，都闪闪发亮。

心里反反复复地响着一个声音：我要做父亲了。

跟陈志一样，白毛女家境不好，吃着苦长大。正是发育的年龄，学校迁到乡下，在大食堂里吃很粗糙的学生伙食。怀孕几乎成为一种对她的摧残。

当天就住进了医院。白毛女脸上毫无血色，布满了黑斑，嘴唇发乌，眼睛因恐慌而失神，紧紧拉住陈志的手，欲哭无泪。

经历过那么多艰难困苦的日子，陈志从没有祈求过命运或神仙菩萨，他只相信自己。但现在他却变得软弱，在心里反反复复说：我们都是好人，我们从来没有伤害过谁，也永远不会伤害谁，愿老天保佑我们！表面上，尽力挤出笑容，对白毛女说：没有事的。镇上老人说，怀孕时苦头吃得大，生的一定是儿子。

高大的主治大夫是个从省城下放来的北方女人，有一张男人般的轮廓分明的脸，显得决断而有力，令人信任。她对两个可怜巴巴的年轻人说：没事的，过几天就好了，算不了什么。

几天之后，白毛女的血压果然逐渐回落。陈志小小心心遵照医嘱扶她起来散步，以减少分娩时的困难。

分娩的那天来得很突然。

当时陈志正在做午饭，白毛女突然出现。她是从医院里慌慌张张地跑来的，有十几分钟的路程。在这十几分钟的时间里，什么都有可能发生。她说她在病床上忽然觉得腹部有些不适，一下没看到陈志，就找来了，她问陈志该怎么办。

陈志的头"轰"地一响。感到不适，应该在医院里找护士、找医生啊！正愣怔着，白毛女又说：

我怕是要生了，我怕你不在我身边。

那个中午，他们身边没有别人。陈志完全手足无措，说：你快回医院，我就来。

白毛女跟来时一样慌慌张张地跑了。陈志火速把锅子从火炉上端下来，用一大瓢水把炉火扑灭，随即就向医院冲去。事后他才知道，白毛女从医院回家的路上，羊水已经破了。

中午，医院静静的。陈志冲进护士值班室，值班的人告诉他，你老婆已经进了产房。他冲向产房，在门口被人堵住：你老婆转手术室了。

手术室在楼上。陈志扑向楼梯，飞奔而上。

在楼梯的半腰，陈志听到一声空谷长啸。

从此一个卑微的家多了一份强劲有力的明亮，多了一份生机勃勃的希望。而这个熙攘纷扰的世界上，多了一份无可阻挡的律动！

是剖腹产。

大夫事后让陈志在手术单上签字的时候，说：

对不起，是我给你做的主。你妻子血压太高，自然分娩是危险的。

手术后的白毛女昏昏沉沉地睡着，陈志把她从担架上托起，轻轻地放到产妇的床上。她原本笨重的身体变得轻盈，托起她毫不费力。她很虚弱，又很强大。她完成了一个壮举。因为这个壮举，世界人口的统计数字需要更改，一个平面的小家庭变成了立体的家庭。她疲惫然而宁静。这宁静是因为巨大的满足。

陈志一直守在她床边。醒来的时候，白毛女说：

是个男孩。

陈志说：

我晓得，医生告诉我了。你安心睡吧。

白毛女又说：

我没看清他的样子。

他们当时是那样强烈地想要见到儿子。但是医生不让。儿子在婴儿室接受看护。

三天后，护士把儿子抱来了。儿子很老成，头发又黑又长又浓，一点不像才出生三天的婴儿。儿子睁大眼睛，平静地看着父母，看着这世界，像国王一样坦然，一副万物皆备于我的神态。

陈志把儿子放在白毛女的枕边，两只手臂垫在儿子的身体下面，就那样睡着了。好多天来，他是第一次沉沉地睡着。

刚满月，陈志背着一个大包袱，一手搀着白毛女，一手抱着儿子，回到小河边的家。县医院住院的人少，白毛女的那间病房一直就住着她一个人。这一个月，陈志一直在医院陪护。潮湿已经让家里的门锁生了锈，房子里长了毛。陈志让白毛女靠墙站着，托着儿子，自己把床铺清理出一块可以安身的地方。第二天一见到满院子的阳光，赶紧把儿子抱出来，让红通通的一团嫩肉平展在自己的膝盖上，接受紫外线。

三

来年春末夏至，陶渊明喜欢的柳树抽了条；花草掩了空地，侵上小径，是那种极贱却极热烈的太阳花、百日草；围墙上则爬满了喇叭花、豆角秧、丝瓜藤。这样一处院落，少有闲人。春天的细雨霏霏中，陈志独自徘徊；夏天的明月清风里，他尽兴吟哦；秋天收摘自己栽的果实时，他很自然地体味到"采菊东篱下，悠然见南山"的恬适：采的虽不是菊花，"南山"却是可以真切见到；冬天暖洋洋的日头底下，他一边推着儿子酣睡的摇篮，一边掐着指头计算着柴米油盐。那是怎样一种真正的"闲静少言""忘怀得失"的日子。满足之余，真想像陶潜似的问一声："无怀氏之民欤？葛天氏之民欤？"

陈志跟着两位老先生"研究文物"，重点是陶渊明。

一千五百多年前的诗人陶渊明的生平留下了许多不解的谜。他的故里，就在庐山脚下，离十里埠不过一二十里。而有关他的文物，其实是个零。

有关陶渊明的一切，可以依凭的只能是他本人的记录：

怎样率性决绝地走出衙门，"载欣载奔"地回到故乡；庐山脚下那条深深的山垅，所有的花和草、树和溪怎样举行空前的盛典，怎样掩盖了他来时的道路；从此他在活得憋屈的官场消失，在醉酒和诗歌中大放光芒，永远地脱离了物欲的役使，日月星辰、风霜雨露、山川田园怎样充盈了他的身心。

他的"宅边有五柳树""因以为号焉"；他"闲静少言，不慕荣利"；他"好读书，不求甚解"；他"性嗜酒"，"期在必醉"；他的家"环堵萧然，不蔽风日"；他总是"短褐穿结，箪瓢屡空"；他"常著文章自娱"，"以此自终"。

他放牧，他耕作，他戴月荷锄归；他采菊，他醉酒，他登高赋新诗。一杯酒在手上连接着另一杯酒，一首诗在胸膛里燃烧着另一首诗。他的叹息，使一溪清流落英缤纷；他的呐喊，使一天流云无心出岫。他宁肯乞食而不肯为五斗米折腰，他日渐衰弱却只顾寻寻觅觅，唯愿后世的人们，在桃花源的风景里男耕女织。而他的心随风景而去，苍茫不可知，连自己也不知自己是"何许人也"。

像所有名人一样，他的故里有许多关于他的故事流传。后人以他的私谥建的祠堂设置了"柳巷"；他喝醉了酒在路边倒头便睡，后人为了证实选了块石头刻上"醉石"；他在庙里聊完天被和尚送出溪畔山门，有虎啸相伴，因而留下"虎溪"之名……这类故事有一点是共同的，那就是突出了他的隐士特征：逍遥自在，落拓不羁，超凡脱俗，无牵无挂。

认为有"隐士"美名的人不免被人"当作笑柄"的鲁迅，一面认同"陶渊明先生是我们中国赫赫有名的大隐"，一面又指出："陶潜因为并非浑身都是静穆，所以他伟大。""他非常之穷，而心里很平静……这样的自然状态，实在不易模仿……"

鲁迅明白而准确地给了陶渊明一个定位，同时也就给了陶渊明的崇尚者一个难以达成的人生命题：自然。

自然是健全的生命活力。是静穆的："暖暖远人村，依依墟里烟。"也是激动的："刑天舞干戚，猛志故常在。"

自然是内在精神的富有。是一种极度的简朴："甘天下之淡味，安天下之卑位，不戚戚于贫贱，不汲汲于富贵。"也是一种极度的奢侈："登东皋以舒啸，临清流而赋诗。聊乘化以归尽，乐乎天命复奚疑。"

自然是独立人格。是一种选择："久在樊笼里，复得返自然。"也是一种随意："问君何能尔，心远地自偏。"

一首伟大诗篇的诞生，也就是一个诗人的永生。那个天蓝日丽的上午，陶渊明悠然面对南山采摘的菊花，便是性灵和诗歌的本质。他蹲下身子，自己就成了一株悠然的菊花。不知是该他采菊，还是该菊采他；不知是该他生在疏落的篱下，还是该菊在他的篱外开花。其实这是他们的相约：在一个百花萧瑟的季节，笑傲天下。

陈志觉得，他的人生就应该活成这样。他没有做过官，根本就没有"不为五斗米折腰"的资格；他本来就默默无闻，也根本就没有做"隐士"的资格，他只是希望，这辈子要是能活得像陶渊明那么轻轻松松，那么无牵无挂，那么自由自在，就谢天谢地了。已经好歹熬过来的那些日子，想想都胆战心惊。望子成龙的父亲和祖父一心巴望他有一天能光宗耀祖，他只能跟他们说声对不起了。他绝不会那么迂腐！他也绝不会跟儿子讲什么远大理想之类的混账话，只愿他无忧无虑，快快活活，像晴天的和风一样活过一生。别像自己经历的那样，在风霜雨雪里苦苦挣扎，苟延残喘。人生不过是性灵的生活，心智要是没有乐趣，再大的荣华富贵都是狗屁糟糟。

儿子刚学说话，陈志就每天拉起他的手，去小河边看远处的山，山上初升的太阳，山下两边树木成行的铁路，铁路上移动的火车，火车头上冒着的白色烟柱……跟他说，以后你要坐汽车、火车、轮船、飞机，去很多很多的地方、见很多很多的人、吃很多很多的好吃的、玩很多很多的好玩的。

儿子问，太阳那儿也去吗？

陈志说，当然！

好像一个寓言。

如果时间就此打住，如果没有黎丁的出现，陈志会觉得这就是他人生的巅峰：端上了铁饭碗，搭起了安乐窝，再贪心点，就是让日子尽可能滋润点。心满意足，别无所求。

第十三章

一

陈志蹲在屋后的菜地上,一个前额光秃、脸色苍白、眯着眼睛的陌生人忽然在他跟前弯下身子:

请问陈志是住这里吗?

一身泥巴的陈志仰起脸:

是……我就是……

哦,你好,我是黎丁。我们通过信。

陈志怔怔地看着这位大名鼎鼎的诗人,张口结舌。

没事的时候翻报纸刊物,炒豆子一样蹦出来许多从来没有听过的名字,一个个名扬天下,让人心潮澎湃。就是文化馆的同事,给连环画写脚本的稿酬一次也可以超过他一个月的工资。

剖腹产让白毛女感染了炎症。整整半年时间，陈志每天下了班就沉浸在照护白毛女坐月子、给她煎药、给儿子喂炼乳、换尿布、做饭、洗衣的忙碌中。吃苦受累无所谓，最大的问题是手头拮据，恨不得一分钱掰着两份花。

这个家再不能重复他儿时那种入不敷出的困境了。从初中毕业独自下乡谋生，除了种棉花就是写"材料"，没有别的手艺。上班之外，唯一可以变现的就只有翻炒那一堆认得的文字了。

在妻儿熟睡的夜深人静中，陈志开始挖空心思爬格子。

稿纸和信封都是公家的，邮资是总付的。一沓沓的稿子寄往全国各地，又从全国各地被退回。铅印的退稿签，抬头上作者的名字也没有填写。陈志并不气馁。写了，寄了，退了，又写，又寄，又退，屡写屡退，屡退屡写。镇上的邮差每天送信有相对固定的时间。每到邮差快要出现，陈志就早早等在远离文化馆的马路边，拦下邮差，一见写着自己名字的厚厚的信封就赶紧收起来——那一定是退稿，免得丢人现眼。

惊喜突然降临。

陈志那天错过了邮差送信的时间，正沮丧着，听见同事喊他，走进办公室，眼睛一亮：桌上有省上文学期刊的一个小信封：洁白的颜色，鲜红的款识。

信纸薄如蝉翼，只有几行刚劲的文字，极为工整的毛笔蝇头小楷：

179

你（不是"您"）的这个作品（不是"大作"）我们诗
歌组的同志都看（不是"拜读"）过了，都觉得挺好的，拟
采用，将刊于……

"这个作品"是陈志半个月前寄出的。

那时候诗坛流行先锋，攻击任何确定理想和目的论追求，宣布要探索语言与欲望，甚至玩弄太阳和月亮，创造一个超越日常经验的全新事实，从诗歌中彻底清除媚俗和大众眼光。

陈志暗自琢磨：风头早给人家占尽了，他要照他们的路子写，写死也就是跟屁虫一个。与其做跟屁虫，不如自己想什么就写什么。他想起在江洲写的《我恋爱了》，那至今是他最得意的一首诗。在县机关的时候他私下里向文厚德显摆过，文厚德弯着腰，眼睛看着脚尖，绷紧脸，洗耳恭听，每听一句都"哦哦"点一下头，完了，猛一抬头，目瞪口呆：真好，太伟大了！他对陈志的崇拜是由衷的。

　　我恋爱了
　　我在黑暗中摸索你的笑容
　　在熔岩一样的温度里
　　理想被烈火点燃
　　在我们中间，隔着时间和空间
　　让我们创造丰收的激情无法相遇

这有什么

我要爬上空间的山峰去进入你

我要涉过时间的水波去进入你

我要在你滚烫的怀里徜徉

让你把我最后的一滴血吸干

你，灼灼其华，蜂歌蝶舞

你，敞开胸怀，身披残冬

喷薄最灿烂的光芒

惊艳半壁江山

我骑上春梦的快马

让所有的惊艳兜着春风

让一寸寸沃土永远失去荒草

饱蘸春色，写意碧空

柔软如初启的星光散开

挺直了坚挺的画笔

向绿色的棉林无限进入

直抵垄沟的尽头

在那里纵情歌舞

在那里获得真正的自由

当金属与泥土交接

从土地到土地，从心到心

一种生命的狂欢

完成了挥霍

在怀疑、感伤、灰暗的潮流中，调子这么激越高亢的诗，是时风中的异响。黎丁老师一收到就立刻送审，领导也很高兴，让他赶紧编发。

尽管有人不以为然，说这首诗不过是一大堆虚张声势的豪言壮语。但黎丁老师出于自己多年的沉重经历，特别看重陈志诗歌里的昂扬明亮。他真心希望陈志永远这样阳光，这样生气勃勃，真心希望陈志这一代诗人的日子永远风和日丽，鸟语花香，再不会重复他经历过的那些不堪回首的沧桑。

陈志死死地捏着那张薄如蝉翼的信纸，生怕它从指缝里飞了，静悄悄地回家。

刚喝过汤药的白毛女和摇篮里的儿子都在沉睡。陈志默默地看着他们，心在颤抖：

同志们，买奶粉的钱不愁了。

稿子如期发表。天上掉下个金元宝：稿费是月工资的三倍。陈志知足得不得了。

没有想到，更大的好事在后面。

已经快要入夏，黎丁老先生还是一身老旧的灰布棉袄，声音低沉而嘶哑。他没有说太多的话，只说来看看陈志的状况，有没有需要帮助的云云。

黎丁老师这辈子都坎坎坷坷，总算有一个心愿成为了事实：

陈志被处女作亦即是成名作改变了人生。

年后，陈志被调进省里一个文化单位。

火车到十里埠站的时间是凌晨，离天亮还早着。寂静中，白毛女搂着儿子发出香甜的酣息。陈志悄悄地起床，燃起煤炉，先烧开水，给儿子的奶瓶奶嘴消毒，放好奶粉罐，煮鸡蛋，淘米，放水，把熬粥的锅在煤火渐渐大起来的炉子上安妥，一切停当，回到卧室的床前，犹豫了一下，还是轻轻拍了拍白毛女脑袋上的被头，轻轻说：

炉子上在熬粥，你要留心。我走了。

白毛女的脑袋动了动，迷迷糊糊应了一声"好"，又睡了。

陈志俯身亲亲白毛女怀抱里的儿子红通通的脸蛋，小心翼翼地关了床头灯，蹑手蹑脚走出去。

打开房门，满天星斗，满地白霜。一阵寒气扑来，陈志浑身一振。仰头呼出一大口白气：

好一个大晴天！

二

刚恢复的单位原来的房子所剩有限，除了头儿有专用办公室，其他人都挤在一间屋里。住房就更没戏了。

黎丁老师是单位的老人，在乡下过了二十多年，前不久回来，在蜂巢一样的老楼里分到两间房。老伴在乡下病故，两个孩子都在外地上学。他让陈志住了两间房中有临街窗户的一间。

黎丁老师说，省里调你上来，就是为了改善你的创作条件。

分给你的工作，领导同意我替你做，你就安心写作。我下班回来做饭。

陈志感动得不知说什么好。

安顿下来，陈志开始一个个去看望亲友。

先去了赐福巷。巷子还是原来的巷子，只是衰老得不成样子了。一号院的篱笆墙和每年结籽的梧桐树早已不见踪影。

把姐姐弟弟妹妹几家子约到一起吃了顿饭。父母去世后，这是最齐全的一次团聚。都已成家立业、有儿有女了。进了工厂的弟弟一家住在先前一号院十来平米的房子里。

来省城的头天夜里，陈志梦见了母亲：梧桐树下的竹床上，母亲坐在他的竹床边，一边掉着泪，一边摇着蒲扇给他赶蚊子，无声地哭泣。忽而又出现了那个母亲跌倒的月台，母亲挣扎着从地上爬起来，抱着站牌柱，看着他上车……

这么多年，江洲的许多人都回到了一度离开的城市。陈志不抱奢望，能不想尽量不想。对陈志来说，回到省城，回到母亲身边，如同登月。

每次回省城，陈志最想头一个见到的，是母亲。但这一次，会让母亲觉得是她一生中最大的喜事的这一次，他见不到母亲了。母亲拖了好多年的病终于熬不过去，送到医院，已经无可救药。

兄弟姐妹几个泣不成声。

记得当年，谁先放学谁先做饭，做好了，非等人到齐才动筷子；去巷子尽头的公共自来水站挑水，他们家没有扁担也没有钱买扁担，陈志跟弟弟比力气，一手提一桶，好不容易提到家，水只剩了半桶，心疼得不得了；每顿的饭是事先按各人的粮食定量把米分到各人碗里，一锅蒸好，各吃各的，免得争多论少。定量有限，吃过中饭，几个人就眼睁睁看着已经蒸好的晚饭，实在忍不住就用手指头抠出一块，不到晚饭时间就左一口右一口吃完了。只是留给母亲的饭菜，没人敢动，但都盯着不放，只听见各人的喉咙一会儿就"咕噜"一响。母亲在很远的郊外找到一份垃圾处理的临时工，每天早出晚归，两头不见光。

过去的日子不堪回首，但真的回首了，也有一种苦涩的甜蜜。陈志想起唐璜送给他的《普希金诗选》：

假如生活欺骗了你

不要悲伤，不要心急

忧郁的日子里须要镇静

相信吧！快乐的日子将会来临

心永远向往着未来

现在却常是忧郁

一切都是瞬息，一切都会将过去

而那过去了的，就会成为亲切的怀念

弟弟说起了赐福巷。当作笑话，说起了当年那个野心勃勃的大名人甘新华，还是嫁了当年追着她一块下了乡的理发匠儿子潘伢儿。国营理发店已经解散，潘伢儿老子自己单干，潘伢儿回来，父子两个把老屋改成了剃头铺，叫名"天鹅发屋"，表明他老子当初骂的"癞蛤蟆想吃天鹅肉"梦想成真。甘新华老子在外面做了十几年盲流，回来开了个肉菜小店。甘新华每天头发凌乱，系着围裙，就在店里一边帮着卖菜，一边做账。费尽心机地跑出去转了一大圈，一切又回到原点，不同的是青春没有了，也应该没有气力吐痰了。

　　铁街那一带改变很大：万祥泰丝绸店改名为工农兵商场，时鲜大酒楼改名为大众餐厅，亨得利钟表店改名为中华钟表店，店里的名贵钟表不见了，柜台里满是便宜的石英钟和电子表。钟塔上四面巨大的罗马钟都敲掉了，没有了每隔半个钟头就报一次时的钟声，城市仿佛没有了节奏。

　　杨尿根上艺校后取了艺名，叫"杨晓阳"。成年后的杨晓阳和小淘是舞台上的黄金搭档，省歌舞团的台柱子，在全国的同行中很有名气。跳舞最火的时候杨晓阳被人从高台上推下来，摔断了一条腿。从医院出来，小淘提出结婚，接下来生了一堆儿女。歌舞团后来解散了，小淘在铁街老屋办了个舞蹈班。杨叔不打铁了，跟杨婶一起打理舞蹈班的杂事。

　　老屋门口，原来打铁的地方，杨晓阳设了张桌子，上面安了个玻璃罩，罩子上贴了个小招牌："精修钟表"。罩子里有一盏亮亮的小照明灯。杨晓阳手艺好，收费低，虽然业务量不大，但总也做不完。

坐在轮椅上的杨晓阳，照旧嘻嘻哈哈。小淘也照旧像在学校里一样由他呼来喊去，什么都听他的。

杨晓阳和小淘领着陈志去墓地看望了吴校长。她和在干校病故的小淘她爸葬在一起，墓碑上嵌了她去世前的最后一张照片，微笑，黑痣，那么漂亮，让人不敢正眼看。

陈志转了好久才找到彭老师和常老师。没有想到他们住在这样逼仄的棚户区里，曲里拐弯的小巷密不透风，难怪那时候彭老师会把洗过的衣服晾在教室里。

屋子里散发着一股淡淡的烟草和肥皂水混合的气息。两位老师才退休不久，都挺精神的，没怎么变：彭老师倒茶，端水果，还是那么风风火火，走路"咚咚"响；常老师把陈志的手合抱在自己暖暖的手掌里，只端详，不说话。他还是那么温文尔雅，头发梳得一丝不乱，一身灰布中山装洗得发白。他是教历史的，像老电影里的乡村教书先生。

常老师果然知道陈志初三跟黑眼睛的"早恋"。一脸伤感：

元老师精神失常了，一直没有恢复。你初中班上那个女同学跟男朋友出国了。

"女同学"是黑眼睛。

三

　　黎丁老师很少打搅陈志，一块吃饭的时候随意聊几句，也很少问到他的写作，显然是怕他有压力。每天晚上，陈志睡了，他还窝在床头在写诗，也许是人老了，没瞌睡，他每天半夜以后上床，天不亮就起来了。轻手轻脚地上厕所，洗漱，熬粥，蒸头天下午买回的包子馒头，扫房间，吃早饭，收拾自己用过的碗筷，把留给陈志的早点保上温，然后上班。带房门的时候，也不知用了什么妙招，那么烂的木门，居然没有一点响声。上午，给陈志送一趟机关开水间打的开水。中午下班，赶紧跑菜场，赶紧做午饭。趁焖饭炖菜的工夫，给陈志的房间拖地。他明显有洁癖，家里必须一尘不染，任何一个犄角旮旯儿都不放过。刚起床的陈志写得正来劲，不愿动身，他一定请陈志抬抬脚，给拖把让路。机关统一发煤气的日子，一百多斤的煤气罐，他一点一点地从卸车的地方挪到楼道，又一级一级地从一楼挪到五楼。陈志在屋里听到动静，打开门，见他靠墙坐在地上，苍白的脸变得乌青，大张着嘴却气息微弱，吓一大跳。

　　你别管，你别管！

　　陈志一伸手，老先生就连忙制止：

　　写你的东西就好了。这些事你搞不清的，越帮越忙。

　　十里埠镇上的日子，其实接近农耕生活，菜是自己种，煤是自己和，进了省城，三两天还真摸不到头绪。

那是些惬意的日子。整栋大楼，上班的上班，上学的上学，安安静静。灵感像窗外的日光，从云中射下。一旦展开稿纸，字词句就像水一样流淌出来。处在创作旺盛期的陈志就像打了鸡血，激情迸发，文思如涌，一沓沓的稿纸寄出去；一本本的杂志寄回来，在文坛声名鹊起。

有天收到一个厚厚的信封，以为是杂志。打开来，却是一大叠诗稿。

一眼就认出了唐璜的笔迹。同样的笔迹曾经布满了唐璜送给陈志的那些诗集：

哦，我多么希望，又多么害怕

最后一次，再听见你的声音

不用担心它会引起我的痛苦

我已走进了绝望的平静

一切我都想过了

我决定顺从命运

我知道不能使你幸福

而你带给我的快乐或是不幸

都太强烈了

太能摧毁我脆弱的心灵

你是一只候鸟

永远不能缺少温暖和光明

而我一天比一天更麻木而混乱

在孤独和寂寞中沉沦

我还是决定走了

让我带走所有的阴影

而在别前，我是多么希望

又是多么害怕

最后一次听见你的声音

　　这首题为《告别》的诗没有留下完稿的日子，该是唐璜最后的文字。

　　在这一大叠诗稿后面，是一封笔迹陌生的信，一看就是女性的字。行文很平静，却透出一个成熟女性的心碎。

　　唐璜祖辈几代都是城市下层的苦工，毕业分配应该是进工厂的对象，却被划入下农场的名单。他在那个农场只生活了几个月，最后用一条被单挂在树上结束了短暂的人生。上吊前，他在宿舍后面的小山坡上拉小提琴到半夜. 他的行为向来乖张，因此当时没有人注意他的异常。

　　信的最后是来信者的《祭》，没有呼天抢地，只有刀割一样的沉痛：

黄昏来了，

你常常沿着堤岸独自徘徊；

一只天鹅从头上飞过，又飞远了，

你陷入迷惘，久久望着天边的暮霭。

……

太透明就容易破碎；

太美丽就容易衰败，

太热烈就容易熄灭；

太纯洁就容易悲哀。

你仿佛天生就是残废，

只能拄着拐杖不能丢开。

那支撑着你的拐杖，

一根，是诗，

一根，是爱。

……

毫无疑问，作者是唐璜生前的恋人。

去江洲之后的十几年，每次回来，陈志都像乌龟一样缩在家里，不愿见人。他当初几乎就是逃离，这座城市给予他的只有自卑。

中间只有一次，在庐山脚下的一座城市突然碰见了唐璜。当时陈志在一家商店的檐下避雨。雨很大，街上很空旷。一个人浑身淋得透湿，不紧不慢地走在大雨里。近了，才发现竟是两年多不见的唐璜。

下乡怎么不告诉我？

唐璜劈头问。

好像他们分手，只是头天晚上的事。唐璜一直都不知道陈志有意躲避他，想不到自己对另一个人的命运会发生那么大的影响。

陈志什么也说不出。想哭。

跟他说什么呢？跟他说，那时只是拼命想从他身边逃开？跟他说，在乡下染上的血吸虫病差一点要了自己的命？跟他说，他以前送的诗集都被偷偷地一把火烧得精光？

你怎么会来这里？

过了好久，陈志问。

流浪啊，我跟你说过的。

唐璜仰起脸"嘎嘎"地笑起来，依然是那种比鸭叫还尖锐的怪笑。又使劲地吸鼻子：

你为什么要下乡呢？假如是我，我宁愿自杀。

唐璜忽然问。

街上的雨声很响。

唐璜在很响的雨声里说的这最后的一句话是一句谶语。

此后他们再没有见过面，也再没有相互的音信。

那封信没有落款，也没有留下回信的地址，但指引了那个掩埋唐璜的土堆。陈志找到那个土堆，已经陷塌，无以辨识。唯一的标识是一株枝干粗壮虬曲的紫藤和紫藤下的遍地丁香。

绣球已开出一团团的绿

丁香和紫藤花照耀幽暗像星一样

夜色静穆得要微微颤抖了

树木都在寂寂地悲伤

这样的夜里她也在做着梦吗

半闭着眼睛作奇妙的飞翔

你梦的翅膀一定是雪白的

它的张开有安宁的声响——

天仙一般缥缈的

舞蹈在湖边的草地上

周围的空气清凉

空中一片银色的安详

只有我守住这空虚的阁楼

离开多久了，你是不是已把我遗忘

不是因为年轻的残忍

是因为大多此刻一般甜蜜的辰光

而我，今夜的梦又会月光一般流动

依恋地流动在你纱掩的小窗

这些句子，凌乱地写满了唐璜当年送他的诗集的空白，现在迎面向陈志扑来。

春红已谢，没有赏花的人群，也没有蜂围蝶阵。过了这么多年，藤萝还在开花，而且开得又盛又密。藤萝花一串挨一串，一朵接一朵，彼此拥挤，兀自热闹！一片辉煌的淡紫色，遮住了枝干，瀑布一样从高处垂下，深深浅浅的紫色哗哗流淌。除了光彩，还有淡淡的芬芳，香气似乎也是浅紫色的，梦幻般的飘散。

下面的丁香花丛像云一样仰面拥抱，柔枝百结，难拆难分。

陈志在那个无以辨识的土堆前站了很久。

古人说"芭蕉不展丁香结"，紫藤也一样。丁香在中国是愁苦，是哀婉；在西方是初恋，是不幸。紫藤和丁香，是谁也逃不脱的生死关、儿女劫。

曾经有过怎样的年华，怎样的憧憬和怎样的爱！也许恰恰因此，他是脆弱的，因为脆弱而不能同严酷的生活相处。

作为一个无名诗人，唐璜死后没有墓碑，没有花环；没有哀乐，没有送别的泪水，只有爱他的人心中无限深长的痛惜。

这个人曾经像绚烂的霞光一样出现在自己生命的早春。他和他的诗，他的尖锐的笑声、鼻息，永远不铺棉絮的硬板床，红砂石的枕头，装满煤球的藤篮以及所知的关于他的一切的记忆，是永远的财富。

云雀跳跃在高峭的瓦楞

啁破林中古老的寂静

麋鹿温驯地伏在绿草上

听燕子讲远方的事情——

我们的燕子刚从远方归来

双翅上扑满了异地的风光

它背后，有一条悠长的驿道

驿道上滚动着沉重的车轮

它说远方有一座茂密的树林

少女在寻找昨夜的脚印

它说远方有一幢满是青藤的小屋

月光浸湿了不眠的眼睛

　　多么愿意自己是唐璜诗中的那只麋鹿，多么愿意唐璜像燕子
一样从远方重新归来。

　　陈志泪如雨下。

第十四章

一

想不起是从哪天开始，只要独自坐下，心里就会滑过一丝蠢动，那是什么，一时说不清楚。也许是太安静了，也许天生就一肚子花花肠子，日子困窘的时候，所有的邪念都像冬眠的虫子一样蛰伏着，一旦开春，就在黑暗和隐秘中纷纷露头。

正是文学的黄金时代。一首诗，一个短篇小说，可以让一个寂寂无闻的名字霎时风行东南西北，尤其是，走到哪，都少不了女性的崇拜者。

一直不得不夹着尾巴做人的陈志，在命运真的突然改变之后，有了越来越多的自信。尽管表面上还是一副从底层带来的谦恭，心里却已是睥睨天下。随着越来越频繁的出头露面，最初的心理障碍很快消失。渐渐的，不管什么场合都毫不怯场，上去张嘴就来。也许是补偿之前的说话太少，话就像开闸的水，汹涌而出，口若悬河，越来越利索，越来越精彩，不时来个小幽默，惹起哄堂大笑，如潮掌声。

陈志在江洲给人叫作"鸡屎（知识）分子"，但拢共没看过几本书，抓到什么看什么，看到哪儿是哪儿。进了县机关，闷头写公文，一心奔铁饭碗，结了婚就更顾不上读书，一有空就忙着赚稿费。好在人们见了名人都成了傻子，不管你怎么东拉西扯，胡说八道，反正是名人名言，过后还总品咂其中的"金句"。

那次，刚跟好几位国内著名诗人一起，参加欧洲一个国际诗歌节回来，市里的电视大学邀请讲座。小礼堂坐得满满的。

一上讲台陈志就注意到那张脸了：端庄、白皙、成熟，间或闪过一丝忧郁。

跟所有心眼活泛的人一样，陈志对美色有特别的敏感。他喜欢女性，不是那种理性的异性吸引，而是那种有弹性有气息有温度有颜色的活生生的美艳肉感。独自一人的时候他就沉浸在这种肉感的幻觉中。活到今天，让他有过切实的性经验的只有白毛女，但常常地，他会把白毛女想象成黑眼睛、慧子、林晨，甚至嘴角有一颗黑痣的小淘母亲以及那些只是在电影或图片上看到的美人头。他在幻觉里跟所有这些人幽会，他渴望这种幻觉，就像其他男人渴望做官和发财。那些人当然也一样有他这样的渴望，但他的渴望是纯粹的。

在讲台上，除了被满屋子人注视的优越感，最让陈志兴奋的是眼睛可以肆无忌惮地搜寻美色。

整场讲座，陈志的眼睛不时转到那张脸上，有意无意地停留一会。看着一屋子崇拜的眼睛，心想：什么叫一脸的道貌岸然，一肚子男盗女娼，这就是。

跟县里比，省城是个花花世界，绝不是县级想象力可以抵达的。比如，那么撩人的姿色，就是县城里不可能有的风景。

春风得意马蹄疾，
一日看尽长安花。

这样的表达，一千年后还这么贴切，真绝！

也许真是心有灵犀一点通，讲演结束后的交流环节里，"那张脸"头一个站起来：

据我所知，诗人都是多情的，请问陈志老师，您有情人吗？

满场突然静默，压抑着极大的兴趣。无论是纯情女孩的好奇，还是前卫女人的挑逗，这个问题都太有挑战性了。

陈志的脑子立刻跳出一位著名作家面对同样问题的一个经典回答：

我要说没有，你信吗？

在笑声掌声的爆发中，陈志正襟危坐，享受着人们对他应急能力的佩服。

主持人宣布讲座结束。一堆人一拥而上，签名，合影，走出了校门还被团团围住。七嘴八舌中，有个小纸团塞进陈志的手心。那张姿色惹眼的脸，在一会亮一会灭的霓虹灯下倏忽一闪。

陈志一下乱了方寸，心在胸口"怦怦"乱撞。无奈被那帮人缠住，脱不开身。他说家里有事要赶紧回去，一偏腿骑上单车，那帮人热火朝天地也跟着上了车，说送他回家。

单位大院的门已经锁上。陈志喊了半天，门房睡眼惺忪地拿着一串叮当响的钥匙，嘟嘟嚷嚷地开了门。陈志对那班人说：对不起，今天只能到这里了。这才脱身。

回到房间，那个小纸团已经给汗湿得快打不开了。幸好字少，还分辨得出：

　　明天上午登门拜访。

桌上的小闹钟滴答作响，但时间似乎停止了。从眼下到"明天上午"，好像是一道迈不过去的深渊。

隔壁黎丁老师那儿，咳嗽时断时续。楼下的街道，夜行的车子间或轰然驰过，窗户一阵抖动。同样静不下来的是陈志。一个大城市的美女直截了当地约他，他有点猝不及防，这样的美女之前他最多只能在想象里恣意。坐着发了半天呆，一下仰倒在床上，一下又诈尸一样坐起，恨天老也不亮。

二

老先生今天好像特别磨蹭。

错出在陈志自己。之前他每天最早也要在午饭前起床，今天一听到老先生做早饭的声音，就从床上一跃而起，跑出来。他一直和衣躺着，根本就没钻被窝。

这么早？

老先生奇怪。

是啊，昨天回来晚了，忽然有个构思，干脆不睡了。

陈志谎话张口就来。

要注意身体，回头补个回笼觉。

饭桌在老先生住的这间，吃完早餐，收拾好自己的碗筷，老先生按说应该拎包上班了，却在陈志对面坐下，再三叮嘱。

好的好的，我知道，黎丁老师。

陈志眼睛不断地朝门那儿看，尖起耳朵听着门外的楼道。

老先生总算起身，却又忽然说：

趁这会你用餐，我去你的房间拖地，免得打搅你午睡。

别别！

陈志"嚯"地站起，一把夺过老先生手上的拖把。

陈志心不在焉，东一下西一下瞎划拉。

老先生站在门口，耐心指导：

不要急，一把挨一把，不留空白。会慢一些，其实更有效……

陈志心里毛焦火辣。满脑子被一句话堵塞，像要炸开：

明天上午登门拜访。

眼见得就是"上午"了，那张脸随时有可能出现。

老先生不知为什么偏偏在这个上午这么不消停。

怪只怪自己，要是现在还在床上摊着，老先生早上班去了。

黎丁老师，您放心上班去吧，您站在这儿，我挺紧张的。

陈志这回说的是大实话，只不过不是因为被老先生盯着拖地。

听见老先生答了一声"行，那你慢慢来"，陈志整个人一下软了。

老先生一走，陈志手忙脚乱把所有腌臢衣物卷成一团，塞进床底。提了一大桶水，把门窗桌椅床柜大抹特抹了一遍。把垃圾堆样的书刊码整齐，在桌上高高摞起，在其中夹进几个书签，表明看过。离开县城时，老婆在他的行李箱里多塞进一条床单，他当时觉得多余，现在赶紧翻出来铺上……

总算搞定。房间里不好说焕然一新，也还差强人意，有一点新房的意思了。

陈志一屁股在椅子上坐下，长长地出了口气：

万事俱备，只待佳人。

见鬼！说好的"人生巅峰"呢？说好的"采菊东篱下，悠然见南山"呢？说好的"心满意足，别无所求"呢？

真是到什么山上唱什么歌啊！

其实初中语文就讲过成语"坐井观天"：井里的青蛙看见井口来了只东海大鳖，夸口自己在井边跳累了就到井壁石洞休息，或者在水里泡着，或者在稀泥散步，要多惬意有多惬意！海鳖听了就想去井里看看。结果左脚还没有完全伸进，右脚就被井栏绊住了。于是后退几步，告诉青蛙，海的广大，岂止千里；海的深度，何止千丈。十年里九年闹水灾，海水并不增多；八年里七年闹旱灾，海水并不减少。住在海里那才叫一个快乐呢！

外面的楼道，从来没有过的安静。一只猫窜过，而后声息杳然。

整栋大楼在凝神等待一场隐秘的但一定会是惊心动魄的风花雪月。

终于有了越来越近的脚步声，终于有了轻轻的小心的敲门声，终于有了急迫的又极力压抑着的呼吸。

陈志从椅子上弹起，直扑房门，一把拉开。

门外站着喘息未定的老先生，提着一只装满了开水的暖瓶。

陈志忘记了，每天上午这时候，机关的开水间开始供水，老先生每天都在这时候给他送一暖瓶水。

老先生被陈志的表情吓着了：

是不是打搅你了？

陈志很快回过神来：

没有没有，没事。

老先生下楼的脚步声消失后，大楼重新陷入沉寂。

从五楼的窗户看下面的街道，要探出半个身子。陈志看着楼下的车流和人流，巴望神话般的跳出那个让他魂不守舍的女人。看得眼睛发酸，望尽千帆皆不是。

中午。

陈志对下班上楼老先生说：

不用做我的午饭，我想睡觉。

你没有不舒服吧？

老先生盯着陈志很难看的脸。

没有。

那就好。给你带了封信。

陈志的邮件，都是他自己隔段时间去办公室取，老先生从来没给他带过。但这封信是从陈志先前工作的县城寄来的，应该是家信。

是陈志此时此刻最不想看到的白毛女的信。

白毛女会在信里说什么，不用看都知道。无非是他为什么来省城后一直没有回趟家？她进省的接收单位找到没有？单位的头许诺过的：在一个单位同时安排他们夫妻两个有困难，一定会努力给他爱人另找合适的接收单位。

但白毛女什么也没有说，信封里只有一张儿子的照片。

刚会走路的儿子傻傻地站着。儿子出生三天后，护士抱来。

看着那样老成，头发又黑又长又浓，一点不像才出生三天的婴儿。儿子睁大眼睛，平静地看着父母，看着这世界，像国王一样坦然，一副万物皆备于我的神态。

三

颁奖会在京举行，一如既往的隆重。

"华文诗歌奖"隔几年举办一次，主办评奖的是一个由海外企业家巨额资助的民间社团，评奖范围包括全球华人，比官方的评奖声势更大。

本届"华文诗歌奖"的推荐程序刚刚开始，单位主办了规模空前的研讨会，请了省内外好几家大刊大报大评论家，研讨"陈志诗歌"。主旨是繁荣创作，但大家都明白，就是为陈志的获奖造势。

百病缠身的黎丁老师，脸色苍白，眉头深蹙，眯缝眼睛忍着隐痛，嗓子嘶哑，语速缓慢，吃力却坚持完成长篇发言，谁都听得出他心里对陈志的一片真挚。

从北京回来，黎丁老师就住进了医院。

单位就开始评职称。唯一一个正高指标，按资历和早年的影响，黎丁老师无可争议。但老先生很坚决地谢绝了领导的好意。他认为很有限的福利资源应该给正当创作旺盛期并且成绩突出的年轻人，建议这个职称指标破格给陈志。

单位领导请他慎重考虑：机关新宿舍楼已经落成，正在分房子，房源不足，正高职称肯定是优先照顾的。

黎丁老师苍白忧郁的脸很难得地泛起笑容：

我一个人占着两间房子，已经够多，也住不了几年了。给年轻人吧，他们正需要。

作为有突出贡献的中青年知识分子，陈志分到一个三室一厅的大套。他与爱人的两地分居问题，省里有关领导也明确表态会尽快解决。

陈志后来知道，那次欧洲国际诗歌节，是省里与国外一个友好省份之间的例行文化交流，上面指定的是黎丁老师，但老先生以身体不适为理由，推荐了他。

住院出来，老先生办了离休。儿子读博，女儿毕业在她实习的那家首都媒体应聘。他安然独处。除了依旧默默地写诗，默默地在全国各地的报章杂志发表新作，默默地一本接一本出版诗集，从来没有因为任何事打搅单位的任何人。逢年过节单位聚会，他都参加，默默地坐在角落，有人打招呼，便点头交谈。单位有人过世，不论曾经是否与他有过龃龉，让他受过委屈，甚至伤害，他都去参加追悼仪式。每天傍晚，他都在单位大院后面的林荫路从容不迫地散步，影子似的无声无息。

在路上不期而遇，两个人就会有一次长久的交谈。老先生一脸病容，眉头紧蹙，眯着眼睛看着幽暗的街道远处光怪陆离的灯光，倾听，沉思，然后缓缓地说出自己的见解，让陈志觉得，站在面前的是一座严峻的山峰。

更多的时候，远远看见老先生，陈志会下意识地拐进附近的岔道。他越来越觉得自己无法单独面对他。

黎丁老师对他一直是寄予着厚望的。每天下班，老先生跟他随意聊几句，就去自己房间写诗，从来不问他写作的事，生怕给他哪怕是最小的一点打扰。老先生哪里知道，他远不是想象的那样专注。初中毕业下乡打过交道的就是一些乡镇干部，见的世面少得可怜，重新回到省城，突然面对一个眼花缭乱的世界，毫无把控能力，业已心猿意马。那个晚上给他塞纸头的女人，让他神魂颠倒了一个上午，后来又来过一封信，很认真地说明之前是她给他寄了唐璜的诗稿，本来打算与他当面交流，但还是放弃了。她已然知道他跟自己一样心里都有着唐璜，这就够了。

陈志第一次看到了另一个自己，那其实是真实的自己，只是一直被压抑着，没有显现。这个自己是一个俗得不能再俗的人，有所有的俗人都有的欲望。这种欲望有时候是非分的甚至卑下的。而黎丁老师完全是另一种人。这种人在一生的风吹雨打后幸存下来，剩下的是一副金属般坚硬纯粹的骨骼，唯一的生命冲动就是人格的完善和思想的表达。这应该就是人们说的圣者了吧。对俗人来说，这种神圣是一道无法逾越的鸿沟。

搬进新房子以后，陈志再也没有去过老先生的家。

离开那栋蜂窝般的老楼之前，老先生给他送了新出的散文诗选《爝火之音》。陈志特地查过"爝火"的出处：

"日月出矣，而爝火不息。"（《庄子·逍遥游》）"萤光爝火，何裨日月之明；弱质孤根，但荷乾坤之德。"（唐·杜牧《又谢赐告身鞍马状》）萤光爝火一样的辉光，也许无裨于日月那样的光芒，但再微弱、再孤独，一样承载着天地乾坤的博大德性。

诗人自己有清晰的解释：

　　我只想用我个性的脚步艰难地跋涉在诗的晴空，为在各具光辉的繁星之中缀上我微茫的光。

　　月亮，也许会湮没我的感觉，

　　但，我是存在的，

　　除非我沮丧着陨落。

忽然听到老先生的辞世。那天是他大限的次日。单位办公室的电话说，黎丁老师生前对家人有交代：不发布任何消息，不打搅任何人，不举行任何仪式。

诗人陨落了，但从来没有沮丧。因此他会一直存在。

第十五章

一

宿舍院的这段小路坏了好几处，林慧瑛小心翼翼地把车子推到自家门前，抓紧把手扶稳，让危天亮从车梁上滑下，站定，再去卸下后轮挂着的两个液化气罐。她一早到医院给危天亮办了出院手续，顺路到气站买气。危天亮不会骑单车，每次都是林慧瑛带他。

头戴大棉帽，两个帽耳没系上，戏台上的官帽那样一跳一跳，苍白的脸上，鳄鱼嘴半张开，端端正正坐在自行车梁上，像个老阿公，被一个矮小的女人推着，车后面还挂着两罐液化气。这个情景很滑稽，陈志到出版社来改稿子遇到过一次，从此老拿这事取笑危天亮。

危天亮进出版社后还是坚持业余写小说。有个写乡村教师的短篇《湖岛小学》差一点得了那一年的全国小说奖，只因为那年知青题材的名家名篇太多才没上去，社里觉得挺有面子，推荐他去北京参加一个国家级的文学讲习班。一方面深造，另一方面利用这个机会接近一些重量级作家，组到一些有爆炸性的稿子。出版社这些年效益不佳，书出得不少，卖掉的不多。一般的编辑又组不到好稿子，很头疼。

我懂。

危天亮实诚得跟秤砣一样，话说得越少，做得越多。

临出发，危天亮又感冒了，高烧不退，林慧瑛赶紧送他去了医院。

进出版社之前，危天亮在唱凯公社插队。

从小父母没怎么顾上他，长得瘦小，一脸褶子，老气横秋，当地人喊他"憨居仔"。如果一辈子都待在唱凯公社，如果唱凯公社没有林慧瑛，危天亮说不定就只能光棍一辈子。

危天亮的实在，几乎让人觉得可恨——是那种又可怜又可气的恨。

从市里回来，在长途车上偶然跟邻队的赵卫红同座，之前他们并不认识。下车时赵卫红把行李托他保管，说以后来取。他小小心心地背回宿舍，小小心心地藏进床底下的柜子。过些时，公社治安员押着赵卫红来取行李，里面原来是在市里偷的赃物。结果他也被带走，当作窝赃的审问了半天，还写了检查。赵卫红随后被管制了一个月，出来，在公社路口臭烘烘的排挡叫了盘番茄炒蛋，一碗散装啤酒，跟他道歉。他不喝酒，只夹了两筷子番茄，感动得不得了，居然跟人家称兄道弟。回来，大家说他，他打包票：赵卫红家里穷。受了这次教训，以后不会小偷小摸了。

不出半年，回市里过年，赵卫红又因为倒卖外汇进了局子。危天亮又到处去找父亲的老关系，把赵卫红捞出来。这回，人家没有请他吃喝，出了拘留所，见到他只说了一句"我要有你那样的老豆就好了"，扭头就横过马路，搂着一个同样来接自己的靓女钻进出租车，把他和他的单车晾在街边上。即使这样，下回赵卫红来找他，他照样"兄弟兄弟"的，好像之前什么也没有发生过。

如果非要说缺点，危天亮最大的缺点就是没有缺点。这种人最没趣，还最煞风景。

晚上，一屋子人打牌打得正热闹，灯突然熄了。大家吵吵嚷嚷骂娘，以为又停电了。危天亮在黑暗中说：灯是我关的，明天要早起割胶。工间休息，大家散坐在胶林，听队长念报，两个男女互相摸摸捏捏，坐在后面的危天亮伸脚碰人家后腰：喂，听报纸好不好。队里都是一个学校下来的，感觉还跟在学校一样。上工下工，一个人开了头，其他人就跟着放声号叫："我们年轻人有颗火热的心……"危天亮每次都跟不上，又五音不全，别人号完了，他才哑声哑气地号一嗓子，号得极其认真，但根本就不在调上。

这样的憨居仔自然一点不惹人喜欢，特别是不惹女仔喜欢。下来了一年，男男女女没有几个不是成双成对的，危天亮始终是一只孤鸟。晃来晃去，形单影只。

危天亮有先天性心脏病，虚弱，老是感冒发烧，三天两头去公社医院。队上的林慧瑛有一次去公社开会，在单车上看见公路前面的危天亮摇摇晃晃，加快骑过去，在他身边停下。见他脸色煞白，吓了一跳，赶紧让他坐上单车后座。

有了这个开头，以后危天亮每次去公社医院，都问林慧瑛可不可以载他。林慧瑛下来半年，就评上了全省知青模范。对同学的困难，不能不管。跑多了，危天亮有了依赖，有一回认认真真说：你肯嫁我吗？

林慧瑛眼睁睁地看着他，哭笑不得。心里有个地方柔柔地一动：这个人要没有我，还真不知怎么活。

父母靠边站，危天亮下乡插队，老生病，没人接近他。林慧瑛在家里是老大，下面一堆弟妹。父母忙着做工，都交给了她，从小苦惯了，不在乎多一个危天亮，时常来给他煎药，煲汤，洗衣浆衫。

其他人都想不通，林慧瑛前途无量，怎么会看上这么个憨居仔？也有人说，林慧瑛眼光长远，危天亮老爸老妈虽然倒了霉，说不定哪天就咸鱼翻身。

事实上，林慧瑛先离开公社，在危天亮老爸之前就回省城顶替自己的老爸进工厂了，还分了房子。要不危天亮从乡下回来两个人结婚住哪都是个问题。危老刚调进省政府的时候，一家人住在一栋旧楼里，好几家人共着。后来机关陆续盖了新宿舍楼，危老说什么也不肯搬家：不就一张床吗，搁哪里不一样？不便于警卫？老百姓就是最好的警卫！后来夫妇两个停职，这房子也没收了。

知青大返城，危天亮还在唱凯公社窝了一年多，隔三岔五上医院。公社看他半条命的样子，让他去了公社中学教书，比割胶轻松多了。有了时间，他开始夜夜趴在宿舍里爬格子。林慧瑛放心不下，一个月去看他一次，跑了一年多，直到危天亮的长篇小说《唱凯之歌》出版，出版社把他调进了文艺编辑室。

危老那时已经恢复省长职务，按规定退休。有一次在机关大院的小树林遛弯，看见勤杂工老夏侯在大树下拨石凳边上的杂草，走过去打招呼。老夏侯受了惊吓，猛一抬头，来不及抹去眼角的泪水。

这个老夏侯，十几二十年间，每天都是最早到，最晚走，永远都是在闷头做事。机关里大大小小的干部走马灯似的来来去去，换了一拨又一拨，他从来没有麻烦过任何一个人。

老夏侯前面生了两个女儿，赶着计划生育政策下来之前又生了个儿子，很兴奋，一心希望他们成才，把许多名人名言用大字抄出来，贴满了家里的墙壁，每天早晚让儿女们背一遍，背熟了，再换一批。

在这些名人名言的熏陶下，儿女们读书都特认真，上课做笔记恨不得连老师的咳嗽也记下来，在家里手上永远抱着课本，每天趴在桌上做作业不到半夜决不起身。可不知为什么，学习成绩就是上不去。大女儿好歹念完初中，死活不肯参加中考。二女儿干脆就没念完初中，半道退学。宝就全押在儿子身上了。中考那天，家里专门给他炖了一只老母鸡，老夏侯头天悄悄跟人换了班，把一辆动不动就掉链子的单车仔细检修了一遍，早早地载着儿子去赶考。儿子进了考场，他就两只手抱着膝盖，一直在校门外的一个角落蹲着，低着头念念有词。他的父亲是水灾后进城要饭的农民，从小没有进过学堂，就指望儿子有一天能出人头地，为夏侯家争气。但他当年没有考上高中，在家待了两年只好去劳动局登记，报名就业。面相、性格有遗传，过不了中考应该没有遗传！

但儿子的中考没有过。复读了一年再考，还是没有过。

老夏侯上班，止不住背着人偷偷抹泪，却给危老撞上了。

危老回去就给现任省长写了信，说，考虑再三，还是决定打扰您一次。他恳切地请求省长亲自过问一下一个普通工人儿子的升学问题。他与这位在省政府机关兢兢业业工作了多年的工人同志非亲非故，甚至喊不出对方的名字，更谈不上关心对方的生活。他为此很惭愧。

危老是全省上下敬畏的老领导。危天亮下乡插队，后来就一直在公社中学教书。不是县里不使用，是危老一直压着：你们要动他，必须我同意，我不是省长了，还是家长！每次危天亮回家，他就叮嘱：就你那水平，就在基层老实待着，爬得高，摔得重，不是什么好事。他自己一退休就交出了办公室；搬出了单独的院子，让办公厅给他在省政府干部大院找了套单元房；请一众秘书、医护、警卫、司机吃了一顿饭，感谢他们多年的辛苦，谅解他对他们的种种过失。告诉他们，我这里没你们什么事了，组织上已经同意他的请求，请他们回各自的主管单位另行分配工作。多年来他从不干政，散步遇到跟他一样退下来的老同志发牢骚，立马脸色铁青。他们只好赶紧住口，从此见了他就远远避开。

对危老的信，省长不敢怠慢，立刻呈报给了书记，书记立刻就批给各位常委传阅，指出：这应该是一个特例。危老的信实质上提出了我们执政为民的命题。落实危老的要求，上升到了政治正确的高度。学校校长再牛也只有执行的责任。

这个学校是全省排名第一的重点高中，中考录取分数线、高考升学率从来都是全省的制高点。每到中考招生，校领导那儿就明里暗里挤破了人头。有带着上至中央下至顶头上司的批条的、有带着大大小小的红包或银行卡的，有批条、红包、银行卡一样不少的。之前，主要次要的校领导栽了好几任。现在的校长在品行上也是全省最牛的，除了中考成绩，天王老子也不认，威武不能屈，富贵不能淫，整个一铁打金刚。

照夏侯的中考成绩，家里如果不破大财连一般高中也进不去。但老省长危老硬是把他塞进了这个全省最好的高中。

214

至于危天亮，连一个勤杂工的儿子也不如。老妈只要一给危老说儿子的事，他就立刻放下脸来：我说过多少遍了，我这个官不是给你们当的。注意，你的意志有点衰退了！

一家人对这位"省长大人"从不作任何非分的指望。幸好危天亮和林慧瑛给他生的唯一的孙女天分高，头年高考被录取，她觉得不理想，放弃了，第二年再考，如愿进了省里排名第一的大学。从小到大没有让危天亮两口子太操心。

二

危天亮听说有个北方的名作家来了本省，特地去那个乡镇拜访。

眼见许多同行在南方给企业家写发迹史赚了大钱，陈志向单位提出，南下特区体验生活，在一个镇文化中心应聘挂职。不料当地老板个个怕露富，根本就不喜欢宣传，懒得鸟他。他受足了窝囊气，却又意外地得到了许多写作的灵感。无论高调诗还是朦胧诗，风头已经过去，文坛吃香的还是小说。陈志及时改弦更张，一发不可收，短篇中篇陆陆续续发了不少。

人生地不熟，写小说又毕竟是新手，有家出版社主动联络，而且是小说写得小有名气的危天亮，陈志自然高兴。

每次陈志来市里，不管跟稿子有没有关系，危天亮都去车站接送，留在家里吃住。不久就得到陈志的一部长篇小说稿。

社里三审都觉得不错，就是文字拉杂，特地把陈志请来，跟责编危天亮一块讨论改稿。社里出钱在郊区找了个招待所让他们住下，一人一间房。林慧瑛每天下了班，骑车过来帮他们洗衣服，顺便把煲好的汤药给危天亮带来，一早直接去工厂上班。怕陈志无聊，危天亮时不时让市里有车的朋友拉上陈志四处转悠。

有一天天快亮，阳台那边的房门突然被推开，危天亮的助理温雅慌慌张张地一头撞进来。接着就听见隔壁陈志的房间有人在问：就你一个？接着是陈志的回答：你们说呢？

这是突击扫黄查夜。知道危天亮林慧瑛是夫妻，警察没敲门。他们忽略了危天亮和陈志两间房子共着一个阳台，阳台的房门是可以互通的。

温雅大学毕业刚进出版社，编辑室让她协助危天亮，等于带徒弟。这才几天，却闹出尴尬事了。

危天亮事先一点没感觉。查夜的走了，温雅狼狈地低头站在危天亮两口子面前，求他们一定包涵。

危天亮脸色铁青，眼睛看着别处。

林慧瑛带温雅走了之后，危天亮去了陈志房间：

你怎么好意思！回去了怎么见你爱人！

陈志不敢抬头，嘟哝：

我们其实就是说话，什么也没有做。

谁相信？

谁都可以不相信。你该相信。

凭什么？

凭你对我的了解。

真的？

当然真的。

好吧，我就信你这一回。

陈志抬起头：

谢谢。

那天吃过早餐回到客房，刚坐下，有人敲门，陈志以为是打扫房间的，懒得起身：

进来吧，门没碰上。

好一会没有动静，却又响起了轻轻的敲门声。

真烦！

陈志跳起来，走到门边，猛地一拉。

里外两个人都一怔。

陈志是给温雅的美貌怔住了。

温雅完全是出于意外：

你是陈志老师？我以为是个老头呢。

温雅脸上起了红晕。

陈志还不会电脑，手写的稿子改得乱七八糟，危天亮让温雅抄写，再送陈志过目。

稿子搁这儿。

温雅把抄好的稿子在桌上放下，转身就走。

就走吗，不坐一会？

陈志有点慌乱。

不打搅大作家了。

温雅完全恢复了平静：

有事回头电话我就好了。

一上午，陈志就像给火烧着了，一次次把手伸到电话那儿，又一次次缩回，疯狗一样在房间里转着圈子，熬到快中午，怎么也熬不下去了，一把抓起话筒：

请问温雅在吗？

请稍等。

接电话的人扯起嗓子喊：

温雅，电话。

一阵咯噔咯噔的脚步声之后是一串喘息：

哪位？

老头。

哦……

现在能过来吗？

那么急？错太多了吗？

跟稿子没关系。

……

怎么啦？

那边"啪嗒"一响。电话放下了。

再打，铃声一直响着。传来出版社总机的声音：

没人接。那边下班了。

陈志咬咬牙：

那我就等着！

"等着"，好像成了世上女人加在陈志头上的一个魔咒。这辈子只要一跟女人打交道，他就必须"等着"：等着黑眼睛，等着慧子，等着林晨，等着给他手心塞纸头的女士，现在是等着温雅。

总算到了下午上班时间，陈志正准备打电话，危天亮的电话先到了，说社里下午让温雅出去办点事，她跟我说了你找她有事，让我告诉你，她回头会给你去电话。

温雅放了陈志一下午鸽子。

晚饭出版社有应酬，危天亮叫上了陈志。几位客人都是广告客户，听说陈志是名作家，纷纷敬酒。他半点胃口也没有，稀里糊涂地对付了一阵，说忽然想起稿子有个地方要做重要改动，起身告辞。

回到房间，陈志马上又后悔了。空落落的房间死气沉沉，还不如待在那边喝个昏天黑地呢！

一个人待着的蠢动，比任何时候都强烈。

白毛女跟着调回省城，带着儿子在他们那个三室一厅的新家安顿下来以后，在小镇开始、在他先行调省后中断的小日子重又开始，最初的重逢的喜悦很快过去，庸常的、刻板的。枯燥的朝九晚五周而复始。一度蓬勃的活力日渐退潮。一切就像他们从小镇带回的那辆单位作价处理的旧单车,之前的种种亮点已经黯淡,不知不觉地有了细微的锈迹。白毛女上班之外,多数时间都花在宝贝儿子和多病的娘家父母身上,越来越不注意修饰自己,头发散乱,衣着随便,那个小巧玲珑、活泼秀丽的白毛女已经退场。走在街上,已经不能一眼就认出来了。

是谁说的,结婚就是柴米油盐,爱情会在尿布里结束。的确,生活不只是柴米油盐,还有风花雪月;不只需要贤妻良母,还需要红颜知己。

这不叫贪心,这样的渴望不算过分。古往今来,哪个名人没有情人?

外面的走廊响起杂沓的脚步声,在隔壁门口停住,是危天亮两口子。开门后他喊了一声陈志,问有没有事,没有他就不打搅,先睡了。陈志打开门应了一声:

没事,你们休息吧。

正要退回房间,却猛然发现楼梯口那儿站着一个人。

是温雅。

罪恶的念头早已疯长。这个晚上,陈志第一次有了出轨的冲动。

温雅的气息有一种带着淡淡芳香的奶糖味。

我好崇拜你们。

温雅像电视里的林黛玉一样低垂着眼睫毛。

陈志忽然想起了跟白毛女的初夜，她是那么庄重，有一点点害怕，有一点点惊奇，像是要完成一种使命，一种仪式。

好久没有见到她和儿子了。陈志决定南下时，她一点没有阻拦，一心期待着他的发展，她的心思像儿子的眼睛，清洁得透明发亮。她怎么也不会想到，这个她曾经不顾一切地投奔的男人，会这么轻易就背叛了她。

尽管，相对而坐，听着彼此的心跳，他犹豫着，什么也没有做，但又什么都做了。他的意识已经出轨。如果没人查夜，那一定是一个沉沦的夜晚。

高烧过后的寒冷，空虚，恐惧，突如其来，陈志感觉自己是一堆灰烬。

三

因为住院，动身的时候，讲习班开班已经一个多星期了。林慧瑛大包小包的像搬家一样，棉衣棉裤新的旧的不管几套全带上，连煤油炉都没拉下，好熬药煲汤。之前危天亮给陈志去了信，让他到时候来车站接自己。这边送上车，那边不用愁。

头天夜晚上车，第二天下午到了北京崇文门站，危天亮同座的几个旅客看他挺困难的，帮他把一大堆行李搬到站台上。他左等右等不见陈志的人影，心里不停地帮陈志找没有及时来的原因：他在信里讲清楚了是让陈志买站台票进到站台来接的，搞不好这家伙忘记了？但以陈志那个火爆性子，他不会在外面瞎等的，一定会把信翻出来看看；要不今天下午有重要的课他不想落下，下了课他一定会赶来；要不他早出发了，路上堵了车，或者出了事故；要不他根本就来不了，请了别的同学来接，那人正在找自己；要不又跟哪个女孩子缠绵上了？按说一个人受了那样的惊吓，再色胆包天也该有所收敛的……这样眼巴巴地等着，不觉到了天黑。车站巡警从他身边来去好几回，终于停下来问他。

那您还傻等什么？要来早跑十个来回啦。

巡警是个痛快人，一口老北京土话：

赶紧的，我给您叫辆面的！您不打算在站台上过夜吧？

危天亮怔怔地看着巡警，嘴里不停地说我给他写过信的呀，信里讲得很清楚的呀，他不可能不来的呀。巡警不理他，用对讲机呼来几个人，七手八脚帮他把行李搬到车站外面，送上一辆面的。

到了学校，一件一件搬下行李，付过车钱，面的一溜烟走了。危天亮站定，茫然四顾。

一长溜平房，窗子里人影晃动。院子里路灯昏暗，有几个人沿着墙根兜圈子，大声说笑，走近了，危天亮忽然看见陈志，他是那群人的中心，正手舞足蹈，引起一阵一阵的哄笑。

陈志！

危天亮喊。

陈志看到他了，继续比画，没打算停下。那群人没一个认识危天亮的，也懒得提醒陈志，免得打扰了兴致。

陈志！

危天亮提高声音又喊了一声。

陈志站住，心里咯噔一响：

糟糕，忘了。

不是说好了来接我的吗？

危天亮很委屈。

你没收到我给你的信？

危天亮垂手站着，像截水泥桩子。一身臃肿的棉衣棉裤，灰不溜秋，棉帽子两个耳朵一如既往地张开着，像戏台上的官帽。

等进了房间，知道同室居然是陈志，危天亮又欢叫起来：

我们同室啊！

转身就把陈志没接站的事忘了。

房里的四角各有一张床。靠窗子的两张床，陈志睡了一张，把另一张撤了，放了原先紧挨各人床边的桌子，让自己床前宽敞了。箱子和书都堆到房门这头的一张床上，对面的一张床留了给危天亮。

危天亮责编的陈志的那个长篇出来后反响很大，陈志一时名声大噪。能跟一个当红明星同室自然是莫大的荣幸。看看房间里再没有多余的地方，危天亮跪下来，把大包小包塞进自己的床底下。总算忙完了，他拍拍手在床沿坐下，歇口气，口里念念有词：真好真好！沉浸在跟陈志同室的兴奋里。

讲习班租用的房子原先是乡村小学，中间一条通道串起几排房间。每个门口都有一个痰盂、一个垃圾篓。危天亮每天早上洗漱完的第一件事就是清理这些痰盂和垃圾篓。然后就翻出床底下的那些大包小包，点着煤油炉煲汤。

一包一包的树根、杂草、果核、粉末，让人莫名其妙。每次危天亮都耐心地给陈志讲解：这是补脑的，那是补肾的，等等。

陈志在一边看着：

就把你给补成了这么个老阿公？

陈志现在对危天亮说话有了嘲弄的口气。

危天亮低下头，不再讲解，专心致志地煲汤。一会儿味儿就飘散起来。不好闻，也不难闻，就是怪怪的，让人不舒服，又说不出怎么个不舒服。

那些味儿关不住，弥漫了整个通道。危天亮觉得很对不住大家，就拿给大家清理痰盂和垃圾篓补偿，每天坚持不懈。勤杂工朱师傅很感动，见面就夸这位老阿公真不错！

"老阿公"他是跟着大家喊的。危天亮看上去也够份儿。

什么老阿公，他才三十出头，比你小一轮呢！

陈志嗤笑。

是——吗？

朱师傅很吃惊。甭管从哪个角度看，自己比"老阿公"可精神多了。

第十六章

一

　　说是同室，危天亮每天能跟陈志单独相处的机会很少。陈志是班上最忙碌的人。除了上课，总有参加不完的活动，学校里老见不着人影。时不时被请出去讲演，座谈，给各种典礼站台。

　　大学里永远持续着文学的黄金期。黑压压的一片人头前面，陈志在灯光通明的台上讲他最近发表的一篇爱情小说：

　　初中班的黑眼睛，诗歌朗诵会，生物实验室，长江中的沙洲，涨满湾子的桃花水，月光下的桑树林，屋场，小学，操场，机耕道，没有尽头的棉花地，还有二乔巷和医院的走廊，以及农场广播站的一只羊两棵菜以及一个落寞无望的男孩。

　　最早走进陈志生命的几个女孩，就像一个又一个桃色的梦，除非一直睡着，一旦醒来，便可望不可及。

在省城专业写作时，我打听过她们的下落。

陈志声音低沉：

黑眼睛随男朋友去了国外；慧子父亲恢复了原来的待遇，一家人跟着回城。慧子后来嫁了他们家老保姆在市师专教书的儿子。石磙并没有跟慧子结婚，他借住的那家有个女儿死心塌地喜欢上了他的憨包个儿。慧子一家走了，他留在那里，包了一片山种茶叶，他老家是大别山有名的茶叶产区。因为是深山大岭，生态好，茶叶销路不错。

至于林晨，杳无音信。

刻骨铭心的爱情，有时候不是拥有，反而是不曾拥有。

陈志最后幽幽地说。

礼堂鸦雀无声。

沉浸在重复过无数遍的忧伤中，陈志没有发现，有一个一直倚在大堂进口的女人悄然离开。

那是林晨。

陈志这种一再重复的忧伤已然成为一种熟练的话剧演出。

不记得是谁说的：话剧的魅力就在于让人一见钟情。

陈志特欣赏这句话。

舞台不只吸引观众，也吸引演员。演员站在舞台上，有一部分身心是分给观众的：他会通过场下的笑声、掌声以及哪怕是最轻微的响动，判断某一段表演的效果如何。一旦观众与演员有了共鸣，那就意味着他们"懂了"。因此观众的每一次内心的波动，演员都能清清楚楚地知道，并会以此调整舞台的节奏。

这方面，陈志可说是无师自通。在一次次跟听众的交流磨合中，逐渐找到最有效的表现方式：适当使用呼吸、换气、语调、停连、重音，提高或降低声调，加重或减轻咬字，使语气的进一步表现得到强化，辅以不那么明显的形体姿态，既真实又适度夸张，既自然又有所修饰，既有内心感受又有鲜明表情，既有生活的现场感又有引人入胜的想象空间。最关键的是，每一次演讲的重点，都是听众最乐意接受、最容易动情、最百听不厌永远不会过时的那个最古老又最新鲜的话题：

爱。

之前很长时间，陈志认定所有女性都是不可冒犯的。在中学，他不敢正眼看黑眼睛，觉得万一对方发现了他在注意她，就会看不起他，当他是小流氓。后来到了江洲，完完全全地掉进一个离了男女就不说话的成人世界，他开始克制不住偷看女人，目光躲闪，鬼鬼祟祟。直到成了男人，有了经历之后，有一次听到一位女同行公然说"女人也好色"，依然觉得匪夷所思，眼睛睁得老大。

女性崇拜啊，小男孩。说明你的性别意识还停留在原始人直察生命的阶段。很可爱。

讲习班的才子们哈哈大笑。他们中的许多人已是情场老手：

你还需要性启蒙。

陈志不服。说起唐璜，唐璜的诗。

才子们说，很欣赏。是青春，但青涩；有激情，但肤浅；有想象力，但仅仅是想象。性就是性，不需要美化，性本身就是美。问题只在于是否真正快乐。性让人回到本质的自我，也就是原初的自我，是洋葱层层剥落之后所剩下的内核。而他只有男性的视角，说白了，他还不了解女人。记住托尔斯泰的一句话——女人最忠实自己的肉体。

他们给陈志找来一盘盒带，里面，那么大的房子，一个女人住着。厚重的雕花门里，是一个阔绰的大客厅里，女主人一堆头发被电吹风吹得老高，下边的脸上贴满了黄瓜片，趿拉着拖鞋走来走去，风骚地扭着屁股，在跟一群珠光宝气的女人高谈阔论"中国男人"。沙发上的女主人手舞足蹈，一本正经地在说一个"中国特色男人"跟她上床的过程：

他就跟那儿坐着，始终不挪窝，从"世界电影工业霸主"好莱坞的"经典好莱坞时期""新好莱坞时期"讲起，讲到法国新浪潮电影受意大利新写实电影美学的影响，由外部客观的刻画转入到人物内心的世界，讲到日本一个三十岁的 AV 助理导演向电视台爆料，自己干了三年多，天天在片场看裸体，却仍然是个处男……讲得口干舌燥。看看我没动静，又开始讲《诗经》表现的早期人类性意识的天真烂漫，讲佛教的密宗，讲中国的后宫文化，一直讲得昏天黑地，离上床还有十万八千里。让你想跳楼的心都有了，不得不求饶说"睡吧"，这才总算上床。费了一晚上劲，等的就是你这一声求饶。非得你张口。好像他上床不是他要上床，是你强迫的。

一帮半老徐娘给逗得叽叽嘎嘎乱笑。那女人得意地展示那个倒在了他裙下的"中国特色男人"的照片：

惹起一片惊叫：

哟，小帅哥啊！

"小帅哥"还真帅。她跟他一辈儿，看上去却像妈。

陈志一阵恶心：

这女人说那么热闹，为什么不给一个送客的暗示呢？女人最大的天才就是耍小心眼，她真想拒绝，有一千条理由啊。不由脱口而出：

这么简单的事都不明白？人家不想睡她啊。

一晚上几乎都是她在叨叨。一个话题完了，又接上了一个话题。浑身是豪门的自得和蛮横。

陈志忽然觉得，他其实应该感谢她：如果在这之前他对包括温雅在内的女性多少还有些畏缩的话，这个女人则让他完全摆脱了对女性的自卑，让他确认了自己作为一个男人的优越。

谁说女人是男人的学校？天才！

二

陈志每天都差不多过了半夜才睡，一倒下就鼾声如雷。

危天亮每天不吃安定就没法睡觉，睡得晚了就要加量，加了量也老是好半天翻来覆去。又生怕搅了陈志的好梦，每一动他都缩手缩脚。陈志答应给他们出版社再写一部一定能"核爆"的长篇，他得有足够的耐心。

讲习班的人来自全国各地，多少都有些成就和名气。证明这种名气的指数之一，或者说最重要的指数就是有没有情人，情人的多少和成色。男生一坐下来就比较各自情场的战果。有一个离了婚的甚至拿了前妻的玉照来充数，被一个知根知底的当场揭穿。

危天亮开始很纳闷：这样的事也可以拿来显摆？自己的家室往哪搁？他根本不能想象林慧瑛之外他还可以有别的女人。

在讲习班，危天亮始终进不了任何一个圈子。不是人家不让进，是他自己进不去。人家一帮一伙地说话，忽而神秘兮兮，忽而嘎嘎乱笑。他站在一边怎么也闹不明白其中的奥妙，为什么好笑：

甲是花花公子，乙是正人君子。甲把丙的肚子搞大了，孩子生出来，鉴定结果父亲是乙。

这怎么可能？

别人笑得一塌糊涂，危天亮使劲眨着眼睛，努力深究其故。

当年时有才人出，各领风骚三五天。领异标新二月花，城头变幻大王旗。危天亮写的那些十三不靠，没法归类，哪杆旗下也没位子。但班上一开会，他的发言总是慷慨激昂，"社会责任感"

"历史使命感"，听得大家昏昏欲睡，交头接耳一片乱糟糟。他始终是怒目金刚，唾沫四溅。别看他平时没声没息，一到这种话题就特别亢奋。陈志说他整个就是一没血没肉的机器人，那发言不过是一种事先设定的程序。问题是程序开关掌握在他自己那里，除非你切断电源，否则就会一直那么亢奋下去。

人活着是要有趣的，没趣还活个什么劲？

陈志说：

危天亮就是特没趣，所以特没劲。

没趣的危天亮男生的圈子进不去，女生那儿他根本就不会沾边。除了一个李雪梅，基本上没有女生单独跟他说话。

三

李雪梅的长相让陈志差点以为是江洲的甘新华，只是没那种市井里滋生出来的泼皮无赖。出名后离了婚，跑来上讲习班。这种在农村苦熬出来的泥腿子作家，带着底层的狭隘、自卑、屈辱感和狠巴巴的心劲儿，把人生过得像是一场复仇，除了自己那个"无比庄严神圣的事业"，兄弟姐妹、老公孩子都可以不当回事；心里装满了羡慕嫉妒恨，咬牙切齿要靠写作出人头地，光宗耀祖，为此特能吃苦，特能玩命，这辈子要闹不出个石破天惊的响动，死了在棺材里都睡不踏实。他们跟大家总是隔着，却又什么都不肯拉下，一面仇视一切自己没有的时髦，一面又暗中极力模仿这些时髦，比如婚外情。

因为发狠要做大诗人，李雪梅特地挑了教室最边角一个没人愿坐的位子，一个人占着两个座位。危天亮来了，教室里就只有她旁边那个空位。他们就成了同桌。

大家在背后笑：还真是有缘，虚位以待，就等着"憨居仔"出现。别说，这两个人坐在那儿还真有点夫妻相，天生一对地设一双。

危天亮是南方人，上课的时候听不懂北方老师的话，就请教李雪梅。李雪梅很热心地给他标拼音，标同音字，下课了还反复讲解，生怕他没弄明白。危天亮很感动，就问李雪梅有没有新写的诗稿，他可以转给社里的刊物发表。他对人的审美很麻木，从来不关心谁是不是美女，但当了几年编辑，对稿子有一种狗鼻子的敏感。李雪梅的诗写的都是生活的实感，挺质朴，危天亮帮她在社里的刊物发了好多首。但李雪梅对发表作品好像不是太在意，一有空就祥林嫂似的向危天亮倒苦水。讲习班的课堂也是饭堂。吃饭的时候他们依旧坐一桌，李雪梅的苦水从上课到吃饭到吃完饭到饭堂的人差不多走完了倒个没完没了。

危天亮低着头，嗯嗯啊啊地听着，不知说什么好，等她口说干了喝水的空隙就问一句：这几天有新写的诗吗？有天吃过晚饭，李雪梅又缠着危天亮说话，他们那张桌子别人也不去。说着说着李雪梅忽然歇斯底里咆哮起来：你什么意思啊？假装什么圣人啊？除了诗诗诗就连个屁也没有，你以为我是写诗机器啊？你以为只要发表诗一个女人就什么事也没有啊？

危天亮猝不及防，眼睛睁得老大，完全傻了。

当夜李雪梅就收拾行李，第二天一早就拉起行李箱走人。讲习班的老师上班后听说立即赶去车站：

什么原因啊？危天亮骚扰你了？

骚扰？他要真那么男人就好了，我宁可被他强奸！他那副一本正经一成不变的老阿公样能把人折磨疯！

说愤怒出诗人，其实饥渴也出诗人。危天亮那点干巴文字一点灵气也没有，跟哪个圈子也不搭调，上文学史是没指望了，但是他用柳下惠的坐怀不乱帮助李雪梅完成了"被压抑欲望的升华"，造就了一个杰出的女权诗人，把李雪梅生生逼进了文学史，可以说功劳大大的。

周末，一帮人半夜泡吧回来，余兴未尽，跟着陈志进了房间，继续夸夸其谈。

什么坐怀不乱啊，就是性无能。

一帮人看着危天亮的床，上面只有一床铺得平平的被子，看不到一点起伏。

危天亮就在被子下面，他早早吃了安定蒙头睡了，忽然诈尸一样从被窝里挺起来，目眦欲裂：

谁性无能？说谁性无能？嗯？！

大家是第一次看见危天亮发怒，这样的人一旦真火了，什么都干得出来的。

不就是胡搞吗？动物都会！

太好了，老阿公原来不老！

众人起哄。

危天亮懒得理他们，躺下去，重新蒙头睡觉。

第十七章

一

接到参加笔会的通知，陈志很兴奋——因为这次笔会里有曹不兴。

曹不兴的几部名作有一种强烈的苦难意识，作家背负着命运的沉重十字架，用苦难书写出生命的深度。即使贫病交加生不如死，也没有放弃思考生活的权力。作品对肉体痛苦与灵魂拷问的描写是那么揪心，血性、良知、正义和梦想的光芒是那么耀眼。曹不兴在他的文学讲演中总会引用陀思妥耶夫斯基的话：我只担心一件事：我怕我配不上自己所受的苦难！每次都会强调：已经写出的那些其实算不了什么，他最想写也一定会是最好的作品还没有写出来！

陈志觉得，就凭这种自我认知，曹不兴也超过了与他同时代有着相似经历的作家。

　　这次要见到他本人了！陈志想起来心里就一热。

　　飞机到达已是半夜，早上居然没有听见叫醒电话。等到忽然惊醒，胡乱漱洗，匆匆走进早餐厅，正赶上曹不兴在侃侃而谈。

　　曹不兴在跟大家讲"贵族范儿"：

　　早上起来，穿着睡袍，有人用茶托子端来清水，等着你漱过口，再端来热咖啡、小点心，顺便带来当天的报纸。你呷一口咖啡，放下，两只指头拈起一块小点心，喂进两片嘴唇张大得刚刚好的夹缝，开始看报。报纸不是随便打开就可以，那是街边的老头。怎么打开报纸最是重要。

　　曹不兴说着，右手攥住报纸的一角，像打开折扇一样朝左边"啪"地一甩，报纸随之展开。

　　喝，这才真叫范儿！

　　陈学良吧嗒嘴赞道。他的名字跟张学良相同，家世跟曹不兴相近，都是几辈子的官宦人家。在他眼里，曹不兴就是咳嗽，也透着世家气息。

　　坊间关于曹不兴的绯闻满天飞：身处塞外，依然江南才子，人过中年，愈发洒脱倜傥，无论写作成就还是风流韵事，都堪称明星。中国外国，哪儿都播撒过幸福的种子；城市乡村，哪儿都有饥渴期待的怀抱。这头一个女人依依不舍送他上车，那头一下车就有个女人迫不及待扑进他的怀抱，他甚至常常趴在一个女人身上打电话跟另一个女人约会。说得有鼻子有眼。非正式的场合，他本人也对这类传说照单全收。这很正常。绯闻是名人的标配。名人没有绯闻那还叫名人吗？不同的只是有的是先出名后有绯闻，有的是有了绯闻才出名。前面那种就像公猴，最强大的那只一定拥有最多的母猴。

像曹不兴这样的大叔，是最招惹文学女青年的。除了有名有钱有品位，还有形象。按算他早过五十岁了，依然可以用帅气形容：修长，匀称，毫无赘肉和油腻。这样的身材足以完爆许多年轻人。超低的皮脂，结实的体格，眼睛明亮，笑容灿烂，完全看不出岁月的痕迹。头是检验型男的标准，尚且浓密一丝不乱的头发更是帅出了高度，隐约可见的几丝白发透露着成熟的气息。男性荷尔蒙爆表。自信让他忘记了年龄，骚年般的热情勃发，精力充沛。让人相信，只要有一颗年轻的心，哪怕年过半百也照样光彩迷人。上帝很公平，把大苦大难给一个人的时候，也把不凡的才华和气质给了他。

谁说时间是把杀猪刀？作为一个名作家，曹不兴大部分时间应该都在拼命写作，真不知他用了什么灵丹妙药抵御地心引力和岁月侵蚀。

时间积累了阅历，阅历沉淀了气质，事业有成，荣誉和财富集于一身，这样的大叔，简直不给年轻人活路。和曹不兴相比，三十出头的陈志感觉自己更像年过半百。

二

上午的日程是参观开发区。曹不兴出了宾馆大门才发现没穿外套，说，人下来，衣服落房间了。众人还没怎么明白，舒宁宁立刻就接嘴说：

不是衣服下来，人落房间就好了。

舒宁宁在文坛正当红，心情好，人本来就爽快，一群人里，老远就听见她嘻嘻哈哈的笑声，一张刀子嘴，反应和语速极快。

工作人员小丁说，园区的树还没长大，道路暴晒着，阳光热辣，根本用不着外套，但曹不兴说：

不可以的。麻烦你跑一趟。

小丁取了外套下来，曹不兴郑重穿上，走到宾馆大堂的镜子跟前整理了一番，这才动身。

贵族挺累的，看曹老师这讲究。

舒宁宁呵呵笑道。

大家等着曹不兴第一个上车。他昂首阔步走近中巴，一弯腰钻了进去。陈学良紧跟在他后面，挨着他在前排的领导位子坐下。

四月的天空瓦蓝瓦蓝，没有一点杂质，云朵一团一团，白得耀眼。前面一辆车也没有，马路又宽阔又明亮，绿树和楼群刷刷后退，车子好像直入蓝天白云，开车的和坐车的都特别畅快。

我这次出来前，发了一条博客：我要去边疆了。立刻就有人跟帖：天哪，连边疆你也跟我争！

坐在最后面的舒宁宁说完大笑，喘不过气。

跟舒宁宁同座是出道不久的蔡月霞，永远一副病恹恹的样子，一上车就开始絮叨，说自己如何深受失眠之苦，一晚吃多少颗安定也不管用；在家里如何不会做饭，不会针线活，不会洗衣服，开车出门就回不来，等等。照采风团的简介，她当专业作家之前一直在农村生活，应该不至于这样金枝玉叶。舒宁宁脱口说：你直接说你是大作家就好了，用不着这么费心绕弯子。你肯定以为城里的大作家女作家都是要失眠的，都是生活上很弱智的是吧。

蔡月霞要是知道陈学良在后面怎样议论她，就不会这样辛苦秀小可爱了：女人一过四十，基本就没有性别。

上礼拜在北京，跟情人约会，绕着紫禁城聊到半夜。

陈学良说。

绕着紫禁城，还聊到半夜？什么人啊，这么磨人。

陈志很恶心这样的摆谱。

同行，绝对美女，素质跟颜值一样高，我们无话不谈，唐诗啊，宋词啊，明清小说啊。

陈学良说着，吸了一下流出嘴角的涎水：

还有老庄哲学。

此事与哲学无关。

陈志说。

曹不兴跟了一句：

可以风花雪月，不可以卖弄风花雪月。

那是那是，让曹公见笑了。

陈学良口口声声喊曹不兴"曹公"。盖因为喊"曹老"显老，喊"曹公"显派。

陈志很看不上陈学良的酸不唧唧。那番话明显是想打击后面的两位女士，挺无聊的。昨夜他们住同一间房，陈学良一直在给舒宁宁打电话，翻来覆去就那几句话——我一见你心就乱了，想跟你聊聊，行行好，发点善心，就一点，一点点就行，我决不贪心，末了赖不唧唧地直接问：

我可以需要你吗？

那边显然摔了电话。陈学良板着脸，微皱着眉头，盯着再不出声的话筒自言自语：

我靠，装什么淑女，笔会不就是来找艳遇的吗？

陈学良的严肃跟下流成正比。永远板着脸，微皱着眉头，似乎思考国家民族未来。不管什么话题，他说起来都是郑重其事，语重心长的样子。

陈志跟陈学良一块参加过几次笔会。陈学良眼里很少有看得起的人，总是一副睥睨的神态，对谁都爱理不理，只喜欢黏曹不兴这样的名人。一队人里只要谁风头最劲，他就是那个人的影子，一前一后，一呼一应。所有的采访，他都紧挨着人家蹭镜头，绝不落下。他是影视圈的，有极强的镜头感。论写作路数，他跟曹不兴完全是两码事。他写的都是当红题材，各种荣誉他应有尽有，收入就更不必说了，同行的作家显摆房产私家车之类他觉得特可笑，但他心里还是有谱的：影视剧本不过就是"脚本"，他就是个"脚本"写手。作家是什么？是社会良心！为此他经常在各种媒体痛斥文艺界的道德沦丧、人文溃败。

近些年兴起的这种笔会，跟演艺明星走穴一样，让一两个有些名气的牵头，领着一帮二三流作家四处转悠，然后写个千字文交差，找来的钱除了给作家们开"稿费"和差旅费，其他就是主办者的收入。跟街上耍猴的敲着锣，让猴子们翻筋斗，向围观的人讨钱性质一样。不过作家们挺乐意做这样的猴子。一路走来，好吃好喝好住，说不定还有一出两出意外的惊喜，跟挖空心思、吭哧吭哧苦熬出来还不一定会被采用的狗屁小说、散文、诗歌比，收入高了多少倍。有的名人只是去开幕式露一脸，给主办方个"面子"，就让经纪人或干脆自己开口，漫天要价。但曹不兴从来没有例外要求，这才真叫"贵族范儿"。"贵族范儿"，说那么多，其实就是不市侩，没有烟火气。

这次笔会，同行的人一个个都挺自得，各有各的风头，有拿各种全国大奖拿得手软的，有专写传记和报告文学成了富豪高官的。陈志对这些并不买账。但能认识曹不兴，他觉得跑一趟还是值得的。

车子跑了小半个上午，前面忽然出现一条横幅：

热烈欢迎著名作家曹不兴一行

曹老师是采风团的招牌。

小丁说：

策划活动的时候，接待方首先就问有没有曹不兴这个等级的作家。

没有曹公，我们屁都不是。

陈学良立刻回应。

前面拦道恭候的人有几个迎面跑过来，看看车子虽然减速但没有停下的意思，只好自找台阶说：

那我们在前面带路。

三

上午的日程是文学讲座，县中学的一间大会议室早就坐得满满当当。

主讲自然是曹不兴。

曹不兴的讲演跟他的小说一样精彩。陈志在刊物上看过他的好多讲演稿。广征博引、海阔天空、犀利、雄辩，见识很不一般。

从容扳过话筒，曹不兴娓娓道来。

真是一种享受：声音像静静的流水，不高不低，不疾不徐，越是惨痛的经历，说得越是轻松，越是激烈的冲突，说得越是舒缓，越是悲愤的故事，说得越是平淡，时而闪烁的锋芒，如同电光石火。

"人生必备三副热泪，一哭天下大事不可为，二哭文章不遇识者，三哭从来沦落不遇佳人。"

曹不兴最后引用了清末才子诗人易顺鼎的几句话，提高声音说：

丈夫七尺，英气侠胆，睥睨四顾，前两哭尚可，第三哭就没出息了，一个男人哪能只为女人活着？

曹不兴年轻时去到一个不毛之地，女子们都嫁到外地了，剩下是光棍汉和老弱病残，他在那待了快有二十年，唯一的精神支柱就是文学。一有空就读书写作，夜里给煤油灯熏得一脸乌黑，没有煤油了，就真的像古人一样，夏天靠萤火虫，冬天靠雪，把远远近近不知多少个村子凡是能找到的书都读了个山穷水尽。

以往每次跟读者交流，大会演讲，小会座谈，到这里都会出现高潮，听众每每潸然泪下，群情悲伤。

但这次场面却未见意料中的起伏，底下的男孩女孩表情冷淡，几乎没有反应。

陈学良对这种老少边穷地区人的愚钝木讷看不过去，抓起话筒，大声插话：

曹老师什么苦都吃过了，最苦的是几乎没碰过女人。人说光棍打三年，母猪赛貂蝉，可曹老师是年纪轻轻的二十年哪，同学们，你们能想象吗？

却引起了哄堂大笑。

主持人赶紧打圆场：

下面进入问答阶段，大家有什么问题，尽管请教曹老师。

一阵沉默。

忽然有个皮肤又黑又粗糙的女生怯怯地站起来：

我有个问题，想问舒宁宁老师。

怎么是我？

舒宁宁猝不及防，但看得出意外的惊喜。

女生说：

舒宁宁老师是特区来的，能跟我们讲讲特区人怎么过日子吗？

舒宁宁看看尴尬着的曹不兴，又看看主持人。

主持人赶紧点头：

请说。

陈志读过舒宁宁的一个小说集，据说是一度风行的先锋主义范本之一。跟别的先锋作家比，舒宁宁的聪明是照顾到了中国读者的趣味：叙述很前卫，故事却传统。主人公多是跟作者本人年龄相仿的金领、白领、洋插队和海归，职业体面、收入可观，保养精致、穿着时髦、举止高雅，在金碧辉煌的都市高楼里进进出出，有说有笑，有声有色，开派对，泡吧，法国大菜，日韩料理，名酒名茶名咖啡，高档时装化妆品，说话夹着外文单词，时不时爆出一两句文言文。当然，一片香雾云鬓、清辉玉臂的摇动下，少不了忙碌中的丢失、交际间的冷漠、心灵上的皱纹。主题是时下的热点：在拼命狂奔的现代生活中"放慢脚步""等一等灵魂"。

真正是一个时代过去了。落花流水春去也，岁月的淘洗何其无情！陈志不能不确认，曹不兴那一代的写作跟今天的读者有多么隔膜。

舒宁宁讲演的时候，场上的气氛活跃了许多，一双双睁大的眼睛滴溜溜发亮。舒宁宁刚说完，底下的举手像忽然长出的遍地苞谷。那个提问的女孩一直站着，眼睛里满是惊奇和艳羡，听到主持人问她还想知道什么，又问：

我想知道老师用的什么化妆品，脸怎么那么好看？

场上又是一阵哄笑，还伴随着鼓掌。

这回是对那个女生的赞许。

舒宁宁抱着一只粉色的水杯，不时打开盖子抿一口又拧上，眼睛直视着女生那张又黑又粗糙的脸：

我的脸其实跟化妆品毫无关系。

她的两个巴掌捂在水杯上，下巴搁在巴掌上，问：

知道里面泡的是什么吗？

见对方困惑，她字正腔圆地揭开谜底：

玫——瑰！

舒宁宁正要做进一步解说，忽然下面有个男生站起来，愣头愣脑问：

我想问个问题，老师们知道我舅舅吗？

你舅舅？谁啊？

作家们笑了：

也是个哑谜。

一个诗人，在我们这里很有名。

主持人说，又赶紧补了一句：

当然不能跟各位老师比。

念几句来听听。

陈学良说。

山，是把女人

从传说从苦海荡来的

猪槽船

······

经幡的影子里

母亲佝偻的背

无法卒读

······

过年的时候

一个女孩回到村里

年过完了

她带走了一群女孩

她们再没有回来

……

陈志忽然觉得有点不适，走到外面，长长地吁了口气。

中午，县长陪同吃饭。是个年轻人，上大学的时候读过曹不兴的作品，很崇拜，也做过作家梦，可惜……

可惜什么，你走仕途就对了，当作家，你就惨了。

曹不兴没让县长把话说完。上午被一帮孩子晾在了一边，让舒宁宁抢了风头，他心里应该有点不痛快，但脸上一点也看不出来，依旧是谈笑风生。

县长显然知道了上午的事，赶紧转了话题，说下午的活动老师们一定喜欢，看看我们的古镇。

我不看古镇。

曹不兴断然说，伸手拍了拍县长的肩，呵呵一笑：

我离开这种地方才几年，还不到犯乡愁的时候。小伙子给我一点自由，好不好？

县长愕了一下，很快就回过神来，对一直跟服务员一块站着的小丁交代：

曹老师年纪大了，不要太劳累他。你们安排一下，下午让曹老师好好休息。

第十八章

一

下午，上了车，发现曹不兴真的没来，陈学良笑道：

嚯，曹公就是曹公！说到做到。他是最烦什么古村古镇的。

这叫什么事！

蔡月霞嘀咕。来了几天，曹不兴从来没有正眼看过她，起先她挺敬仰的，后来就有了反感，越来越看不惯他的作派。

没事没事。

小丁说：

曹老师这样的大作家，孩子们不懂的。也是我们失职，事先没有宣传好。好在曹老师不会介意。我给他找了个盲人做保健按摩，是我们这儿手法最好的。

舒宁宁大大咧咧：

曹老师是名人，难免撒娇。这是老男人的特征。

陈志不做声。曹不兴讨厌看古村古镇，他太理解了。

不知道从什么时候开始，酒足饭饱的专家们忽然对古旧残破的乡村有了狂热的兴趣。他们上下奔走，四处呼吁，痛心疾首，捶胸顿足，要保住祖宗的遗产，保住民族的血脉，于是无数沉寂已久正在消失的陈迹起死回生。

曹不兴说得对，才吃了几天饱饭啊，就有了"乡愁"，而且是"深刻的乡愁"。

在省里做名诗人那会，陈志常常被人热心地领去参观"祖宗留下的辉煌"，其实就是些腐朽、霉烂的村镇街巷的废墟。有些重新翻修装潢过，更恐怖，像化过妆的尸体。有一次他趴在破裂的门缝上，看见里面的厅堂、过道满是枯草，草丛中有一口没盖板的棺材，阴森森的中堂上挂着一幅瓷板人像，一双恶狠狠的眼睛怒视着朝里窥视的人，吓得他打了个寒噤，赶紧后退。很多年，一旦做噩梦，背景总是那些残破不堪似有鬼魂出没的古镇古村古屋古巷。每当主人津津乐道"这里可以做拍《聊斋》的外景"、要拿它"打造旅游文化"作为"新的经济增长点"，他背脊上总是一阵阵发凉。

这样经济发展思维，完全建立在对传统的依赖和对"文化积淀"的膜拜上，陶醉在"传统高贵""积淀深厚"的自恋中，更有的人还因此对异质文化充满成见，对现代生活加以种种无知的嘲笑。可怕的是，这竟成了一种集体无意识。

最恶劣的是那些"保护文化多样性"的名人，一面享受都市的繁华，一面享受保护文化遗存的光环，把封闭和凝滞当成臭烘烘的三寸金莲欣赏，满足变态的嗜痂癖，鱼和熊掌兼得，太精明了。这样的精明根本不管那些"文化积淀"是怎样沉重的历史负担，根本不管那些处在破败中的人们改变生存状况的渴望。好像那些人天生就是劣种，只配像蠕虫一样爬行在那些狭窄、灰暗、老旧的街巷里。而他们则可以从"文化差异"中丰富"审美"，就像鲁迅说的西方人那样，到中国看辫子，到日本看木屐，到高丽看笠子，倘若服饰一样，便索然无味了。

这类邀请，陈志总是尽可能回避，要么说没空，要么答应了到时找借口不去。

但这次他没法回避。

二

县旅游局长带着一帮人早早在路口等着：

我挑了个最有特色最有代表性的地方，凡是头次来这里的客人没有不去的。就像到北京必登长城，到上海必去外滩，到西安必看兵马俑，到西藏必进布达拉宫。

车子停在村外。百年古树，围绕着一个空旷的场子。不远的村子里，老宅第像一堆大冬天蹲在地上晒日头的老人，灰砖、白墙、黑瓦，山墙上衰草摇曳。

陈志不得不跟着。

并不宽阔的门脸表达着谦抑与内敛，敞开的厅堂则显示着轩昂与豁达。外墙一边写着"忠、孝"，一边写着"节、廉"。门头上的大匾，高悬着皇帝的圣旨；门楣边的堂号，无不出于"仁、义、礼、智、信"："树和堂"讲和为贵，"慎德堂"讲慎终追远以德为先，"文敏堂"讲敏而好学，"五桂堂"喻修齐治平……楹联尽是滥俗的格言："金石其心芝兰其室，仁义为友道德为师""高花风堕赤玉盏，老蔓烟湿苍龙鳞""云蒸霞蔚德惠千璋，春露秋霜恩泽万物"……一重重堂奥，到处刻着《弟子规》《朱子家训》之类，抬头是教训，低头是规矩，左门见"出将"，右门见"入相"，满眼满耳是亡灵的喧嚣。

旅游局长意兴盎然：

不知老师们有没有注意到堂前的水池，请各位猜猜，水池为何是半月形？

舒宁宁抢着说：

水满则溢，花盛则凋，月盈则亏，半月是未央，还有上升的空间。

对！

旅游局长得到鼓励，更来劲了：

这里的建筑有"三绝"：石雕、木雕、砖雕，内容有"孟母三迁""孔融让梨""桃园结义""二十四孝图"，等等，无不寓意

"孝、悌、谨、信"，体现"礼"的思想。这些雕梁画栋，一处有一处的历史，一处有一处的沧桑，走马观花未免可惜，只有住下来，慢下来，沉下心来，静下气来，才能——领略其中的妙处。

这句话让陈志特受刺激。

"礼"什么"礼"，不就是鲁迅说的"吃人的筵席"，不就是秩序、权威与层级吗？林语堂说得更明白：自古儒门子弟往往自认有超世之学，以为这样的烂学问能造福苍生，其实个个心里想的不过是造福自己、给家族争面子罢了：哪家的老婆漂亮，哪家的子孙出息，哪家弄的钱多！至于人对人的尊重，爱和良知的互助，没人去比。中国人的"面子"这个东西，无法向外国人翻译，无法为之下定义。它像荣誉，又不是荣誉。它比任何世俗的财产都宝贵，比命运和恩惠还有力量，比宪法还受人尊敬。中国人正是靠这种虚荣活着。

什么"耕读传家"，什么"诗书继世"，说白了就是要出人头地！一个人出外打拼，不能混上个一官半职，不能捞个盆满钵满，不能给家族置办大屋广田，都没脸回老家了。那些畏缩地夹在趾高气扬的"翰林第""大夫第"之间寒舍里的人家，当初活得怎样压抑憋屈，可想而知。

读书做官，升官发财，福禄寿喜，几千年都没有什么变化，乡人讲究的"本事"就是成王败寇，即便自己不怎么样，至少祖宗阔过。

忽然下雨了，淅淅沥沥地打湿了石板街巷，也打湿了心情。

陈志抬头远远地看着村外山峰上密布的云雾，闷得想放开嗓子叫喊。

旅游局长却格外精神：

这里群山苍翠如锦屏四列，竹树葱茏犹绣帐合围，契合着传统的"天人合一"。先贤的思想，就像遍布群山的翠竹，一场春雨，便万笋齐发。

旅游局长感叹着，竟吟起诗来：

> 胜日寻芳泗水滨，
>
> 无边光景一时新。
>
> 等闲识得东风面，
>
> 万紫千红总是春。

是"二代圣人"朱熹的诗。不知哪年的"胜日"，也不知是否确曾在泗水之滨，但老先生的本意明显并不在游春，诗中的"泗水"无疑指的是孔门，"寻芳"求的是做人的学问，"万紫千红"比喻的是儒学，点染万物的春风乃是圣人之道。

行了吧，挺累的。

要不是陈学良打断，旅游局长会没完没了。

转了一下午，肚子空了，一伙人进了宾馆直奔餐厅，见曹不兴优哉游哉地端坐在大圆桌后面：

各位大有收益啊，见识中国文化的博大精深了？

累死了。

陈学良挨着曹不兴坐下来，猛吸了口烟。

下午没有奉陪各位并非偷懒。

曹不兴说：

祭拜亡灵，迷信传统，抱残守缺，只能表明精神资源的枯竭，思维机能的退化，创造活力的窒息。所有落后地区都证明了，这种文化积淀导致历史需要变革时，变革很难到来，即使有变革，也往往夭折。

留着点遗迹，让后人知道自己是怎样走出了山洞地穴，顺便让喜欢热闹的人掏钱，也就可以了。非要认为只要悠久就了不起、就不可磨灭、就应该发扬光大，那就荒唐了。悖论就摆在那儿：如果那些破烂原来真是那么优秀，又怎么会破烂的呢？

这一番即兴发挥，在陈志听来，真是醍醐灌顶。这些年一直让他纠结的一个话题，曹不兴三言两语就说清楚了。

到底是大家！

曹不兴的思想依然那么年轻。一个人诅咒和憎恨容易，完全摆脱过去并不容易，而超越俗见，则更需要莫大的思想力量。

因为自己的看法跟曹不兴完全一致，陈志心里暗暗有点得意。

三

县长因为陪上级领导视察，匆忙赶来的时候晚宴已经散了，女作家们都回房了，男作家都在等着看曹不兴写字。

餐厅很大，餐桌之外，放了一长排写字台，准备好了一大堆纸笔，小丁忙得满头大汗：

请各位名家留墨宝。

没有"各位"，就是曹公，曹公是大书法家。

陈学良说的是曹公，自己也抓起了笔：

我也献个丑吧。

已届中年的这一代作家，因为起码少读了十年书，被鄙视为没文化，跟20世纪30年代学贯中西的作家没得比。而那些鄙视他们的人自己也不过是些把"鸿鹄"念作"鸿浩"的人，自然就有了不服，就要证明自己有文化，不但有文化，而且已经"学者化"了，文坛忽然刮起一股写毛笔字的风。

这次笔会，陈学良见人就发名片，上面并列印着"著名剧作家"和"著名书法家"，整天提着一兜子叮当作响的"金石"，夹着一卷"私家专用笔"，每到一处，见对方没安排，就问你们这里怎么连张书画台子也不设呀？见了台子，就大呼小叫"开笔开笔"，把一卷卷大白宣纸当大字报一样横涂竖抹，"厚德载物""天道酬勤""宁静致远""淡泊明志"……铺了一地。报刊上时有专门介绍他的书法艺术的长篇论文：宋代的砚，明代的墨，乾隆年间的宣纸与湖笔，磨墨的水来自欧洲的日内瓦、非洲的尼罗河，墨迹被某大博物馆收藏，当今文坛有"北曹南陈"之称："北曹"曹不兴，"南陈"陈学良。笔会上不收费，在家里写字是张了润格榜的，给一般人写，论尺寸；写店铺招牌，论字数，看对方的面子，一字万元到几万元不等，云云。

陈志从小临过几年帖，没少挨老爸的板子，绝没有胆子"展示文化修养"，总觉得人多少还是知道一点羞耻的好。

曹不兴在一边慢慢品着茶，等小丁领着宾馆的几个小女孩把笔墨纸张张罗好了，缓缓起身，走近写字台，仔细地端详一阵铺好的宣纸，用镇纸把起皱的地方又小心抻平，才开始动笔：

先给你写？

曹不兴对恭恭敬敬站在一边的县长说。

太好了！

县长高兴得连连拱手。

写唐诗《登鹳雀楼》吧，祝你高升：

白日依山尽，
黄河入海流。
欲穷千里目，
更上一层楼。

屋子里只有人的气息和毛笔在纸上移动的声音。直到曹不兴直起腰来，问：怎么样？才爆发出一片叫好和掌声。

县长从台子上小小心心地揭起那幅字，脸兴奋得通红，声音有些发抖，对曹不兴说：

曹老师，可不可以跟您合个影？

行啊。

曹不兴看看那幅字，自己也很满意。

一晚上，曹不兴头也不抬，写了公家的写个人的，写了县领导的写各局领导的，写了采风团同行的，写接待方工作人员、包括宾馆小女孩的，不管谁让他写，他有求必应，一点没有名人架子。陈志在一旁静静看着，感动不已。

平心而论，曹不兴的字跟他本人一样，挺潇洒，字形也好看。他显然临过帖，只是尚未得真髓，有皮相而欠骨力，但把陈学良这类到处吆三喝四、骗吃骗喝骗红包的同行，不知甩了几条街。

看看一屋子人个个喜出望外，曹不兴直起腰，说：

怎么样，都满意了吧？

得到每次都一定会有的强烈反响，这才去找茶缸子。

茶缸子已经捧在县长手上了：

曹老师一定累了，坐下来歇歇。

我不会累的。

曹不兴淡淡一笑。

对对，曹老师不会累的。

县长随身带来了一大堆曹不兴历年出版的著作，请他签名：

天赐良机，岂能错过！

偌大的写字台上，剩下了陈学良一直埋头在写，只是身边没人围观，只好每写一张就喊过附近的一个人，说：这张字是我写得最好的，本应该送博物馆收藏，算了，还是送你吧。仿佛恩赐，又颇不舍。完了提醒一句：一定收好，很值钱的！

陈学良在所有的地方都极力模仿曹不兴，却远没有曹不兴那种娘肚子里带出来的贵族范儿，越模仿越猥琐。

曹不兴把县长带来的那些书翻了一遍，都是自己的小说集和长篇小说，各种版本都有，对县长说：

难得你这样有心。以后再不会有这样的机会了。

不可能的，曹老师宝刀不老……

我老吗？

曹不兴盯一眼县长：

你今天是第二次说我老了。

不不，我是说我们都等着您的新作呢！记得您多次说过：您最想写也一定会是最好的作品还没有写出来！

呵呵，那些话我倒是说过。

曹不兴笑笑：

不过我已经多年不写小说了。不想写了。没有意思。文学早已一钱不值，我写一年小说，还赶不上我写一幅字的收入。

那不一样啊。

县长崇敬地说。

怎么不一样？金钱是价值最基本的度量衡。

曹不兴说。

曹老师是开玩笑的。您不可能这么俗。

年轻的县长有点轴。

俗?!

曹不兴陡然站起：

你公务繁忙，辛苦一天了，早点回去休息。我们明天要走了，也得收拾收拾。

说着，扬长而去。把猝不及防的县长和当地一班人撂在身后，瞠目结舌。

四

笔会几天来，陈志是第一次看到讲究"贵族范儿"的曹不兴这样失态，也是第一次看到另一个比不讲究"贵族范儿"的人更不讲究"贵族范儿"的曹不兴。县长说的"曹老师年纪大了""宝刀不老"可能触犯了他对年龄的敏感，那句"您不可能这么俗"也许有一点欠分寸，但也不至于惹起这么大的火气。县长几乎把他当成了当代文学的泰斗，他有什么理由要糟蹋这样的尊重？那不是糟蹋他自己吗？糟蹋自己也就罢了，为什么要糟蹋文学？文学对不起他了吗？他以为他的毛笔字真那么值钱？没有文学，他哪来的名声；没有名声，谁会求他的"墨宝"？能把毛笔字写到他那样的水准，乡村过年写门联的老先生有的是。

如果曹不兴的失态在这里就打住了，那陈志的心情迟早会平静下来：上午舒宁宁对他的议论挺准确的，人上了年纪，喜怒无常，更年期综合征，不奇怪。但接下来发生的事，完全出乎陈志的想象。

他们住在宾馆的贵宾楼，离餐厅有一段距离。大家随曹不兴出了餐厅，走到林荫道环岛，忽然转到下山的方向。陈志以为是笔会的安排，跟在后面：

去哪？

去街子上看看。

黑暗中有人应了一声。

干吗？

去了就知道。

街子在山下，远远的一片灯光。走近了才发现，两边的店铺都敞着门，但看不到几个人。一帮人正在街中心的小广场左右顾盼，忽然从一间门口挂着大红灯笼的店铺里跑出一帮女孩，团团围住他们，拉手的拉手，抱腰的抱腰，一片嗲声嗲气"大哥大哥"的乱叫。

陈志吓了一跳，赶紧闪到一边。看着圈子中间的曹不兴很享受地"呵呵"笑着，一口气点了好几个女孩：

跟我走。

一个奔六的人活出了二十岁的模样，撩起妹来，比许多年轻人还疯狂。

同来的几个都傻了眼，包括陈学良在内，低着头听任那些剩下的女孩的纠缠，没一个有曹不兴的气魄。

陈志当时的感觉是：

整条街子轰然坍塌。那是曹不兴在陈志心里的人设。

黑暗中一个眼睛滚圆发亮的小男生忽然站在了面前，愣头愣脑问：

知道我舅舅吗？

笔会的最后一天就此结束。

第二天一早，一帮人到了支线小机场，飞到省城机场再分道扬镳。

人不多，他们又来得早了些。进了安检，男人们围住曹不兴，问他昨夜的战况。

说说，那么一堆，怎么收拾的？

略显疲惫的曹不兴含笑不语。

曹公最得意的就是自己的性能力。

似乎是曹不兴的义务发言人，陈学良神秘兮兮：

曹公从来不认为写作是他最大的成功，他最大的成功是他的性能力。他失掉了太多可以拥有的女人和拥有女人的时间，要让每一分钟都得到补偿！

这也是贵族范儿吗？

陈志听不下去，"嚯"地站起来，拉起手提箱，走开。

这样的八卦，女作家们自然不便介入，都坐在过道的另一边。

舒宁宁是这边的中心：

我参加的采风无数，没少听他们骚扰妇女的烂事。曹老师这样的，这辈子够倒霉了，到这把年纪，想要找补，可以理解。

蔡月霞悄没声地跟过来，挨着陈志坐下：

你刚才走开把曹老师惹不高兴了，他把你说得很难听。

蔡月霞鬼鬼祟祟。

是吗？

陈志眼睛看着前面。

曹老师说，你只配在床下面给他的小姐端尿盆。

蔡月霞声音小得像蚊子。

难怪那边刚才一阵暴笑。

陈志浑身的血一下冲到了脑门。

蔡月霞被他骤变的脸色吓坏了：

你可别说我多嘴啊。

陈志咬紧牙齿一声冷笑：

不会的，我有洁癖。

事后，陈志很庆幸及时终止了毫无意义的冲动。对曹不兴甚至有了一种怜悯：这个人其实够惨的，没有爱过，也没有被爱过。只有那点可怜的动物本能。跟这样的人较劲，只会把自己弄脏。

第十九章

一

　　讲习班每周有一次讨论会，主要是小结交流学习收获。危天亮头一次发言，郑重其事写了个稿子，题目是《我有一个梦想》，用了 20 世纪 60 年代国外一个著名演讲的题目，挺吓人。大家以为他要发表勇攀世界文学高峰的宣言，其实讲的是组稿。说他的梦想就是组到当代文学顶级的稿子，班上同学有了得意之作，请先支持他们出版社，让他有幸责编。

　　那天晚上，班上舞会，外面来了一大帮凑乐子的，屋子里吵得一团糟。陈志躲到院子里，这些时他脑子里转的尽是曹不兴，觉得这样的悲剧人物不写出来简直是一种罪过。

　　危天亮也在院子里溜达：

你不是爱凑热闹的吗，怎么也出来了？

想点事。

什么事让你这么一本正经？

曹不兴。

陈志说起笔会。

没想到危天亮一听他在笔会见到了曹不兴，别的都不管了，两只眼睛像猫一样在黑暗中熠熠放光：

你见到了曹不兴？有他的联系方式么？能帮忙请他给我们出版社写稿么？

毛焦火辣。

没有。

陈志像是给人从头到脚浇了一盆凉水。

为什么？

危天亮很不理解。

我不想跟这种人联系。

哪种人？

我刚说过了。

哦，那有什么。中国外国的大家，哪个身边不是一大群女人？

更让陈志意外的是，几天后，危天亮为了曹不兴，专门请假回了一趟老家。

单位转来曹不兴的信，请他帮忙去特区下边一个乡镇的城中村寻找一个北方洗脚妹。曹不兴是在桑拿房跟她认识的，完事后留了电话。女孩南下后发现自己怀孕了，打电话向曹不兴哭诉。曹不兴给危天亮去了信。之前他跟危天亮并没有交集，不过是知道有这么个热心帮忙的好人罢了。

危天亮受宠若惊，立刻动身。

半个月后，危天亮从南方回来，说起怎样找到插队时的兄弟、现在在歌厅领班的赵卫红；怎样让赵卫红领着跑遍了那个乡镇的城中村；怎样照曹不兴的回忆一家家地终于找到了那个洗脚妹；怎样把她送进附近最好的医院顺利堕胎；怎样苦口婆心地说服她翻过那一页重新振作；怎样让自己在当地开宾馆的发小招聘她进了大堂吧台，从此走上了正路……眉飞色舞，口水四溅，像是完成了一桩神圣的使命。在他的叙述中，曹不兴是主角，是救苦救难的活菩萨，他是协助曹不兴完成善举的配角。

说了这么老半天，你这回的开销曹菩萨报销了没有？

陈志尖刻地冷笑。

那重要吗？

正说得来劲的危天亮噎了一口。

怎么不重要？是他慈悲还是你慈悲啊？

陈志偏不放过。

但在危天亮那里，只要是文坛大师，只要是有可能拿到他们的书稿，那他们就都是出版社的活菩萨，就都该敬着捧着，就算烧香磕头也不为过。

陈志觉得面前就是个巨婴。

二

也许真是心诚则灵，一个远在天边，比曹不兴还牛掰的大师忽然间就近在眼前。

一得到讲习班要给学员安排指导老师的消息，危天亮就一趟一趟找管理讲习班的各位头头脑脑，求父亲拜奶奶，一定要做袁老的学生，这样的旷世大师，高山仰止景行行止。来京后，只要听说袁老在哪里演讲，危天亮都会不辞万难地去赶场子。有一天组到袁老的稿子，给袁老当一回责编，会是他这辈子最大的职业成就。

袁老年轻时的作品就誉满天下，后来自己要求深入民间，提高人民性，若干年后重返首都，如日中天。每发一部作品，就在文坛闹出一阵声势吓人的响动，掀起一波又一波新潮流。

除了文字，袁老的口才也是超一流的，在大庭广众的讲演，常常让场面沸腾。他反应超快，口才超佳，风趣幽默，妙语连珠，尤其是分寸的把控，无人可及，跟他的小说一样，怨而不怒，哀而不伤，亦庄亦谐，亦正亦邪，点到即止，隐而不发，跟小年轻玩叛逆，跟老家伙玩保守，全看哪种听众占多数。让其他一块出席活动的同样名头显赫的老朽之徒嫉妒得鼻子不是鼻子，脸不是脸。实在忍不住的会半真半假酸溜溜地当众问他：你怎么就这么聪明呢？他立刻就哈哈大笑地回过去：我亲爱的同志啊，你怎么就那么不聪明呢？

袁老自然也有正颜厉色的时候。有一次出席过一个商界大佬造势的庆典，下来后，一个小记者问他可否透露一下酬劳大致几位数，顺便谈谈感想。他立刻收了笑容，严峻说：你们有没有注意到，我从头到尾就没有扎领带？事先他们非让我扎，我偏不！

这个桥段，在日后的讲演中，一再重复。以明示一个刚直不阿的当代文人的风骨，富贵不能淫，威武不能屈。拨动了无数崇敬的心灵。

在讲习班讲到这里，袁老的腰，"嚯"地直起，两手分别把住两边桌沿，昂首，挺胸，凛凛若天下第一硬汉。

下边只有一个没正行的陈志嘀咕：

床都上了，少条领带就贞洁了?!

陈志太渺小，就一只碰壁苍蝇而已，怎么嗡嗡叫也根本无损大师的光辉。来讲习班讲课，袁老每次都是满堂彩。

危天亮如愿以偿，真的被袁老收纳为嫡系弟子。狂喜之余，他拉扯上了陈志。不管怎么说，在这个班上，陈志是他最早认识的人。

袁老出现得很突然。那天半下午，两个人背对着门正埋头爬格子，讲习班教务处的侯老师陪着袁老忽然走进来：

袁老师来了。

两个人一惊，站起来，一时茫然。

侯老师说：

看你们紧张的，快请袁老师坐啊。

别别，我不坐，一会就走，北大一礼堂人在等着呢。我就来认个人儿。哪位是危天亮？

我……

危天亮应了一声，觉得没应好，又清了一下喉咙：

我。

把两只在身上反复擦过的手哆哆嗦嗦地伸过去，握住袁老绵软白皙的手。

那你是陈志了？

袁老的脸转向陈志，手还抓在危天亮的手心里。

是。

陈志一动不动，面无表情。

危天亮好心好意拉扯上他，陈志不好驳他。其实从一开始他就满肚子不情愿。

笑话！写作是能指导出来的？都把《红楼梦》说得神乎其神，就算是吧，那曹雪芹是谁指导出来的？来这个讲习班，不过就是为在文坛这个江湖拉点关系而已，还真以为有谁能指导出传世之作来？看这位"袁老"忙忙颠颠、人五人六，以为自己真是天下第一大师的样子，他的传世之作在哪儿？

大约因为从小活得憋屈，陈志心眼特别小，到哪都格格不入。不巴结，不讨好，对凡是比自己强的人，尤其逆反。在江洲不理当官的，在文坛不鸟名头大的。混到今天，他觉得什么都看明白了：世界上根本就没有什么公认的标准，鸡毛可以吹上天，鸡蛋可以没人捡。有人捧，死的可以说成活的；没人理，活的可以让你跟死的一样。

袁老的眉毛不易觉察地挑了一下。陈志的不冷不热，跟危天亮的激动万分恰成对照，把气氛弄得有点尴尬。

好在袁老久经世故，全不在意：

行，一回生，二回熟，今天就到这儿，下回咱们好好聊。

三

两个"嫡系弟子"再见"指导老师"的"下回"，危天亮一直眼巴巴地渴望着，陈志很快就忘到脑后了。

晚饭前危天亮跟陈志说，侯老师刚把我找去，说袁老过两天就要出国访问，让她转告我们，行前想见个面，因为有事，没法过来，让我们去他那儿。赶紧的，晚饭莫食了，也许袁老想让我们去蹭顿饭。

危天亮喜气洋洋。

陈志伸手伸脚瘫在床上，懒洋洋地哼了一声：

行啊，百忙中的大师总算还记得有两个倒霉弟子。

其实也说不上有多么倒霉。只是别的"指导老师"会让"弟子"有事没事上家打牙祭，手上有出版和刊物发稿权的"指导老

269

师"还能帮着出书发稿，他们两个只能在电视和报纸上瞻仰"指导老师"的奕奕风采。危天亮心里苦，陈志无所谓。没有"指导"最好，真要有，不去不礼貌，去了很无聊。有那时间，干什么不好。

大热天，讲习班没有淋浴房，危天亮提了一塑料桶水，在房里洗洗擦擦。那个仔细，恨不得扒层皮。完了，从箱底翻出林慧瑛给他准备出席仪式时候穿的衣裤，穿着完毕，陡然光鲜。临出门，又对着窗玻璃，把稀稀朗朗、软趴趴的头发，梳了几遍，这才发现陈志像条癞皮狗，半死不活的，说，你好不好认真点啊！

陈志说，我眼神不好，不认针，只认棒槌。

正是下班高峰，公交车挤得屁都放不出。堵车，红灯，好一通折腾，总算到站。

袁老的家在长安街边上，大高楼，有那年头还不多见的电梯。上去后是一条临街的长廊。凭栏眺望，北京如棋枰，横平竖直；俯瞰，车水马龙，流光溢彩。

危天亮仰着脖子按照侯老师给他的房号一一找过去，尽头，就是袁老的家。陈志跟在后面，危天亮佝着腰撅着屁股进去，战战兢兢地喊了一声：袁老、师母！

因为没有回应，陈志在门口站住。

是个外间，很简朴，只有两张小凳一张矮桌，"袁老、师母"凑在桌子两边吸吸溜溜喝粥。对危天亮的出现，"师母"没有抬头，袁老偏了一下脸，嘴里刚喝进一口粥，含糊不清地嘟哝：

谁呀？来干吗？

看看您老，还有师母，听说您要出访……

哦……真不巧，我没空。一会得去部长家，老领导让我给他留学的孩子捎点东西。

袁老好歹认出了危天亮，显然有些恼火，重重地放下碗筷。

……

危天亮求救似的回头看看陈志，进退两难。

操！

陈志在心里骂了一声，扭头走了。下电梯，出大楼，直奔公交站。

晚班车少，等了好一会，危天亮垂头丧气地来了。

袁老不是让你蹭饭的吗？下来干吗？

陈志一肚子窝囊气猛然爆发：

你不是说他让我们来的吗？老实说，到底怎么回事？

是侯老师给了我地址。她说，怎么说也有师生的名分，你们该去送送。

危天亮低着头，嗫嚅说。

没想到你也会骗人！

陈志震怒，破口大骂：

什么"师生的名分"，鸟毛灰！

把周围等车的其他人吓了一大跳。

四

两天后，是每周一次的小结。谁也没有想到，陈志突然出了风头。

班上正儿八经的会，陈志从来没有发过言，不是心不在焉地东张西望，就是有事没事地进进出出，屁股像长了刺，坐不落实。这次，主持人刚说讨论开始，他就出人意外地举了手。

大家知道，我跟天亮的指导老师是袁老袁大师，因为这个，我和天亮让你们个个羡慕嫉妒恨。没办法，谁叫我们命好呢。

陈志慢悠悠地说：

虽然袁老一直忙得不可开交，没工夫当面调教我们，但他的旷世之作就摆在那儿，只要有心恭敬，一样可以钻研领教。天亮学得怎样我不知道，我是很有些心得，不敢说得了真髓，多少抓住了一点皮毛。为了证明我没说假话，也依样画葫芦，试着模仿了一篇，念给大家听听，恳请各位不吝指教。

小说开篇是水利工地学大寨动员大会的场面。

陈志端起面前的大茶缸子，咕嘟咕嘟地猛喝了一通，端正身体，清清喉咙，板起脸，一字一句，字正腔圆地念起他的钻研成果：

草帽句号草帽句号草帽句号藤编的草帽句号竹编的草帽句号布的草帽句号麦秆儿编的草帽句号白色的草帽句号黄色的草帽句

号新的草帽句号旧的草帽句号半新半旧的草帽句号破了檐儿落了顶儿的草帽句号写了农业学大寨的字和没写农业学大寨的字的草帽句号……

大家起先聚精会神听着，以为陈志真的得了旷世大师秘传。渐渐地，大家就有了疑惑，终于哄堂大笑。

陈志仍然一本正经、有滋有味、不断"句号句号"地继续他的"意识流"，直到有人求他，再闹下去，裤带子要绷断了。

自始至终，绝对没有笑的除了陈志本人，还有一个人，就是危天亮。

毫无幽默感的危天亮从来听不懂任何笑话，这回他倒是听懂了，但绝对不觉得好笑，而是恶心。

没有你这样损人的！我真没有想到你的心胸这样狭隘！那么点不周到就把你恨成这样？

回到房间，脸色铁青的危天亮坐在床沿上直出粗气：

有这样作践老师的吗？就算不是老师，那也是前辈！

我那怎么是作践？明明是恭维啊。

陈志还在得意。

你有没有想过我，有没有想过我们出版社？我以后还怎么跟袁老见面，怎么跟他组稿？

危天亮咬着嘴唇，克制着下巴的抖动。

你这才真叫莫名其妙。

陈志说道：

我讲我的心得，为什么要想你，为什么要想你们出版社？你组你的稿？关我什么事？

我就不懂了，袁老怎么招你惹你得罪你了？是我们去打搅人家，人家并没有打搅我们。不错，讲习班请他当指导老师，他就跟我们打了个照面，可我们主动去讨教过吗？这回冒冒失失上门，我回来想了好久，做学生的空着两只手上门，连一点起码的人情世故也不懂，人家能高兴吗？一日为师终身为父啊……

陈志瞪着眼睛，看着危天亮扯白个不停，嘴角冒出黏糊糊的白沫，真想一巴掌甩过去，终是忍住了，阴森地说：

你愿当儿子你去当，别扯上我，别"我们我们"的。我只提醒你一句：你老爸还在，你只能当人家的干儿子，还不知道人家乐不乐意。

危天亮是死心眼，一旦认了的事，就一条道走到黑。交友、恋爱，写作，组稿，都这样。

帮曹不兴找到那位洗脚妹以后，危天亮给曹不兴写信，详细报告了女孩的近况，请他尽管放心，顺便提到了约稿。至于袁老，出国回来，他就一定要去登门道歉。他不是陈志。陈志可以目中无人。他是编辑，要组稿。

可惜，危天亮在北京没有等到再见袁老的那一天。

第二十章

一

一连几天大雪，奇冷。勤杂工朱师傅在收发室看到有危天亮的一封信，很热心地给他带到寝室来。

危天亮看见那封信，一下愣了。

沁沁！

危天亮颓然地在床上坐下。

沁沁放寒假后，要来北京，有个好心的企业给了他们学校打了井，解决了他们的吃水，学校派她来送锦旗。她在报纸上看到了讲习班的消息，到时顺便来看老师。

没法躲避了！

危天亮心里七上八下，满脑子一片轰响，一时慌了神。眼面前能给他出主意的也就只有这个陈志了。他把拆开的信递给陈志。

这不大好事吗？你愁什么？我是真搞不懂你，你真当自己是柳下惠啊？

陈志看完信，叫起来。

你严肃点好不好？我是认真的！

我也是认真的！你没有理由伤人家的心，除非那是第二个李雪梅。

看看危天亮没话，陈志同情起来：

我说你老兄运气怎么这么不好呢，尽让丑女人缠上……

你胡说！

危天亮打断陈志。

你这么说对谁都不公平。

看看陈志挺委屈，危天亮补了一句。然后趴到地上，从床下抽出一个牛皮纸卷宗。

　　我是北方山村的一个小学教师。读了您的小说《湖岛小学》很感动，您小说里的人物有着朴素的美，很真，真得让人心疼。那个小女孩被父亲强行带去县城给他的后妻抱小孩，从此失学，离开湖岛前上了最后一课，老师领着全班同学齐声念着送别的唐诗，送她上船，船荡出湖湾，升起船帆的时候，小女孩抱着桅杆大哭起来，岸上的同学也一起跟着哭喊，老师忽然不顾一切，跳下还没有开春的冰冷的湖水，奋力去追帆船……整个一大段，我跟学生们一块朗读，没等朗读完，全班就哭成一片，朗读不下去了。

小说里的我的那位同行，在现实生活中有原型吗？他后来的命运怎样了？我知道，小说是虚构的，不该这样问，可您的小说让人读了怎么也放不下，这样的小说是可以给孩子们读的，您深深地触动了他们的心灵，会影响他们的一生。因为我也有相同的感受。我觉得我最大的幸福，就是有一天孩子们长大后回忆往事，会很欣慰他们的童年曾经有过我的陪伴。我想，写下这些故事的您多么像奔腾的江河，浩浩荡荡畅流不休！这样的小说获不获奖都没有关系，孩子们的感动——还有我的，也是对作家的奖赏！您说是吗？特别想和您谈谈，您怎么对待心里的您？

寄上我的一张照片，请别见笑。

以后能常向您请教吗？打扰您了。祝安好！

照片上的沁沁站在一群孩子中间，自己也像个大女孩。

真美。

陈志由衷说，心里有点泛酸。

给人家回信了吗？

当然回了。

这是危天亮收到的沁沁的第一封信。他是编辑，回信是职业习惯。何况是这么一封充满善意的信。

怎么回的？

陈志饶有兴致。

我说她在想象中把我美化了。我的生活和我的写作其实都很一般。我的作品影响很有限，她肯定看得不多。任何作家的作品写的最终都是自己。自己一般，作品就只能一般。我不是故作谦虚，我知道自己，让人看走了眼最终会很没意思。

……

老师啊，我不是小女孩了，也从不盲目崇拜谁，我向往的是所见的每一样美好。喜欢您是从您写的那个湖岛小学开始的，不知为什么，一想到您，就看见月光下波光粼粼的湖水，它那么静谧广阔动人。您和您的同龄人曾经付出的青春熠熠闪光！世间有什么比洁净的灵魂更令人敬重的呢！读了您的文字，泪眼婆娑。当众人都趋之若鹜成为物欲的奴隶，您却在无边的寂静中痛楚而喜悦地歌唱！很想知道，那些岁月对您有着怎样的意义？谁又住进了您心里？如今的每一天都是怎么过的？我问得太多了，如果惹您烦恼，你就别回答。

老师，我跟您一样深切地爱着大自然。喜欢您，是因为在您的小说里我看到一种清澈和深邃。一个那样的纯净的人一定是美好的。请允许我在灵魂深处爱您，听您，静心，读书，或许还有写作。我无法阻止自己像一棵植物追随阳光一样向往南方，您就是南方。

请允许我拥抱您！为我认识了您。

我的天，你太幸福了！什么"我不是故作谦虚"，原来你才是高手啊，欲擒故纵。

陈志奸笑。

但这封信让危天亮不知所措。到目前为止他没有给任何女孩写过情书，沁沁这封信之前，他也没有收到过任何女孩的情书。他跟林慧瑛都没有说过情话，因为语言没法表达他们那种患难之交，那种说不清道不明是母子是兄妹是师生是密友还是情人的关系，纯净得不能再纯净又丰富得不能再丰富。在这之外任何类似的情感对他都是多余的。他工工整整地回了一封公事公办的信，谢谢沁沁的关心：作为文化和教育工作者，大家都负有崇高的社会责任和历史使命，希望在各自的工作岗位上努力向上。愿她一切好。也欢迎她为出版社的刊物写作。

然后把沁沁的信锁进抽屉。

好久没有见到沁沁的回信，危天亮如释重负，心想这还真是一个懂道理的女孩，沁沁的信却来了。

敬爱的老师，一切可好？这些天，走到哪儿，哪儿都下着雨。雨水那样湿滞浊重。

老师的写作，是一种恳切的沉淀和提炼。老师笔下的人物总是离自己不远，形象凝重、性格显明，就那么活生生的立在字里行间。无论人生还是创作，升华都是最终的追求。老师在借着写作，尽可能表达自己的人生观，这让我看到一位心怀悲悯的、值得敬重的老师！

多么希望见到老师，想来老师心里宽敞着呢，不会怪我乱说话。安好。

本想早些回信，前些时路上来了大暴雨，跑着淋得不像样儿，今天险些爬不起来了，这会儿吃过一大把退烧药才好些。

危天亮正犹豫着要不要回信问安，二天又看到了沁沁的信：

夜深了，怎么也睡不着，还是写信。老师别烦——我是挺烦人的。昨晚发过信就后悔了，怎么又由着自己性子打扰您呢？生着自己的气。瞧，我成了情绪的奴隶，如此不堪……

下面的内容危天亮没有再读，直接把信锁进了抽屉。决不能再回信了。这种危险的游戏不是他该玩的，但沁沁的信一封接一封：

......

真不愿惹老师烦恼，可是，忍着不想太难了。

老师，这些天，您一回、一瞬、一会会儿也没想起过我吗？

......

喜欢老师和老师的文字，跟任何别的都没关系，曾悄悄想，要是老师也喜欢我就好了。哦，喜欢老师让我体味到生命的样样美好，这多么难得！因此，内心里对老师深怀感激。

......

老师，这封信，无论您何时看都没关系。

老师的沉默我早已明白，可我的喜欢这么真切地生长过，怎能一下子割舍呢？来自生命深处的，我都会珍惜铭记。此刻深深感到，被人害怕是多么难过的一件事。请老师不要责怪我，我喜欢藤的自然蔓延，也深厌其惯于缠绕。

如果您愿意，是朋友好了，没有性别差异的，兄弟般的吧。

......

拜托，没空回信像老师那样批个"阅"字吧？我尽量忍着不写。

……

哦，别为难，只愿老师开心。

等喜欢的感觉消失就没这么讨嫌了，对吧？

那一刻，永远别来。

我宁愿清醒而痛苦，也不愿麻木糊涂。

唉，一个人没人喜欢多悲哀啊。

……

沁沁所有的来信，这次来京危天亮都装进了行李箱，他怕万一给林慧瑛看见在心里留下不必要的阴影。他也不能毁了那些信。毕竟，那里有一颗绝对纯洁的心。

我明白了，这么好的一个女孩，你为什么要躲着，因为你害怕了。

陈志放下那些信。

我害怕什么？

害怕你自己。害怕自己拒绝不了她。

嘻，笑话，有什么拒绝不了的，我早拒绝过了。现在，当面拒绝，她会受伤害的。

不当面她就没受伤害？

那不一样！当面拒绝会让人难堪。

那就别拒绝！那就接受！

不行，绝不可以！

危天亮愤然说：

这女孩，真不懂事！非看脸色。

陈志撇嘴，让危天亮一个人在那儿长吁短叹。

二

晚饭后，危天亮照例坐教室自习，一连几天心神不宁。各地中小学应该就在这几天放寒假，沁沁说不定什么时候就跑北京来了。她在信里没说具体日子，显然是当时定不下来。

像是真有心灵感应：

危天亮，电话！

门房的喊声远远传来。

危天亮跌跌撞撞地跑到门房，抓起电话。

老师，我是沁沁。

沁沁的声音兴奋而娇嫩。

危天亮的心咯噔一响，赶紧用巴掌按住听筒，贼似的四下张望。还好，除了重新窝在床上盯住电视看警匪片的门房，附近一个人影也没有。

我现在在途中一个站台的公用电话上给老师打电话，具体什么站我没记住，反正离北京很近了，火车正点到北京崇文门站的时间是今晚九点四十，我在六号车厢，下了车我就在站台等着。老师能来接我吗？我是一个人，第一次来北京，就想最快最快最快见到老师呢。

沁沁之前只写信，从没有给他打过电话。她显然是怕给他造成不必要的麻烦。现在他在外地，她也就不必太多顾虑了。

晚上九点前，危天亮就赶到了崇文门站，看清九点四十到站的那趟车停靠的站台，赶紧买了站台票进站。

一趟一趟车停靠，一趟一趟车开走，一群一群人蜂拥而下，一群一群人蜂拥而上。

就是没有沁沁。

火车晚点了？她在哪个站下车耽误了？

过半夜了。沁沁的影子也没有。

怎么又是您？

居然又是上回那个巡警：

又等人接您？

不，不是……

危天亮忽然遇到了大救星，上下牙叩得咯咯响：

我来接、接人，可是……

危天亮结结巴巴，越急越说不顺畅。

您别急，我给您捋捋，要不您越说我越不明白。一个姑娘，小学老师，从太行山大山沟里头一次来北京出差，在离北京很近的一个站台给您打过电话，应该九点四十到，到现在没见人，您想知道车是不是出什么事在哪耽搁了？或者是她出什么事了？给人挤出站了？找不着您了？甚至给坏人拐跑了，您很担心，很害怕，对不对？

对对！

那天夜里奇冷。手脚一会就冻得跟铁一样。危天亮清水鼻涕流得老长也顾不上擦一把。

那这么的，第一，我明确告诉您，今天进北京的列车，到目前为止都是正点到达；第二，我现在能帮您的就是让车站广播找人，只要她没离开咱北京站的范围，你们就有指望见着；第三，您得做好报警的准备，从她家乡那边往这边找。这个公安会有办法的，跟您说了您也不懂；第四，您先去候车室暖和暖和，别一会冻死在这儿。

危天亮眼里闪着感激的泪光：

行，那就拜托您了！我不离开站台，就在这等着。

您这是何苦呢？一有动静我就告诉您。

不行。

危天亮摇摇头，再不说话。

真服了您了。

巡警从值班室找来一件军大衣，把冷得浑身筛糠似的危天亮裹上。

没有这件军大衣，危天亮很难说能不能熬过那个夜晚。

早上回到讲习班，正是早餐时间。危天亮昨晚走得急，没带房门钥匙，转身去饭堂找陈志。

危天亮出现在饭堂门口，被人发现，里面原来面朝黑板坐着的人都纷纷转过身子，齐齐看定他。

接到沁沁了？

陈志打破寂静。

没有哇。

失魂落魄、面色青紫的危天亮摊开两只手，张开他那张方方的鳄鱼嘴，暗淡的眼睛里满是绝望。他给冻木了，根本就不会想陈志怎么知道他去接沁沁？他昨晚直接就从门房走了，跟谁也没说过话。

那你干吗回来？不在那等着？没准她上午到呢。

我回来看信，找她的地址。报警。

整个饭堂重又陷入寂静。憋了一阵，突然爆发出哄堂大笑。疯狂地拍打，踩脚，桌椅板凳跟着跳起。等闹够了，有个女作家擦着眼泪、强忍着喘息说：

不用报警啦，昨晚那个电话是我打给你的。你不柳下惠嘛，没想到比谁都着急上火啊。我就说嘛，老阿公其实比谁都不缺荷尔蒙……

女作家正说得热火朝天，一直就那样张开手摇摇晃晃站着的危天亮忽然脖子一挺，呕出大口大口白沫，顺着下巴、喉咙白花花地往外冒，之后像块硬板一样"咚"的一声仰面倒在地上。

住院的时候朱师傅送来了沁沁的信。

沁沁在信里说：老师，我可能要食言了，原说寒假去北京看您，可前几天一场大雪把好几个学生家的房子压塌了，我要把他们几家人都接到学校来住。等他们的房子修好，也许就春暖花开了。那时去北京，我可以摘很多花给您。如果去不了，那就让它们开在我心里。老师，您一直不回我的信，我明白，您的心早已有人住着，我住不进去。但是，您会永远住在我的心里，我会紧紧地揣好您，不让您去任何别的地方……

危天亮的眼泪成串成串地滴落。

这个傻丫头！

危天亮跟送他来医院的讲习班领导交代，他不想再回讲习班，他知道自己写作不入流，本来没资格跟作家们做同学的。每天晚上来医院陪危天亮说话的是朱师傅。他跟朱师傅说，身体稍好些，他就回家。他请朱师傅把讲习班那儿他的书稿和主要的几件私人物品带来医院，其他的都留给朱师傅作纪念；他给沁沁写了回信，说他很快就回南方了，单位有要紧的工作，讲习班只好不上了，让她如果来北京不必找他。

能自己起床走动了，危天亮坚决出了院。讲习班教务处两个干部送他回了南方老家。临别再三说等他完全康复后他们会来接他。他礼貌地笑笑：

谢谢。

教务处两个都看出来，这是礼貌。

回来，危天亮跟单位说，他身体和水准都跟不上，只好休学回来上班。跟林慧瑛，他说了详情。林慧瑛听完，沉思着说，北方孩子淳朴，真是个好姑娘！有机会我们去太行山看她。

危天亮开春后收到沁沁的信。信是年前写的，给他全家拜年。但大雪封山，邮路给堵着了。沁沁的信说她想清楚了一件事，就是她永远只能是老师的学生，不应该有其他非分的念头。老师有紧张忙碌的事业，有幸福美满的家庭，她不应该给他增添不必要的精神负担。而她，有一茬接一茬喜欢她的学生，他们中间许多人有一天会走出大山，把她的心血变成一种意义。深深的夜里，要是想起老师，她就去看山里的月亮。在他们的太行山，夜空总是格外地蓝，月亮总是格外地明亮。某一天，她会遇上一个喜欢她的好男人，嫁给他，为他生儿育女。那时，她也许没有了任何浪漫，但春暖花开的时候，她一定还会去山上采花，让她记得她曾经年轻，曾经跟所有女孩一样有玫瑰色的梦。

沁沁的迷梦醒了，危天亮的噩梦开始了。

三

危天亮上班后的一段日子，凡是一堆人逗笑，主题词老有"铁树开花""枯木逢春"之类，一旦他走近，大家就挤眉弄眼。也有个别胆大的直接恭喜他：完全看不出，老兄原来这么活泛。

好几天后危天亮才闹明白，"铁树"也好、"枯木"也罢，都是指他：他忽然莫名其妙地从北京退学回来，原来是因为一场婚外情。

危天亮差点没气背过去。他从来不容自己有任何道德瑕疵，更容不下别人对自己的戳戳点点。他气急败坏去找社头周桂。

周桂阔脸，厚嘴唇，一双牛眼，听人说话睁得大大的，说话极其诚恳，诚恳得让人觉得有点蠢。专注地听危天亮语无伦次地说了好半天，他张开有力的鳄鱼嘴，问：

就这些？

有这些还不够吗！换了你你受得了？

岂止是受得了，我会得意，就是没有那样的艳福罢了。

周桂的睁大牛眼，极为诚恳地说：

泡妞，找情人，不是时髦吗？你跟太行山那小学老师不还有书信来往吗？我听说你在北京，气跑了一个女诗人，人家说你性无能，你从被窝里诈尸一样挺起来，有这事吗？

危天亮忽然醒悟：这一帮瞎起哄的同事后面是温雅，温雅跟陈志是热线。散布危天亮的八卦，目的是取消他的品德优势——编辑室主任退休，空出的位子正在竞聘。最有资历也最有实力的是危天亮，但温雅志在必得：她联系的作者大多是新锐作家，书稿的销路都不错。而危天亮手上，有些书刚出来就打折。有的选题明摆着没有市场，但只要他认为有价值，就坚持要上，常常把周桂也搞得头疼。

还有一种更刻薄的说法，危天亮这次回来就是为了坐编辑室主任这把交椅。出去镀金，就为升迁。闹半天回来位子给人抢占了岂不白瞎。

我有这么卑鄙吗？从周桂办公室回来，危天亮厉声喊。

编辑室的人大都低着头，尽量回避危天亮的眼睛。只有温雅迎上来：

危老师你别听那些，我们谁不知道你呀，一个小小的编辑室算什么！

危天亮直直地看着温雅：

那些话就是你说的！你有能力，有业绩，好好竞聘就好了，干吗糟蹋别人！你那些话，侮辱人格，你懂不懂！周桂征求过我的意见，我本来是推荐了你的，现在我撤回我的推荐。

当初，温雅大学毕业找接收单位，也给他们文艺社投了档，是危天亮去大学考察，并且力主接收的；温雅刚进社当助理，夜里跟陈志孤男寡女待在一间房子里，差点被查夜的警察撞上，也是他打的马虎眼。现在，即使温雅做得这么过分，危天亮也没有想过拿她的洋相说事。他一直很同情温雅。她父母都是教师，受了许多磨难。温雅是他们最小的女儿，很争气，在大学是高材生。

危天亮可笑就可笑在这里，他的反应特别迟钝，除了他这个憨居仔，社里几乎没有人不明白，竞聘，征求意见，只不过是走个过场。他推荐还是撤回推荐，跟温雅当室主任根本就没有半毛钱关系。他事过好久才知道，提名温雅升职的是可以决定周桂能不能待在现在这个位子上的人。

但所有这些，对危天亮来说都不重要。重要的是他不是那种跟人争好处的人！为了证明自己，他向周桂要求调出编辑室，另行分配工作。

那我就太感谢你了。

周桂说：

本来，无论怎么排队，这个室主任的位子就是你的。什么竞聘，还不就是做个样子。我只能硬着头皮让人在背后骂娘。现在你主动退出，我的压力也就没那么大了。你来总编室吧，正差人手呢！

第二十一章

一

常有这种情况，有的人本身的亮点被他自己掩盖掉了，以至别人一时注意不到，但在不经意之间，如果你忽然灵光一闪，就会发现，你脚下就踩着一座金矿。

危天亮就是这样一座金矿！

有那么一阵子，周桂盯住危天亮，直想死命拍一下自己的脑壳。他忽然想起在一个文史刊物上看到的资料：危天亮父亲做秘密工作的时候受到过香港商人包先生的救助，有生死之交。

周桂大学毕业，在军管农场锻炼了两年，谁也搞不清他怎样跟食堂菜园挑粪的老王搭上了，好得像父子两个。锻炼结束，本可以回上海，却留在了这个老区省，进了没油没盐的出版社，在总社办公室干了一年，调到文艺社当社长助理，助理了不到两个月，社长退休，他接了班。大家这才领教，他是下人生围棋的高手——当年那个菜园子挑大粪的，现在是省政府办公厅分管文化口的副秘书长。

总社下边的一个个分社先后盖了宿舍楼，相对独立了。文艺社也看中了附近城中村的一块地，但拿不出那么多拆迁费。正愁着找钱。

你回去准备一下，明天跟我下一趟香港。

周桂没头没脑地说。

去香港干吗？

危天亮很意外。

看马会。

周桂极其诚恳。

危天亮疑疑惑惑，但领导不说他不好多问。

香港之行，一切如愿以偿：从包氏公司现在的掌门人包先生大公子那里拿到了一笔巨额赞助，年事已高的包先生本人出席了宴请，席间吃力地问危天亮：令尊可好？危天亮张口结舌，不知该不该回答，怎样回答。他是头一次出境，再说，他一点也不知道这位境外的老先生跟父亲有什么瓜葛。

直到整个行程顺利结束，危天亮才知道自己被利用了。脸色很难看。周桂诚恳地说，别不开心，你给社里创造了历史，我们都要感谢你大恩大德。房子盖好了，你挑最好的一套住。不过这趟香港出差你千万不要告诉你老爸，他老人家的脾气，就不用我多说了。

周桂曾经抱过希望，通过危天亮接近他老爸，再通过他老爸登高望远。但关于危老的传闻让他不免心寒。再看看一根筋的危天亮，百分百的有其父必有其子，只好死了这条心。危天亮的提拔他原是可以说上话的——不当文艺室主任，总编室未尝不可以安排个处级位子。但如果一点交换也没有，他又何必多此一举呢？不料无心插柳柳成荫，危天亮的价值在这么关键的地方得到了最大化。想想真不该亏欠他。

二

父亲要知道他们打着他的旗号跑去香港找包先生捐钱，非跟他们拼老命不可！如果说父亲的大半生都献给了一种信念，那么他的晚年的唯一事业就是极尽一切可能证明这种献给的纯洁性。

快三岁，危天亮才知道那个好久才偶尔出现一次的"叔叔"就是他的亲老豆。危天亮好长时间都改不过口来。他跟父亲很隔膜，一直强迫自己去爱他、尊重他，但直到开始写作，从各个不同的侧面不同的角度细细揣摩，他都不敢说他了解父亲——那个为了一种信念不顾一切的知识分子。

你爸聪明过人。

母亲沉思着说：

中学读的是教会学校，有很好的英文底子。后来又去过苏联，俄文十分流利。可以把外国人的英文或俄文译成国语，又将国语译成广东官话，然后再照样译回去。你外公是清末举人，顽固的保皇派，当初我带着自己"自由"上的女婿回门，你外公的怒气可想而知。但你外公很快就接纳了他，亲友们起初很奇怪，以为是你父亲以主义征服了老顽固的岳丈。其实，外公之所以对他认可，是因为他对中国古代典籍的熟悉让外公吃惊。所有那些，也不知他什么时候学的，也可能以他的天分，根本就不用下功夫。

也许我是被他的知识和谈吐迷住了。看他实在太邋遢，那样风流的人品，竟睡在光褥子上，我把自己心爱的细亚麻布床单给他铺上，算是照拂也算是一种情感传达，没想到再见面时，那床单已被撕成碎片裹脚了。

我遇到他的时候，他快四十岁，朋友们喊他"王老五"。组织需要他以名人女婿的身份搜集情报，我们的结合真是而今你们年轻人说的"闪婚"。他受过很重的刑，满身疤痕。但他从没有跟我透过只言片语。他没有时间、没有精力，甚至没有心思顾到妻儿。这一切，作为他的同志，我都只能谅解。我只有一个念头：相爱合作，善处始终。

但你爸绝不是无情的人。我怀你的时候，跟他分别关在同一个筒子牢房最头上的和最后一间。牢饭是发霉的杂米和臭了的菜叶。一次，狱卒递过碗来，特意用指头点了一下碗底。我接过去，急急扒了几口，发现碗底下埋着两块肥肉。

"他想到了孩子！"我差点喊出来。坐牢了，不能东奔西跑了，妻子和孩子在他的心上终于有了位置，他终于想到了自己的骨血，那个在如此不堪的境况下悄悄长大的小生命。

那时候他整天在危险中出入，非常紧张、非常寂寞，不知多少次面临死亡。最快活的就是突然有了可能，跑来抱你亲你，然后又一阵风一样无影无踪。除此之外，他对个人的事没有任何要求。

我嫁给你爸之后把娘家带来的所有细软都变卖做了组织活动的经费，一枚传了好几代的老玉戒指因为有残缺，卖不出价钱，就留下了。后来被抄出来，成了我们的污点。

你爸生前绝对不许我给你提这事。他不希望因此造成你们对组织的抱怨。

母亲难免有一点黯然：

你爸他太单纯了。他从不争官。即使后来有了这样那样的职务，也绝不接受他那个级别都有的享受。你没什么幸福童年可言，除了靠自己努力，我们没给你一点特殊的好处。

看父母身体越来越不济，危天亮试探过请父亲给有关部门打个招呼，调回省城，方便照顾他们二老，回答斩钉截铁：我危某一生没向任何人低过头，别指望我打这样的招呼。

三

训儿子也就罢了，父亲对外有些事也做得太绝，很伤人：机关组织老干部出访他从不参加，只有一次去法国，他破例参加了。到巴黎的第二天，他一早跟领队打了声招呼，说巴黎他来过，你们不必管我，就独自去了日程上没有安排的拉雪兹公墓，在欧仁·鲍狄埃的墓碑前坐了差不多一整天，天黑才回到宾馆，当晚就让改签机票，一个人提前回了国，把一个团的人弄得很不自在。

母亲也跟父亲一个脾性。

当年结婚，母亲把分到她名下的外婆的首饰细软，都交给父亲做了组织经费。新政权成立后，她又动员舅舅们把外公那所数房聚居的大宅捐给了政府，把老人珍藏多年的文物捐给了新建立的省博物院。

父亲没有值钱的遗物，他去世了，母亲能做的，就是像亡夫那样守住他们坚持了一生的做人的尊严。

离休前母亲一直在市里工作。为了照顾老领导，市里给每个副省以上的干部在风景区盖了一栋别墅楼，不用花钱买，将来子女也可以继承。她不要。给市委写信：

……我和我已故丈夫一生从来没有向组织提过任何与个

人利益有关的请求，如果这封信提出的请求算是的话，那这是唯一的一次——我的请求是向领导表明：我不需要新房子，请组织上另作考虑。好心人劝我迁就，都接受了嘛！但人家是人家，我是我。迁就就等于自甘堕落。同时，我郑重声明：也决不许任何亲属打我的旗号，来要这栋房子。我现在住的房子在我死后也交回公家。我们留给后代的遗产是极为丰厚和宝贵的，那就是我已故丈夫的精神品格。此外，我还有一点点存款，全部用于我的后事开销，尽量不给组织增加负担。

市委书记当即就在信上批示：

老一辈革命家的高风亮节给我以深刻的教育，为她的无私精神深深感动。相信对于我们广大干部，这封信也会是一份思想道德的好教材。

很快用市委红头文件转发到市委市政府以及下面各县区的所有部门和单位。

这封信在官场上反应并不好。这不是明摆着要让别人难看吗？这叫"玩高尚"，跟玩慈善，玩助人为乐，玩见义勇为……一样，是一种时髦，求的是一种更高级的精神享受。古人早说白了："贪夫徇财，烈士殉名。"

母亲不管那些闲言碎语，又自费出了一本书，是危老生前剪报编辑的一本诗集，扉页上的题记是危老的一首诗：

质本洁来还洁去，

未肯逐流堕泥沟。

此去黄泉归旧部，

昂首挺胸自不羞。

母亲自己写了后记：

死者长已矣，生者常戚戚，但我永远不会忘记老危弥留时抓着我的手说的话：我俩老骨头，年轻时选定的路，无论如何都要走到尽头。

市委让办公厅通知市委市政府以及下面各县区的所有部门和单位订购，必须做到人手一册，这样危天亮母亲可以有一笔相当可观的正当收入。没想到母亲不但不接受，还大发了一顿脾气，当面让市委书记下不来台。

父亲去世，把无数秘密带去了地下。临终前交给儿子的是一个警告：任何时候都要保护好做人的基本品质，保持绝对的清白，不给任何玷污留下口实。

父母死后什么也没有落下，就落下一种精神洁癖。陈志记得第一次造访危天亮父母家的情景，真是大吃一惊。他们不讲排场，这他早有思想准备。但万万没有料到，一个省政府主要领导会家徒四壁。这有点让人难于理解：是不是只有这样的清贫，才能让他们得到真正精神上的满足？

那次是危天亮领着，说是今天会有朋友来拜访他父亲。那些年，除了媒体前呼后拥大肆宣扬的例行慰问，已经没有人为了谋求什么去看望老人了，他只生活在他自己的世界里。

来拜访危老的是省政府早年的一个勤杂工。两个垂暮老人执手相看泪眼，谁都有话要说，谁又都说不出。令人倍感凄然。

陈志远远地望着危老，深深地感觉到了老人晚年的寂寞。一度让人仰望的地位并没有带给他比常人更多的快乐。他伤感而脆弱。在一步步走向人生尽头的途中，记忆里活跃着的也许只有曾经为了追求一种神圣信念不惜抛下一切的那份纯净？不然，他为什么要一遍遍地颤抖着书写那两个字：

高洁

危天亮从父母那里能继承的就只有这种高洁。

在陈志看来，两代人追求的所谓"高洁"是一种洁癖：僵硬，死板，保守，偏执，不开窍，不通融，一根筋，不近人情。

危天亮在他拉来赞助盖起的那栋楼拔地而起之后，做出了跟她老妈一样不合常理的决定：不参与分房。

周桂几个社头已经商量好了，要给危天亮一个补偿，分房时让他挑最好的一套，对危天亮的决定完全没有心理准备，不由恼怒：

　　你这是干吗，让我们不仁不义？

　　危天亮说：

　　跟你们有什么关系？什么仁义不仁义？我当初跟你们去香港，不是为了捞房子！

　　没有人感叹危天亮惊世骇俗，比较一致的认识是：

　　憨居仔！

　　这个世界上只有父亲对儿子是最了解的。危老生前对妻子说过：

　　天亮像我。

第二十二章

一

人的才华和潜能真的需要一个平台来展开。温雅在大家的印象中起先只是一个光艳但无脑的美女。招聘的时候周桂一眼就相中了她，说找个靓妹给社里增加点亮色。温雅平时很安静，老是木木地发呆，见谁都赶紧站起来，谁让她做事她都唯唯诺诺，让人怜香惜玉。谁也想象不到她后来会变得如此干练。关于她上位室主任，社里很长一段时间飞短流长，沸沸扬扬，但她打开局面的能力很快就让大家刮目相看。编辑室的双效益眼见得嗖嗖地往上蹿，出的几套大型丛书领导叫好，市场销售量也很可观。那个文学月刊原来半死不活的，社里都准备申报改刊了，温雅举办了一连串全国著名作家笔会，刊物作者阵容顿时豪华，刊物的发行量渐渐稳住了下滑的趋势。

参加这次笔会的好几位是危天亮退学的那一期讲习班的学员，作品收入温雅主编的《中国当代文学百佳》，卖得不错。

出版社派了辆中巴接机。车上有人打听危天亮，陈志一笑：他早在文坛没影了。一帮人于是记起讲习班走廊那股怪怪的煲汤的气味，记起李雪梅的歇斯底里咆哮，记起危天亮的"诈尸"和被女作家的电话骗到北京站冻了一夜的故事，笑得前仰后合。

接机的司机听他们这样笑话危天亮，很不是滋味，插嘴说，我们危老师虽然不像各位大师这么有名，但写作还是很勤奋的，正在写一个大部头的谍战题材，素材是他老爸的亲身经历，我们社里很看好这部书，会隆重推出，一旦出来会很火的。

陈志听着，忽然睁大了眼睛，脑子飞快转起来。

曾经一出来就轰动一时的小说眼看着大势已去了，某次在一个超豪华的图书馆闲逛，看到《中国文学经典创作战略高峰论坛》的巨幅海报，宣告邀请了众多国内"一流大咖"讲演，并与读者交流互动、签名赠书，不由好奇，但刚走到门口就不能不突然止步：

台上的"大咖"陈志大多见过，的确是名副其实的"大咖"，其中领衔的就是袁老。

自从那次被拒之门外，陈志再没有见过袁老。他后来八面威风，走到哪里，都有人跟包，开车门、房门，都有葵花朵朵向太阳似的前呼后拥；接见起同行和非同行来，也可以笑容可掬目光亲切却什么也看不清地在一排排或一堆堆脸前走过，掌心向前，缓缓摇动，以示致意，或用一只手的四只指头无声敲击另一只手的掌心，作为鼓掌。在官员中是作家，在作家里是官员，纵横捭阖，左右逢源。直惹得许多人错把文坛当了官场，以为进了文坛就有指望当官；错把写作当了仕途，以为写而优则仕。危天亮陈志这样的，自然是八竿子也打不到边的。好在陈志从来就觉得他一钱不值，官当得再大也提高不了身价。现在他应该是从官位上退下来了，又回到纯粹的"大师"身份。只是心里一直记恨着陈志这么个极其渺小的草芥。有好几家刊物的编辑问过陈志：你怎么惹毛袁老了？只要见到我们发了你的稿子，他就问：发这样的稿子，不怕影响刊物质量吗？

陈志已经有些阅历了，并不吃惊。许多公众人物，名气与人格恰成反比：名气有多么大，格局就有多么小。

危天亮编了一套中青年作家丛书，他自己和陈志都在里面。陈志挺感动：

之前的事你不计较了？

陈志说的"之前"，指的是讲习班那会。

你是你，书是书。两码事。

临到要付印了，陈志在看三校稿时发现，丛书主编是袁老，立刻给危天亮打长途，让抽下了自己的书稿。

为什么？

电话那头的声音沙哑：

我是认真的。

危天亮总算联系上了袁老。对危天亮的组稿，袁老答应得很含糊，但对担任丛书主编的请求，答应得很痛快。

我当然知道你认真。是我不够格。

你怎么不够格？

我是说我没有那么不要脸。

哪个说你不要脸了？

我自己。

陈志说的当然不是自己。这么多年了，他一想起袁老的嘻嘻哈哈，还是想吐。

眼前这个人正以他惯有的油嘴滑舌拿腔拿调：

我发现今天来的人，台上的比台下的还多。

退到门外的陈志，点了点人头，还真是那么回事。台下的听众，除了主办方的工作人员，剩下的不足两位数。

袁老自己在文坛其实也混得很惨。

社头周桂通过危天亮跟袁老有了热线，私下里走动得很勤，揽下了袁老全集的出版权，一下投了一两千万。

恰逢省里人事调整，新任省委书记跟袁老共过事，接受袁老的建议，让年富力强的周桂顺利当上了出版总社的一把手。

不顺利的是袁老的全集，印出来送到各个发行渠道，不到一个月又一车车拉回，堆了半仓库。袁老只好开了个长长的名单，让出版社给他的数得上数不上的亲朋好友寄书。

陈志和京城的一帮哥们已经开始了战略转移：打影视的主意。

谍战！

这是个绝佳的角度，官方和观众都能讨好。正搜寻题材，危天亮蹦了出来。但危天亮那点能耐他清楚，他父亲那些史料搁在他手上那就可惜了。如果搁在他手上，那就是一座金矿！

真是来得早不如赶得巧！

二

温雅等在宾馆门口。陈志最后一个下车，大大咧咧地走到温雅面前，握手的时候使了一下暗劲。他以为温雅会有一个回应，但是没有。温雅像跟其他人握手一样，手指没有弯，眼睛也没有回应他的注视，他的手一松，她的手马上就礼貌地朝宾馆大门里一摆，一声"请吧"，一样的热情，也一样的例行公事。

退出危天亮责编的那套丛书后，陈志给温雅出了主编《中国当代文学百佳》的点子。因为入选者都是文坛当红明星，销售量一下就让危天亮靠老朽做卖点的那套丛书望尘莫及。

放下行李，陈志立刻抓起电话。温雅那边，手提一直响着，就是没人接，人都快疯了，忽然应了：

哪位？

温雅的声音永远是那么诱人。

你说哪位？还有哪位？

陈志没好气。

哦，你啊。什么事？

你这不明知故问嘛。

温雅那头静默了一会：

等等行吗？我这正忙。

等多久？

陈志紧紧咬住。

温雅收了电话。

整整一下午，陈志百无聊赖。又不敢出门，说不定什么时候温雅就过来了。自从几年前他离开南方，他们再没有像那天夜晚一样单独相处过。温雅去北京组稿找过他，但约好的那天晚上，被作者缠住了。第二天没等他来送，自己打车去了机场。

门铃响了，陈志从床上一蹦老高，几乎是砸到门上。

门被猛力拉开，外面是两张很谦恭的脸：

请老师去贵宾厅，跟社领导会见座谈，接着是宴请，有省领导参加。

没有温雅。

一股邪火直冲脑门。陈志尽力稳住，冷冷说：

知道了。

碰上门，转身就打温雅的手提。

你怎么跟孩子一样啊。

温雅吃吃笑。

今晚！

陈志的口气不容讨论。

今晚肯定不行。

那你说个时间。

你看我忙成这样，你觉得合适吗？

再忙还能不睡——休息？

你真烦人。再说吧。

温雅收了线。

这还差不多。

陈志心一热。

宴会前，是个茶会，其实就是让大家恭候省里要来的头头脑脑。

周桂和总编室的人都参加，以示隆重。

危天亮这一向胸口老发闷，林慧瑛今天本来打算陪他去一趟医院。

今天不行，社里有重要活动。

什么重要活动？不能请假？

省里有领导来。

林慧瑛只好作罢。只要有上面的领导出席，对危天亮那就是天大的事。

陈志见到危天亮，赶紧凑到他那一桌。

危天亮正在翻着旁边书架上的一堆过期报纸，忽然看到悼念曹不兴的文章，作者是陈学良。

陈学良白描了曹不兴最后的日子，没有虚夸，却最感人：

> 曹不兴死于癌症。医院确诊后，他拒绝治疗，若无其事地笑着说：我要像贵族那样离开。一直到临终都坚持让人帮助他保持衣冠严整，面容修洁。
>
> 永远的贵族范儿！

陈学良最后写道。他对曹不兴的五体投地是由衷的。为了维护逝者形象的完美，他有意忽略了一个事实——曹不兴最后的遗言是流着浑浊的眼泪哽咽出来的。那句话是：

> 我最想写也一定会是最好的作品没有写出来。

危天亮给曹不兴写过好几封信，一直没有收到回信。又不好出差去当面约稿，怕他误以为自己是去讨那笔寻找和安置洗脚妹的花费。忽然看到陈学良的悼文，怔了好一阵，茫然失神：

再也组不到他的稿子了。

这之前，危天亮也一直心心念念想着给袁老写信，但听一位京城来的作者说，袁老搬家了，侯门深似海，一般的信件秘书就拆了，他也没空看。你最好别费那劲了。干吗呀？没他的稿，你们出版社就得关门？犯得着吗？

危天亮仰天长叹。

一直没有组到曹不兴、袁老这类大师的稿子，危天亮觉得是自己编辑生涯的一种失败。

陈志对危天亮的沙文主义，很不以为然。但他尽力隐忍着。这两天，除了温雅，陈志正纠结怎么跟危天亮开口，把他父亲那些谍战的史料弄到手，危天亮的这么多年一点没有变化的死心眼也实在让他打心里不落忍，趁机讨好说：

难怪乡下人叫你"憨居仔"！老兄你是不是至今也没有明白，你没当上文艺室主任，跟你没有组到那帮狗屁大师的稿子压根就没关系啊？

再也组不到他的稿子了。

危天亮不理他，径自嘟嘟囔囔，脸一阵阵发白。

估计宴会开始了，陈志才向宴会厅晃悠过去。

在走廊上就听见里面闹哄哄的喊声：再来一个，再来一个！

巨大圆桌对面，温雅正在跟一个秃顶男人喝交杯酒。雪亮的水晶灯把温雅照得特别耀眼，她今天略施粉黛，又兼酒色，格外妩媚。

看着千娇百媚的温雅，陈志想：行啊，像那么回子事了。心里毫无醋意。而今的爱情都是标了价的，漂亮就是一种资源，当然应该充分利用。他很清楚他与温雅之间并不存在那种老派的所谓爱情。他从来没记过她的生日或别的重要纪念日，从来没有过哪怕是最起码的一点小情调、小殷勤、小恩小惠。每年情人节，即便想到了，也懒得做点什么去讨个好。讲习班一帮男女私下讨论，有个女才子嘲笑陈志根本不懂女人，女人就是愿意受骗，喜欢小情调、小殷勤、小恩小惠。你有没有听人说过，馈赠是检验一个男人是不是对女人好的一把尺子？男人要真对谁好，会恨不能把星星摘给她。他反问：那你有没有听过名人格言：真正的性爱与物质无关？对方阴下脸：我知道，男人就是把女人当免费的玩物。他讪笑：妇女不也是把男人当免费的用品吗？

又是斗酒又是 K 歌，没完没了，陈志懒得奉陪，回到房间，舒舒服服地冲了个凉，四仰八叉躺在床上，给温雅拨电话。一次，二次，三次，皆是关机。下面宴会厅的音乐声还在响着，这帮王八蛋还不知闹到什么时候，温雅只能陪着，他也只能耐心等着。

不由想起已故的曹不兴。他的"贵族范儿"倒是有几分真实：性情张扬，为所欲为，无耻但不厚颜，肮脏但不掩饰，不像许多人，戴着正人君子的面具过日子，凡是私下享受的事公开场合就都表现得似乎跟人性有仇。曹不兴让女性倾慕的是他的才华，即使嫖娼，他付出的也是自己的劳动所得，比那些台上道貌岸然，台下欺男霸女的正人君子干净多了。

三

陈志迷糊了一阵，一个激灵醒来。整个宾馆不知什么时候已

311

经安静得像口棺材了。赶紧拨温雅的电话，依旧是关机。再拨，还是。一遍接一遍往死里拨。突然铃声断了，响起宾馆总机委婉的声音：

先生您还有别的联系方式吗？

陈志失神地把话筒放回座机。

温雅就像个影子消失在黑夜里，让你只能抓狂。

危天亮几天前做了心脏支架，快天亮才好不容易睡着，林慧瑛抓着话筒摇醒他，说：

陈志的。

……天亮兄……

陈志牙疼似的呻吟了一声，就不出声了。

危天亮头一次听陈志这样喊他，瞪着话筒发愣。自从几年前离开北京，他跟陈志这是头一次见面，已经没有什么话说。他选择前几天做心脏支架，就是为了回避这次笔会，其实，除了陈志想要找机会从他那里捞素材，来的这帮人并没有谁想要找他。

话筒里重新发出吱吱的响动。陈志似乎是缓过劲来了：

天亮兄有时间吗？我想跟你聊聊。

聊什么？

像当初那样……说说写作。

就你们那样的裤裆文学？

别你们你们的。我什么时候写过裤裆文学？

危天亮默然。这些年文坛虽然垃圾遍地，陈志的写作倒是稳稳当当，出来一个是一个。孔夫子说有德者必有言，其实缺德者未必没有言。至少小说这一行，烂人写名著的多得是。陈志的做人虽然不敢恭维，写作的本事危天亮是绝对认可的。私下他跟林慧瑛说过，中国当代小说，让他打心里认可的不多，陈志是其中一个。

听说你在写一个谍战长篇？

陈志问。

你怎么知道？

我想，也许可以给你出些馊点子。

……

电话里忽然听危天亮喊：

慧瑛，麻烦泡杯茶。

危天亮写的其实是一个短篇。取材就是那个真实的老玉戒指故事。

陈志的情绪完全调整过来了：

伯父伯母一生波澜壮阔，就写一个短篇可惜了。把老玉戒指做个由头，拍一部长篇谍战电视连续剧，影响至少比小说大一千倍。拍片的事交给我，这些年，京城的影视圈，我门儿清。

第二十三章

一

笔会结束前的那几个晚上，陈志都在危天亮家，一坐就坐到凌晨。林慧瑛每次都半夜从床上爬起来，给他们做夜宵，端上，静静地看他们吃完，然后对危天亮说：你在养病呢。陈志这才不得不说：行行，今天就到这里。危天亮则总要叮嘱一声：明天早点来。

这个戏的主题就两个字：高洁。

危天亮一再强调。

你们一家两代人好像只为证明自身高洁活着。

陈志说的是真心话：

我很钦佩。但……

看一眼正襟危坐的危天亮，陈志迟疑了一下：

但我们是生活在一个很现实的社会，追逐权力、财富、名气是主流价值观，谁有权有钱有名谁就是大爷，没人在乎你高洁不高洁。社会价值观早已分化。精英立场与普通民众的价值观南辕北辙。"修齐治平"那一套，在社会上基本就是货而不售。老百姓认的就是"吃饭穿衣，即是人伦物理"。我这么说你别误会，我并不是说这部戏不要讲教育意义。你父母毫无疑问都是英雄，他们那一代人的英雄主义是永恒的。

我不知道什么叫精英立场，跟英雄不英雄更没有关系！

危天亮断然说：

我要讲的是名誉。做人的名誉。哪怕人人都无耻，都没脸没皮，也总有人把名誉看得比命重。

就是古人讲的饿死事小失节事大。

那是你的理解。

陈志的"理解"显然不到位，危天亮懒得跟他啰嗦：

我不想教育谁。我只想说，世上的人是各种各样的，总会有人不合群；艺术形象也应该是各种各样的，不合群也可以是一种艺术形象。

对对对，是是是。

陈志鸡啄米似的一个劲点头。

危老是那种特较真儿的人。他坚持的是一种彻底的纯洁，一种类似于宗教殉道者和中国古士的精神。陈志承认，不管你怎么反感说教，你都不能不欣赏这样的人格。

到笔会结束，他们大体搭出了几十集电视连续剧的基本框架。危天亮写初稿，之后由陈志和导演定稿。

二

陈志回到北京，很快找到了投资方，跌宕起伏、惊心动魄的谍战本身就是收视率的保证。一帮人聚了一桌，听陈志摆话《老玉戒指》的构想和主题。陈志说，这个戏关键是选了一个绝对有特点的新角度：表现现代丛林的一个珍稀物种。

这个角度选得妙！

一桌人举着满满的酒杯"呼隆"一下站起来，觥筹交错，杯盏叮当。

危天亮中间住了两次院，接受激素治疗，剧本初稿差不多花了半年时间。

初稿的誊写、打印、校对、装订，由林慧瑛一手完成。很多年来，危天亮把父母有关的回忆做了笔记，积了厚厚的一沓，他让林慧瑛复印了一份，随初稿一起给陈志寄去，作为修改定稿的依据。

危天亮在信里特地强调，不管剧本最后改成什么样，剧名必须是《老玉戒指》。

陈志回信：放心。定稿我会请你过目。

拿到定稿的时候，危天亮已经在医院住了三个多月。之前又一次脑溢血，在医院抢救室昏迷了半个月才醒。

危天亮眼睛瞪着天花板，半张着方方的鳄鱼嘴，听林慧瑛念剧本。医生规定，每次不得超过二十分钟。但每次林慧瑛要合上剧本，危天亮摊在被窝上的手都会激烈地乱动。林慧瑛不得不再念一段。好多天后，剧本念完，危天亮闭上眼睛，静静地小睡了一会。醒了，示意林慧瑛把剧本凑近他，他一点一点地把手指移到编剧名单三个名字中排在第一位的他的名字上，弓起一个指头，想划拉却控制不了。林慧瑛猛然醒悟，赶紧从包里摸出笔，把"危天亮"三个字划掉，只留下陈志和导演的名字。之前危天亮再三说过，《老玉戒指》只要能开拍播出就行了，他绝不署名，他不想让人觉得是儿子给老爸老妈树碑立传。

《老玉戒指》的开拍和播出都很顺利。

编剧还是署了三个名字。木已成舟，危天亮皱了皱眉头，不好再说什么，让林慧瑛尽快把他那份编剧稿费全数捐给沁沁所在的学校，沁沁现在是校长。

三

电视剧《老玉戒指》的播出，给陈志的人生带来了又一个高潮。他最终结束了在中国大地上从南到北的漂泊，回到省里。单位即将换届，他已经内定是头头之一。三天两头就去媒体露脸，唾沫四溅地讲危天亮以及他的父亲母亲怎样感动了他，讲《老玉戒指》的创作过程和思想艺术追求。

那天又喝过头了，摇摇晃晃地在街边的椅子上一屁股跌下，酩酊中想起了温雅。好长时间了，不管他怎样投其所好、精心选择给她发微信，始终收不到回复。现在，仗着《老玉戒指》的气势，他相信渐行渐远的温雅起码会回眸一笑。

温雅组织的那个笔会的最后一个晚上，出版社照例请饭。宾馆餐厅在挺远的另一栋楼。散席时下起了小雨，夜色一片迷蒙。树林里的坡道弯弯曲曲，高高低低，照明灯跟鬼火一样。温雅作为东道主在前面领路，不时一个趔趄，失声尖叫。跟在后面的陈志快步抢到她前面，抓起她的手搭到自己肩上。

温雅战战兢兢地扶着他，一跌一撞地下了坡，刚到平路，就立刻了恢复主人的姿态，抽回手，转回头，站在坡道的出口，招呼后面的人别急、小心、注意脚下之类。

只有陈志能听出来，她声音里的做作和掩饰。

这是笔会的最后一个夜晚。陈志兴冲冲而来，灰溜溜而去，跟温雅这是唯一的一次肢体接触。他很不甘心。在机场就给温雅发了个微信：

> 这次去你那，原本极是期待，但直到分别，满肚子话却无从说起。不知为何那么疏远，像陌生人了。
>
> 昨夜雨中，当你把手放到我的肩上，我多么希望那条坡

道长些再长些。

　　匆匆写上这些，作为辞别吧。但愿后会有期。

　　温雅的回复是从她的新书里摘出的一段话，大意是好风景只能在远处看，近看会看见残枝败叶，一地烂泥。

　　这段话可以理解为说陈志，也可以理解为说她自己。总之是委婉的拒绝。

　　环境真能改变人啊！

　　陈志进京上讲习班之后，就听说温雅带职读研，先是硕士，然后是博士，然后是知性淑女的各类形象在各类时尚杂志上熠熠生辉。在一个充满了诱惑也充满了罪恶的世界风生水起，越来越骄横，越来越嚣张，不容任何人盖过她的风头。

　　这才几年，温雅已经完全成了另一个女人：精明、干练、强悍、热烈与冷淡、精致与随意、高雅与平和，川剧似的随时变脸。不光职业，写作也登堂入室，已经被当地资深评家郑重确认为"头牌花旦"。一本接一本的个人专集，装潢精美，每次新书发行，都有名家站台，阵容甚是豪华。陈志偶尔在网上看到一篇关于她的文章，指证她把别人的文章改头换面，说白了就是抄袭。

　　陈志对文坛上的这类是非不感兴趣。他相信这种事温雅做得出来。那又怎样？女人有几个不虚荣？知道抄袭什么不抄袭什么，也是需要智商的。靠姿色加聪明吃饭的女人其实是女人中的极品：懂得利用自身资源，擅长挖掘对方价值，敏锐的观察力，过人的心理承受力，若有心干一番事业，没有不成功的道理。

如果陈志就此死心，他跟温雅的关系也就可能无疾而终，不至于自取其辱。

四

电视剧本《老玉戒指》之后，陈志试着找回写小说的感觉，免得小说圈子一班哥们笑他良家妇女做鸡。

便秘似的憋出的几个短篇，从一流刊物试到末流刊物，一个也发不出去。温雅是最后的希望。总是有一种侥幸：不能旧情复萌，总不至于那么绝情。

电话一下就通了。

在忙什么？

没忙。

办公室？

是。

温雅明显没有兴趣。

……这些年来，一直不在状态。刚把几个短篇杀青，你愿听听吗？

你现在还能写小说？

陈志噎了一下，硬着头皮说：

我知道我已经……

你没有权力评价你自己，那是我的权力。我比你清楚你！

温雅断然说。

是……看了你的新书……

陈志低声下气，换了个对方也许感兴趣的话题。

是吗？愿闻教诲。

陈志立刻就捕捉到了温雅情绪的变化，绷紧的神经一下松弛。

温雅在等着恭维。

陈志用力掐了一下大腿，暗自叫苦：该死！除了网上看到的那几段，他根本就没有见过温雅的大著。好在他脑子转得快，谎话张口就来：

你把那些牛逼哄哄的大师名家，不知甩出几条街了。眼下的文坛纯粹他妈是个垃圾场。拉帮结派，自吹自擂，行贿受贿，投怀送抱，争风吃醋，争名夺利……

陈志中气十足，正义感爆棚，越说越来劲。

行了！

温雅突然打断了陈志对文坛的痛斥：

这么慷慨激昂，说什么都振振有词。你觉得你配吗？你知不知道人家是怎么说你的？

陈志还是低估了温雅。她一下就听出了陈志虚张声势的支吾其词。不过她的声音依然诱人：

一个低级、好色、小气、虚伪的懦夫，这么多年越写越烂。写了个电视剧脚本能证明什么？你早就不在读者的视野了！

陈志猝不及防，像一辆飞车突然撞墙，一下哑了，满脸的谄媚顿时定格，举着话筒，老半天呆若木鸡。他知道温雅越来越看不起自己，没有想到会鄙视到这种程度，几乎是憎恶了。

像温雅这样的女人，还是把才华当回事的，一旦你江郎才尽走投无路，那就只好对不起了。陈志猛然想起来，他们第一次单独相对，她像林黛玉那样垂着眼睛说的是"我好崇拜你们"，并不是"我好崇拜你"。是他自己在迷乱中自作多情。

陈志无语。他本来巧舌如簧，可以让语言为自己做任何事。但对温雅，他什么都不必说。她有所有聪明女人都有的聪明，但许多聪明女人没有她有的理智。在一个男权社会，以她的心性、她的作为说不上太过分。一个精英女性对上流社会和安全感的追求，在野性与伦理之间的自相矛盾和表里分裂，既不奇怪，也轮不到陈志鄙视。

有时候装得太像就自以为是真的。《老玉戒指》给陈志造成了错觉，以为自己也跟着站上道德高地了。他只顾像卫道士一样义正词严，没想到也踩到了温雅的鸡眼。结果自讨没趣。

温雅让陈志的确无话可说。她看不起他是理所当然的。本来妄想她能念点旧情，把他那几个破短篇硬塞进出版社的刊物，人家根本就没容他张口。作为"作家"，他的确已经山穷水尽。如果还有什么可以庆祝的话，那就是失败了。

第二十四章

一

考斯特一早从堵得水泄不通的市区出发，好不容易上了车辆稀少的清御道，一路狂奔，在一个路边店吃过午饭，下午到了木兰围场。电视剧《老玉戒指》的导演棒爷之前来采过景。从康熙时期开始，为了避免八旗子弟萎靡，年年都要把他们赶到这里，真刀真枪地练兵，这里便成了军马场。后来没有骑兵了，围场还保留着。这儿离市区近，做《苍茫》的外景地，特方便。加上围场打算开发旅游，要借拍影视扩大影响，好多费用免收，可以省一大笔钱。

《苍茫》也是拿一个中篇小说改编的，表现草原生态保护，题材正赶趟。原作者清高，觉得影视圈下三滥，不愿沾边。棒爷给陈志打电话，问他有没有兴趣再合作一把。陈志正撂荒着，百无聊赖，一口答应。

在招待所丢下行李，陈志直奔这个山坡。考斯特一进围场的范围，他就着了迷。

不过京畿之地，但跟京城绝对两个概念，这里完全是另一个世界。面积据说有几十万亩的围场，夏季的草原张开博大的襟怀，绿草像地毯一样无边无际，覆盖着平地、沟壑、小山坡，一直覆盖到地平线。一样的天似穹庐，笼盖四野，天苍苍，野茫茫。只是没有牛，也没有羊，甚至没有风。

陈志蹚着深草，走到坡上，一屁股坐下。

古老而烂漫的克什克腾草原。埋藏无数卜骨、陶片、断简、残碑的土地；站立长城、寺庙、衰败的宫阁和拓荒者废墟的土地；横亘如狼似虎的兵勇演习杀戮血流漂杵的乌兰布通的土地——乌兰布通，蒙语"红色的山"。

王朝的连营埋进深草，将军的鹿角没入沼泽，方尖碑如断锷，水泡子是饮恨苍天的眼睛。从刀光石火到金戈铁马，从风云叱咤到冠盖蔽天，皆杳然如苍狼呜咽。帝王的霸业连同古战场一起退出历史，一个鞍马部族的史诗在季节河道声息干裂。

而草原依旧。

高耸的大陆板块空旷恒大，弓起球面的脊线。草原把最广阔的空间留给七彩泛滥。芳草年年绿，碧色直接天涯。千万种花如潮水，汹涌漫卷草原。乳汁洗出的天空，云舒云卷如峨峨高髻、荡荡裙裾。苍鹰盘旋，大道似瀑布。

真静啊。天地间是一片亘古的肃穆。远远的什么地方，好像有人在动情地唱歌。那是幻觉。只有白桦林，只有一样无边无际万紫千红的花枝在草中摇曳，只有不甘寂寞的杜鹃、野百灵和蜜蜂在私语。

草棵子还没有从早晨的露水干透，依依地拂着裤腿，像默默的爱抚。想象中自己就像一匹徘徊在迷离草莽的孤马，一再地回望那些似乎遥远的、已经忘却的过去，心里无端地涌起一种莫名的、淡淡的却是幽深的甜蜜或忧伤。好像早就有过这种体验，要不就是做过一个和眼前的情景极为相似的梦。但究竟是在什么地方、是在一生中的哪个快乐或伤心的时刻，怎样也记不起来了。生活就像流水一样，淙淙地从身边流过，得到过很多，也失落了很多，却不记得那是些什么。在忙忙碌碌中收获，也在忙忙碌碌中失掉。收获和失掉都不在意。

小时候总向往着长大，向往着大人一样的成熟。等到成了过来人，才知道成熟并不是一件容易的事。关于"成熟男人"，人们从社会、事业、家庭、情感诸方面罗列了许多标准。陈志择其要者做了一些粗浅的归纳：

凭自己的本事和名气在人群中从容来去；张扬但不失内敛，虚荣但不过度卖弄；不斤斤计较，不太拘小节；难免虚情假意，但不能兑现的话绝不说；难免夸夸其谈，但会把握适当的沉默；我行我素，但不强求别人迁就自己；一旦确定目标，决不轻易言退；衣服不一定是名牌，但整洁得体；头发整齐，不留胡须，身上的气味要保持清新；有业余爱好，有情趣，喜欢有质量和有品位的东西；不一定多么出色，但一定幽默大方；需要喝酒的时候一醉方休；不管多有钱，都会很节俭，捐款捐物，帮助失学儿童，义务献血……这些事不会什么都不做，但不一定全做；与权威名流保持距离，会接触，但绝不会以自尊作代价，更不会谋求不属于自己的好处；春风得意的时候谈笑风生，遇到挫折会咬紧牙关；对所有不幸保持淡定；对世态炎凉，人情冷暖，风云变幻，泰然处之；会在社会的坐标中找到自己的位置，懂得坚持也懂得放弃。不会盲目狂热。知道自己想要什么，而不是什么都想要。常做家务，再忙也会张罗家里的每一件事。千里万里风尘仆仆地从外面回到家里，放下行李，换身衣服，立刻就成了一个好丈夫、好父亲，菜刀，锅铲，拖把，教儿子的纸和笔，整天变戏法似的在手上轮番转。装电话、修热水器、买电器、安防盗门、买菜做饭、打扫房间、陪妻子上街、会欣赏妻子试穿的每一件新衣，不会强迫妻子穿他喜欢而她不喜欢的衣服；过马路时会主动挽起妻子的手；懂得保护孩子，更懂得不溺爱孩子。

陈志为此写过一则鸡汤：

成熟是一种气质，一种境界，一种标志。是山，严峻而丰富；是海，博大而深沉；是树，坚强而柔韧；是草，谦卑而随和；是茶，清新而醇厚；是酒，越陈越有味道……一个男人果真做到了这些，那就不止是成熟，而差不多是完美了。

然而，成熟却是有代价的。太真实和太真诚的人都不是成熟男人，因为太真实的人容易偏执，太真诚的人较为软弱；前者容易吃亏，后者容易受骗；浪漫的人也不是成熟男人，浪漫的人感情用事。与成熟男人比较，浪漫的人要么落后要么超前，成熟的人面对现实随机应变；浪漫的人放大痛苦，成熟的人缩小困窘；浪漫的人永远在美化世界，成熟的人总是在剖析世界；浪漫的人想入非非，成熟的人脚踏实地；浪漫的人今朝有酒今朝醉，成熟的人见树发斧，望鱼撒网，身处有时想无时。

　　从现实利害考量，两者的利弊显而易见。但在精神层面，不成熟较为单纯，成熟较为世故。一个人从"为赋新词强说愁"到"却道天凉好个秋"，多少酸甜苦辣在其中。

　　但即便如此，完美的成熟还是值得追求的吧。

　　陈志的轻浮，不可能没有一点风言风语，但白毛女对他绝对信任，从不会往歪处想他。恰是这样，陈志就觉得自己格外卑劣。

　　这样的两面人，连自己都有点受不了了。陈志有一次半真半假地恳求白毛女，好不好给点自由啊！外面的诱惑实在太多，他不能保证自己守身如玉，万一不幸失足，敬请包涵，大人不记小人过。看看白毛女不做声，更进一步试探：最好是你不往心里去，就当是个倒霉孩子在外面闯了祸，回了家，你怎么骂我罚我都行。你在我什么玩意都不是的时候嫁给我，我会用一生来报答你。不管出什么事你都绝对放心，我保证不离开这个家。

白毛女一言不发，看着陈志，泪水在眼眶里颤颤闪动，就是不落下来。

你实在，但有见识。这是我最看重的。

陈志硬着心肠，拿"见识"绑架白毛女。

白毛女背过身子，依旧没有哭声。

陈志呆呆地站着，不知所措。

你想怎样就怎样。

白毛女突然说：

为了儿子，我不会跟你闹。什么时候你决定了，想离开就离开。

白毛女调进省城后，被安排到一个国营书店的库房做保管员。每天的工作就是登记图书的入库出库，很轻松，方便她相夫教子。这样安排主要是为了照顾陈志的写作。她认真、勤快、规规矩矩，领导说一不二，同事相处和睦，从来不拿陈志说事。

这是一个绝对传统绝对规范的好女人，生性质朴，家教有素。她当初违背父母的意愿嫁给陈志，看中的是他的自强和能干，她愿意跟这样的人踏踏实实地走过平凡一生。那时候她无法预见，一个人一旦失去逆境的压力，人性的黑暗就会暴露出来。如果早知如此，她会听从父母，嫁一个老实本分的普通工人回到省城。她对生活从没有太多奢望。可惜过去的日子不能重来。

但这样的好女人，不是能让陈志燃烧的女人。她的生活相对静止甚至固定，所有念头和奔头，都不出有限的范围。而他已经走过了万水千山，已经不是那个青涩的、胆怯的、两只鬼灵精怪的贼眼总是瞪得老大地看世界的小青年了。

应该感谢温雅的绝情，斩断了陈志的一切妄念，成名之后头一次有了苦涩：不能不承认自己在强手如林的文坛就是个越来越跟不上趟的半吊子货色。如果不是温雅彻底揭穿，他自己绝不敢面对——这可能是温雅对他最后也最好的报答了。

事实上对几乎所有人来说，人生的剧本也许精彩也许蹩脚，到头来都是一个悲剧。

即便像曹不兴曾经的那样，表面风度翩翩、功成名就，而内心其实孤独无助。他沉迷于与一个又一个女性的交欢，长时间生活在一个上瘾的世界里，而对真正出类拔萃的女人却并无吸引力。

欲望是心底被深深压抑、规训但最难喂养的野兽，它永不满足又最易被满足，转瞬即逝又最为永恒。不管人们怎样美化，都其实是人的一个缺失——肉体欢愉，精神折磨，灵肉分离的痛苦旁人难以体会：纵欲之后灵魂也许更为空洞麻木。

一直都没有想过，也就从来都没有意识到，好女人所以好，是因为她们把美与善集于一身。她们的美不只是身体，还有由内而生并且稳固的那种你曾经敬畏、已经忘了的母性。

有这样的女人，你所有的成功都无足轻重。一个人一辈子最大的失败，就是从没有真正拥有过这样的女人。

温雅如己所愿地节节攀升。出版业改制，周桂担任了集团老总，她担任了他的首席副手。

接下棒爷的活，陈志蓬头垢面地闭关了几个月，改出了脚本。棒爷送审通过。制片、剧组很快到位。

二

一帮人安顿下来的第二天，开始拍外景资料。

机位定在一个小山坡下。山坡那边，预先征集的马群半下午先后到齐。

一切准备停当，马工扬鞭发令，马群从坡那边奔涌而上，翻过坡顶俯冲下来。

热浪蒸腾的高坡，号角般的马耳朵悄然耸起。最初是一对，然后是一簇，接着是一片。

最后，草原生命交响的高潮赫然降临。

仿佛是天风骤然狂作。骏马雄壮的肌群，突起为跳跃的峰峦。马群纵姿跋扈，从远处和更远的远处潮涌而出。

天风滚滚，海山苍苍，真力弥满，万象在旁，行神如空，行气如虹，走云连风，吞吐大荒，草原地震般颤动。

马是草原的王者至尊。

铺张扬厉的野性自由奔放。让人遐想大宛汗血天马从西极承灵威、涉流沙而来，从黄河负图而来。与犁铧一起耕耘生民的艰辛，与刀斧一起划破凝滞的血海，与香车一起装点贵胄的荣华。

为文明所依赖，也为文明所驾驭；为文明所恩宠，也为文明所束缚；为文明所放逐，也为文明所解放！

狂舞的铁蹄在血管里奔腾，惊心动魄的轰响是冰河破裂一泻千里。忽然有一股从来没有过的雄豪之气从丹田直冲脑门，忽然觉得领悟了生命的开端和终结的全部欢乐和痛苦的奥秘：挣脱欲望的缰索，卸下诱惑的鞍辔，去呼应草原生命大气磅礴的抒情，爱大地，爱生命，爱生活，爱所有值得爱的人。

这个场景反复拍了几次，棒爷终于满意。陈志心血来潮，让马工把自己扶上了一匹高头大马。马工牵着缰绳走了几圈，把缰绳交到陈志手上，说，你自己试试。陈志弯腰接过缰绳，犹犹豫豫，直到马工说了几遍"放心，马很听话的"，才试着直起了腰。

马真的很听话，正低着头啃草，稍稍一抖缰绳，就抬起头来。

夹一夹马肚子。

马工提示。

陈志在小跑起来的马背上渐渐坐稳，抬头挺胸，睥睨四方，想起了《小雅·车攻》：

我车既攻，我马既同。四牡庞庞，驾言徂东。

好一个王子！

不远的地方，正在抓拍的棒爷一帮人大声叫好。

陈志得意死了。他有很好的镜头感，喜欢自己的帅气，喜欢被拍照，喜欢摆 pose，他要的就是这个效果：

夜要来了，多情的落日在吐力根河对岸向草原告别。暮色像紫丁香，一个王子般的骑手在苍茫的天幕下向远方顶礼。

三

晚上招待所特地给剧组烧了一堆篝火，烤全羊。围场和招待所的职工和家属围成一圈，算是一个小型晚会。

拉马头琴的马工是个黝黑粗壮的汉子，旧军服上的扣子掉得差不多了，敞着胸膛，浑厚的蒙古长调拉得悠扬深沉。剧组的配音高高扬起两只手臂，朗诵《苍茫》中的一首散文诗。到底是专业的素养，声情并茂。色彩缤纷的句子跟着一串串篝火的火星向夜空迸溅：

你从哪里来？要到哪里去？你的眉头像未解的结，你的脚步疲惫而蹒跚。

我把喧嚣的城市留在身后，我把拥挤的人群留在身后，我把所有的躁动和冲撞留在身后。

把自己交给苍茫。

你失落了什么？你要寻找什么？你想得到什么？

我问蓝天，我问大地，我问草原。

几个马工在篝火边忙碌，片下烤熟的羊肉，端着盘子分送。

陈志和棒爷都是酒鬼，各抓一瓶烧酒吹喇叭。棒爷忽然想起什么，问陈志：

危天亮走了你知道吗?!

　　我走在七月黄昏的草原，草原的路通向一切道路。远处是辽阔明亮的地平线，身后是觉醒的脚印。

　　草原像人的心灵——当心灵纯净而充满幻想，它就变得无比深邃——深邃得能容纳整个世界。

　　这一天多么好！整个世界像在童话里变了样子。

　　这样的日子一生也许只能遇见一次。

　　这样的日子一生只要遇见一次。

马头琴绵绵低回，朗诵声抑扬顿挫。

看来你是不知道了。

棒爷掏出手机，杵到陈志眼前。篝火和酒精让他的脸变得酱赤：

这是追悼会现场。

陈志一眼就看到了林慧瑛：脸色苍白，发丝凌乱，很平静，却掩不住眼角的一丝凄凉。一个俊俏的北方女子紧抱着她的一只手臂——是沁沁？

我联系过的，但是微信、电话始终不通。我想他们是换号了，不想理我了。

陈志不敢多看，低着头牙疼似的叽咕。

这叫什么理由？你真想找他们，还能没有办法？还计较他们理不理你？他们是那样的人吗？亏你们还是多年的老交情。依我看，他们就是好得过头了！换了我，不可能交你这样的朋友……

棒爷的气越来越粗，话越来越多，越来越难听。

陈志又一次看见危天亮在他面前直直地倒下。这一次他再也不能起来了。他上次倒下，陈志就欠他一个道歉，却始终没有开口。

烤羊的油脂滴落在篝火上，吱吱拉拉。

感谢你，草原！感谢你金灿灿的光，蓝湛湛的水，甜丝丝的风和轰轰烈烈的生命。

席地围坐的圈子开始松动。男男女女一个接一个跃起，老的少的，认识不认识都手拉起手，用力跺脚，摇摆肩膀，跳起了锅庄。

在怒放的花丛中尽情留连吧，在熊熊的篝火前尽情跳跃吧，在生命的潮水里尽情徜徉吧。火在战栗，酒在燃烧，舞在踢踏，灵魂在响着黄钟大吕的律动。

马头琴越来越动荡高亢，像一个酩酊大汉在马背上摇晃；朗诵者越来越激情澎湃，拼尽全力配合场上一波接一波的狂热。

　　　　当黎明再来，金子般的朝霞又会喷薄而出，我们又将远行，让圣洁的大光明永远照耀前面的路……

　　陈志一团烂泥一样吊在棒爷的胳臂上踉踉跄跄地回到房间，大呼小叫地吐了一地，把剧组一帮人折腾够呛，好不容易昏昏睡去。

　　招待所小楼孤孤单单，楼道里响着棒爷忽轻忽重、忽长忽短的鼾声。

　　快天亮，起风了。苍茫草原在无边的黑暗中苏醒。

　　陈志头痛得像要裂开，浑身滚烫，万般煎熬。摸索着打开台灯，在手机上找电话。忽然发现，他并没有什么可以在最痛苦的时候掏心窝子的朋友。

　　回顾在云烟迷茫中走过的万水千山，陈志清晰地看见一叶在扬子江上摇摇摆摆的风帆；看见一个仰在船舱看水天一色，听桨声欸乃的少年；看见似乎没有尽头的艰辛与慰安、失落与憧憬、感叹与喜悦。

　　看见一些渺小人生图景的碎片。

后　记

　　这是一个平凡的成长故事，但试图打破平庸，最大限度地夸张了人物在奋发与沉沦、升华与堕落、完美与败坏之间的挣扎。因为我的写作向来笨拙，多用原型，为了避免对号入座，所有的劣迹都归到了起串联作用的人物身上，作者在其中加入了某些个人生活素材，以使读者认为这个人物就是作者本人，避免不必要的人事纠葛。作为一个将终身完全奉献于文学的写作者，这种个人声誉的损失自然不必在乎。毕竟，文学的最高原则，是呈现对真善美这一人类永恒价值的追求。

2022 年 1 月 28 日岭南